でもそれが人間だ。
せっかく宝くじが当たったのに
自ら破滅する、奇妙な生き物なんだよ。

――とある戦地派遣留学生の呟き

HEAVY OBJECT
Manhattan On Stage

ヘヴィーオブジェクト
最も賢明な思考放棄 #予測不能の結末

和馬
AMACHI

序章

ザザ。

……ざざざざざザザザ……。

ザザザザザザザがりがりがりざざざりザリザリ!!

ガリガリざざざぎぎぎぎぎぎぎザリザリザリザザザザザザザザザザがががぎぎざりざりざりザザざりざりがががぎぎざりざりがりざりザリがりザリザリががザリザリぎぎぎぎざりざりザリざりがりがりガリざりザリザリザザザがががりがりがりッッッ!!!!!!

ピ――。

通信処理に問題が発生。

通常規定ではデータリンクを維持できず。緊急時対応マニュアル第三条の二項から七項の記述に基づき余剰帯域を開放。許可を。

入力待ち。

高級アクセス権を持つ三名以上の承認を確認。

作業再開。

迂回路《うかいろ》を策定。

現状ではネットワークにあそびが存在しないため、突発的な情報負荷を受け流せず。あらかじめデータ通信許容量を狭《せば》める事でシステム全体のハングアップを阻止。

減衰域は平均で二九%、最大で四七%。

重複する情報処理や余計なエフェクト等はカットするよう周知徹底を要請。

＊メコン方面、ドロテア＝マティーニ＝ネイキッド主導の戦車開発の延長線上にある完全自動運転の悪用計画。

＊非武装地帯グレーターキャニオン、アリサ＝マティーニ＝スイート、リカ＝マティーニ＝ミディアム、オルシア＝マティーニ＝ドライ協働による『信心組織』の六価クロムを用いた臨時工場の経過観察。

＊ニューカリブ島およびその近海、ピラニリエ＝マティーニ＝スモーキー主導の爆弾雲を利用したマンハッタン攻撃計画。

前後のデータの連結状況を確認、問題なし。現在の状況は『マンハッタン000』が洋上展開し、ピラニリエ主導の『情報同盟』軍整備艦隊へ差し向けた時点。電磁《でんじ》投擲動力炉《とうてきどうりょくろ》砲《ほう》の発射を確認。スキャン完了、視点はリアルタイムへの巻き返し完了。

現在、AIネットワーク・キャピュレットを監督するマティーニシリーズ全体に、ラグナロクスクリプトなる単語による高位の脅威を確認。神童計画全体を統括していた生化学技術者カタリナ＝マティーニとは連絡途絶。詳細を調査中。場合によっては『情報同盟』単体の問題に収まらず、『正統王国』『資本企業』『信心組織』など他の勢力にまで波及する恐れあり。

セーフモードにて再起動。
モニタリングポイント1-9、データリンクの暫定的復旧が完了。
ターゲット、マンハッタン000。モニタリングを再開。

UNKNOWN

【マンハッタン000】

Manhattan000

全長…推定20000メートル以上

最高速度…不明

装甲…不明

用途…不明

分類…海戦専用第二世代

運用者…『情報同盟』軍

仕様…不明

主砲…電磁投擲動力炉砲(他にも可能性あり)

副砲…不明

コードネーム…未設定(『情報同盟』ではマンハッタン000)

メインカラーリング…グレー

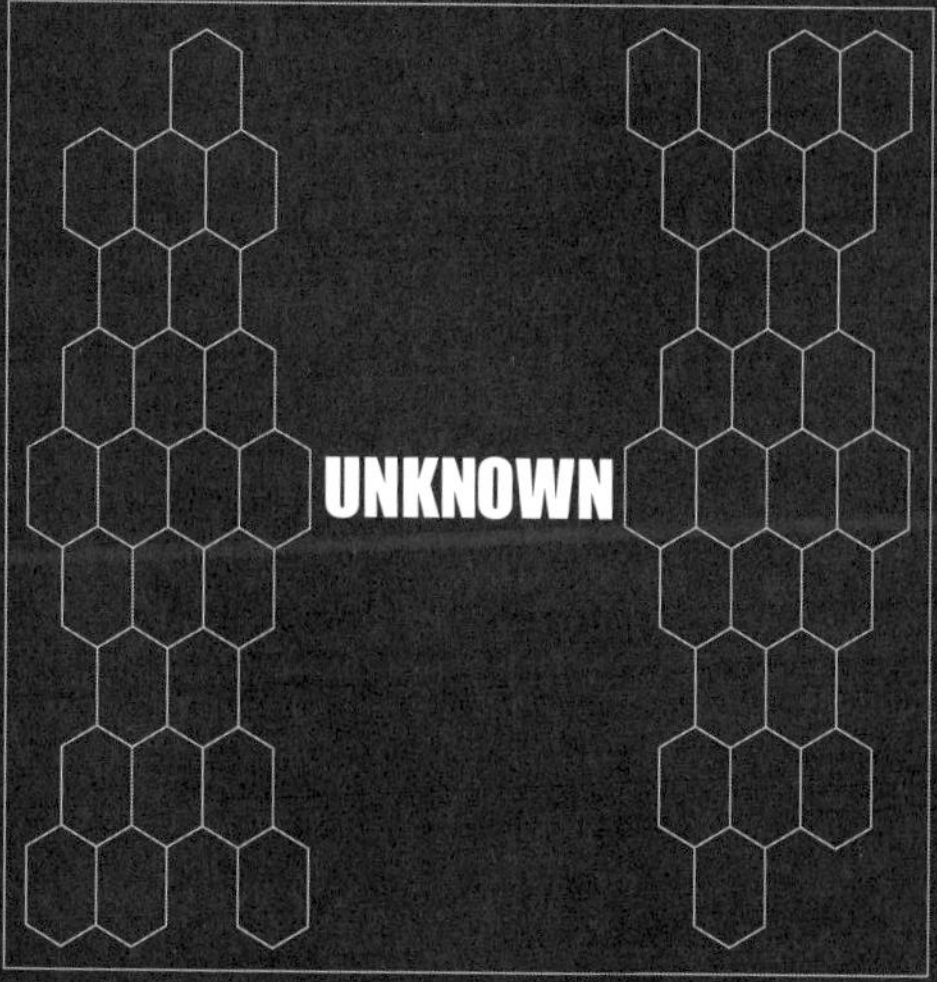

Manhattan000

第一章　ブラッディプール　〉〉大西洋人工浮揚島代理戦

1

激しい光、音、そして衝撃波。

その瞬間。戦地派遣留学生クウェンサー＝バーボタージュは、単純な上下の感覚も前後の記憶の繋《つな》ぎ合《あ》わせも、何もかもがあやふやに溶けていた。

顔全体に分厚い半透明のビニールシートでも被《かぶ》せられたかのように視界はぼやけ、呼吸も苦しい。ジリジリと焼け付くような熱さを感じるが、なら、どうすればその不快を取り除く事ができるか、行動にまで思考が回らない。自分の心臓の音だけが、いやにリアルで生々しかった。それは生きている事の証《あかし》のはずなのに、一度脱いだシャツをまた着直すような不快感が全身を包んでいる。

ここはどこだ？

自分は何をしていた？

思い出せ……と金髪の少年は脳の一点へ意識を集約させていく。ここで手放したら終わりだ。これ以上ぼやけたら、『戻ってこれなくなる』。誰に教えられるでもなく、それが分かってしまう。

（そう……確か）

毎度お馴染《なじ》み、『正統王国』軍第三七機動整備大隊のクソ仕事だった。一〇月という季節感を完全に無視した中米海域の南国・ニューカリブ島において、機関トラブルにより海底で身動きの取れなくなった『資本企業』軍の潜水艦を人道的措置（＝という名の外交カード獲得作戦）として救出したのが発端だった。その潜水艦には『情報同盟』からの亡命を望む老婆、生化学技術者のカタリナ＝マティーニが乗り合わせていたのだ。

四大勢力の一角、『情報同盟』全体の中核を為《な》すプロジェクト『神童計画』を主導していた老婆を抱え込んだ事によって、深刻な技術漏洩《ぎじゅつろうえい》を嫌うその『情報同盟』軍との本格的な武力衝突が発生。『曲がるレーザー』を自由自在に扱う最新鋭の第二世代『ナイトロジェンミラージュ』との激戦が始まる。

（……づっ……）

ぐわんと意識が攪拌《かくはん》された。鈍い頭痛が右脳から左脳へとゆっくりと移動していくような感覚。得体のしれないトラウマでも刺激されたかのように、胃袋が不気味に蠕動《ぜんどう》する。ここは大事な場面だった。『ナイトロジェンミラージュ』は強敵だった。だが問題の主軸はそこではない。本当の闇は、さらにここから奥で待ち構えている。

『情報同盟』から『正統王国』の人工島であるニューカリブ島に向けた揚陸侵攻。あたかも報復のように行われた、『正統王国』から『情報同盟』の整備艦隊の中心に位置する軍艦『フラッグシップ019』への、海中からの直接潜入攻撃。

『クリーンな戦争』のセオリーを無視した猛攻の裏には、暴走した後天的天才少女の一人、ピラニリエ＝マティーニ＝スモーキーと、元来彼女達マティーニシリーズが管理修正しなくてはならない巨大な行政AIネットワークの影があった。

クウェンサー達は『情報同盟』側の将校、レイス＝マティーニ＝ベルモットスプレーと一時的に共闘関係を結び、どうにかしてピラニリエと『ナイトロジェンミラージュ』を撃破。

しかし当然、それだけでは問題は解決しない。

(うっ、ぐ。あああ……⁉)

思い出せ、という咆哮《ほうこう》があった。

思い出すな、という絶叫があった。

ポジティブとネガティブ、双方の意見にすり潰《つぶ》されながら、内圧に苦しめられるクウェンサー＝バーボタージュの魂は、ほんのわずかな逃げ道、隙間となる場所を求めて暴れ回った。結果として、彼の意識は吸い出されていく。分厚いヴェールの向こうに潜んでいたバケモノと記憶のリンクが繋《つな》がってしまう。

ボロボロになった軍艦『フラッグシップ０１９』の中で、ある無線通信を耳にしたのだ。

ヤツが来る。

『マンハッタン』がついに動く、と。

(ああああッ⁉　ああ‼‼‼)

頭蓋骨が内側から砕けて、大小無数の錆《さ》びた杭《くい》でも飛び出したような痛みであった。それが肉体からくる痛みか精神からくる痛みかも判然としない。とにかく揺さぶられ続けた少年の魂が、強引にでも一つの答えを引きずり出した。

そう。

そうだ。混乱を極めたあの通信の直後に……。

なにか　すさまじい　ひかり　が

「いつまで寝ているッ⁉　いい加減に目を覚ませッッッ‼‼‼」

鋭い罵声《ばせい》と共に、顔全体に凄《すさ》まじい圧が加わった。

仰向けに倒れていたところへ、バケツで汲《く》んだ海水を思い切り叩《たた》きつけられたのだと気づいたのは、数秒経《た》ってからだった。

「うぶっ、なにが、がはごほっ!!　うぇえ!?　がばっっっ!!」

咳《せ》き込《こ》みながらも何とかして身を起こそうとしたクウェンサーの顎《あご》を、分厚い軍用ブーツの爪先が容赦なく蹴飛ばした。

ぐわんと視界が揺らぎ、再び少年が硬い地面に転がっていく。感覚としては真夏の陽差《ひざ》しで灼熱《しゃくねつ》に焼けたアスファルトに近いが、違う。

「うぐぐっ、うぼえ……!?」

(な、んっ。これ、かんぱんっ、空母の……？)

「誰が発言と行動の自由を認めた？　貴様達の生殺与奪は全てこちらが握っているという簡潔な事実も思い出せんのか」

真上から低い女性の声があった。

南国の太陽が逆光になっており、まともに目鼻立ちを確かめる事も叶《かな》わない。

それとは別に、若い男の声が響く。

「大尉殿、そちらが最後のようです」

「ふん。報告にあったより数が少ないように思えるが」

「バランスを崩した『フラッグシップ０１９』と運命を共にしたのでは？　必要なら海底の艦へダイバーを放ちますが」

「人件費の無駄だ」

仰向けからうつ伏せに転がろうとして軍靴《ぐんか》で顔を蹴飛ばされ、クウェンサーは体を動かすのをやめた。ぎょろぎょろと目玉だけで周囲を観察すると……いる。何十人分か、自分と同じようにずぶ濡《ぬ》れの『正統王国』軍服を纏《まと》う兵士達が、斜めに傾いた飛行甲板の上で寝かされていた。これではまるで飛行機事故か何かで死体を並べて数を確かめているような扱いだった。

暗雲。

まるでクウェンサー達の今後を占うかのように、青空に分厚い雲が立ち込め、陽の光が遮られていく。あるいはこれも、少年達を襲った『極大の一撃』が生み出した弊害なのだろうか。

そうやって、ようやく分かる。

こちらを見下ろしているのは、一八歳程度の長身の美女だった。色は白いが……その肌艶《はだつや》はクウェンサー達ともまた違う。後ろで束ねて流した黒の長髪といい、おそらくはアジア系の出身なのだろう。着ているものについては、青っぽい水兵服にミニスカート。それでクウェンサーは状況を理解した。

『マンハッタン』とやらが動き出してから強襲部隊がクウェンサー達をさらったにしては、部隊展開が早過ぎる。

「……アンタも『フラッグシップ019』、いいや整備艦隊の人間か。ハッ、親玉のピラニリエがくたばったおかげでまさかの昇進か……？」

もう一発、女の部下の軍用ブーツが襲いかかってきた。

特に激しい憎悪《ぞうお》もないのだろう。本当に道端を這《は》いずる虫でも眺めるような目で、東洋系の美女がこちらを見下ろしていた。

「貴様達の料理法はこれから決める。生殺与奪の全てを握っていると、そう言ったはずだ」

それから彼女はよそへ目線を振って、

「……しかしもっと先に片づけなければならん案件が出てきた。やあ同志！　レイス＝マティーニ＝ベルモットスプレー中佐!!　私の同世代!!」

ぎくり、と、クウェンサーの方が身を強張《こわば》らせてしまった。

そうだ。レイスが『正統王国』と行動を共にしていたのは彼女の独断だ。ＡＩネットワーク・キャピュレットを支えるマティーニシリーズ全体の挙動が怪しい今、レイスの選択は正しかったかもしれない。だが『それ』と『これ』とは話が全く違うのだ。

「やあタラチュア」

「やあレイス」

件《くだん》のレイス＝マティーニ＝ベルモットスプレーは、一二歳くらいの少女だった。長い金髪の上から格式ばった黒い帽子を被《かぶ》り、南国の陽差《ひざ》しには不向きな漆黒の軍服を纏《まと》っている。

彼女は今、『正統王国』にも『情報同盟』にも味方がいない。

傍《かたわ》らには年齢不詳の青年が控えているが、それだけではあまりに頼りない。

タラチュアと呼ばれたアジアンビューティには、やはり大きな害意はないのかもしれない。口の端《はし》を歪《ゆが》めて笑うその顔は、歳不相応《としふそうおう》に子供っぽい。

そう。まるで、捕まえた虫の脚を一本ずつ毟《むし》っていく子供のようだった。

「私はピラニリエのスペアとして整備艦隊に同乗していた訳だが、さて同世代は敵国の兵と共にどんな任務を負っていたのかな？　少なくとも私は聞き及んではおらんが、何かレベルの高い特命でも帯びていたと？」

「……、」

「そう。この場合は沈黙が正しい。下手に誤魔化して架空の任務をでっちあげても、どこからボロが出るかは分からんからな」

階級で言えば大尉と中佐だ。しかしタラチュアの言葉に遠慮はない。敵対勢力である『正統王国』と内通し、任務を無視して現場入りした状況が確定してしまえば、レイスはただの背任・脱走兵と変わらなくなる。そうなればこの場で背中を撃たれても文句は言えなくなる訳だ。

「チャンスをやる」

タラチュアは言って、腰から実用度外視の巨大なリボルバーを抜いた。頭上の分厚い暗雲の色を吸い込んだのか、磨き抜かれた黒の銃身の禍々《まがまが》しさを見て取り、側近の青年が前へ出ようとするのをレイスが片手で制する。

右目を瞑《つぶ》ってレイスは尋ねていた。

「この私に、運でも試せと？　律儀《りちぎ》なほどに非科学だな」

「ふはっ！　ロシアンルーレットなんてやらせないさ。個人の行いを無視して神に愛されているかどうかを確かめるなんて、そんなのは『信心組織』のやり口だろ。貴様は限りなく黒に近いが、その頭の中身に稀少《きしょう》な価値がついているのも私は承知している。だから同志、吹っ飛ばすのは貴様の頭じゃあない」

タラチュアはくるくると手の中でリボルバー全体を安物のボールペンのように回し、そしてグリップの方をレイスへ突き付ける。

「第二世代の『レーザービーム069』、頭のピラニリエ、ついさっき沈んだ『フラッグシップ019』……挙げ句に例の『マンハッタン000』からの攻撃だ。ウチの整備艦隊全体もズタズタ、上はもう壊滅したものとみなしているのだろうな。このままにはしておけん。元を取る意味でも、兵力は多いに越した事はない。同志にして同世代。貴様の頭も込みでだ」

そして。

ヤツは本当に、気軽に言ってのけた。

「そこの小僧を撃て。できるかどうかで、真意を測ろう」


……………………………………………………………………

…………………………………………………………………………………。

空気が、固まった。

ぎぎぎぎぎちぎちぎち、と錆《さ》びたように首の関節を動かし、仰向けのままクウェンサーはどうにかして状況を確かめようとする。

タラチュアと目が合ってしまった。

レイスの感情は全く読めなかった。

先ほど息を引き取ったピラニリエ＝マティーニ＝スモーキーは、自分達マティーニシリーズ全体を壊す、狂わせる『何か』があると言っていた。そしてそれは、神童計画を預かっていた老婆のカタリナではなく、『情報同盟』の外にいる人間が掌握しているとも。

これもまた、人工的な狂気の産物か。

あるいは、タラチュアと呼ばれるアジアンビューティにとってはこれが『普通』なのか。

「ロシアンルーレットはやらないと言った。だから弾は抜いてないぞ？」

分かる。

レイス＝マティーニ＝ベルモットスプレーの立場ならどうするか。何をしなくてはならないか。クウェンサーだって分かってしまう。従えば一人死んで、従わなければ全員死ぬ。単純な足し算引き算の話だった。しかも『正統王国』と『情報同盟』、共通の利害によって一時的に背中を預ける事はあっても、基本的には敵国同士だ。

やらない理由が見つからない。

一足す一が二になってから別の答えを探しても、何かが見つかるはずもない。

「せっかく拾った命だ。この馬鹿どもにはこれから元が取れるまで働いてもらう。いつかどこかで、擦り切れて死ぬまでだ」

でも。

だとしたら……？

「だがこいつについては話が別だ。クウェンサー＝バーボタージュ。生身でオブジェクトを破壊して回る、費用対効果を無視したイレギュラー。ここで、殺す。カムフラの意味も込めて、上にも適当に恩を売っておきたいしな」

「おいっ!!」

と、その時だった。

少し離れた所で寝かされていた兵士の一人が何かを叫び、そして死体のように管理される『正統王国』兵の間を縫って歩く水兵に顎《あご》を蹴飛ばされていた。切った唇から赤黒い液体を撒《ま》き散《ち》らしながら、それでも彼は鎖に繋《つな》がれた猛犬のような目で叫んでいた。

「そいつはきちんとした兵士じゃねえっ、戦地派遣留学生だ!!　素性を調べてるって事は、分かっててやった事になる。扱いには気をつけろ、後で吊《つ》るし上《あ》げにされるのはテメェらだぞ!!」

ヘイヴィア＝ウィンチェルだった。

だがどうにもならない。彼だって空母の甲板に転がったまま叫ぶくらいしかできない。

タラチュアは気にも留めなかった。

「……貴様達は捕虜というより使い捨ての部品に近い。これから全員分の生存情報があらゆる記録から消されるというのに、今さら一人二人の扱い程度が何になるというのだ？」

半ば呆《あき》れたような言葉と共に、どこまでも不穏なフレーズがいくつも混ざっていた。

そして決断の時だった。

レイス＝マティーニ＝ベルモットスプレーは難しい顔で差し出されたマグナム拳銃のグリップを摑《つか》み取《と》っていた。

タラチュアはスカートのポケットから、コンサート会場などで売られている折り畳み式のオペラグラスのような機材を取り出して、指先一つで気軽に開く。片目を瞑《つぶ》った女からの補足が入った。

「はい笑ってー。決断までの時間、呼吸、発汗、眼球運動、指先の震え。『情報同盟』らしく、全部計測しているよ。疑わしい行動は取らないように」

「……、」

アジア系の美女が顎《あご》で差すと、部下の兵士達が転がっていたクウェンサーの両腕を摑《つか》んで起き上がらせた。そこは斜めに傾いた飛行甲板の、手すりもない縁《ふち》の近く。逃げ場などない。

真正面に小さな少女がいた。

不釣り合いなくらい巨大な拳銃の銃口が、少年の鼻先に突き付けられる。

(……考えろ)

ドッ!! と汗が噴き出した。

生まれてから今まで当たり前のように行われてきた瞬《まばた》きすらも固まっていた。

死だ。

本当の死が近づいている。

(『マンハッタン』の動きは、タラチュア達が現場の整備艦隊の生き残りなら本当に連携は取れているのか？　あの拳銃に小細工する事は、レイスはどう思っている？　爆弾は、何か武器になるものは。警備の状況、不安定に傾いた飛行甲板。寝かされている仲間達、っ、お姫様の『ベイビーマグナム』はどうなった？　何か、何か一つくらいあるはずだッッ!!!!!!)

「済まないクウェンサー。愚かなほどに策を巡らせ、未《いま》だに希望を捨てられないようだが」

と。

少年の思考をスッパリと断ち切るような、短い声があった。

照準越しに、レイスの青い瞳がこちらを静かに見据えていた。

「今回は、本当に……『何もない』」

乾いた銃声は、

。ひどく軽く

2

『世界……大のオブジェ……。ニューヨー……マンハッタン……のものが……報同盟」のオブジェクト……ただと!?』

『動画を通……公式の声明……表されて……す。マンハッタ……この戦争に介入……くるつもりです!!』

『まずい、……い!! 総員耐ショック姿勢! 敵……砲は電磁……式動力炉砲。ペレット燃料を飛……てからレーザーで反応……る、本来動力炉……に閉じ込め……くべき熱量をそ……ま表にば……く悪魔の兵器だ!! 私達……るニューカリブ島な……吹っ飛ぶぞおッ!?』

『マティー……リーズめ、どこまで狂……やがるんだ!!』

阿鼻叫喚《あびきようかん》だった。

視界が全部ひっくり返った銀髪爆乳の高級将校フローレイティア＝カピストラーノは、最初自分がどこにいるのかを思い出せずにいた。

出会い頭にいきなり横《よこ》っ面《つら》を引《ひ》っ叩《ぱた》かれたように、目の前でチカチカと光が瞬《またた》く。頭の芯の部分がぐらつき、しばしの間何も考えられずに呆《ほう》けていた。

じんわりと。

薄氷にドライヤーの温風を当てて溶かしていくように、彼女の頭が過酷な現実へピントを合わせていく。

「うっ、く……？」

まず、彼女は自分がうつ伏せに倒れている事に気づいた。

自分は第三七機動整備大隊の将官用兵舎でノートパソコン越しに遠く離れた『本国』の部下から報告を受けていたはずだ。しかし今は、景色が一変していた。天井が低い。というのではなく、兵舎全体が押《お》し潰《つぶ》されているのだ。空間が狭く、同じ部屋にあるものが近すぎて見えにくい。『島国』のコレクションがどうなったかなど、いちいち確認している暇もなかった。辺り一面、支給品も私物も問わずあらゆるものが散らばっている。フローレイティアはその中から液晶部分の砕けていたノートパソコンといくつかのハードウェアキーを束ねたキーホルダーだけ摑《つか》んで、狭い狭い隙間を這《は》いずる。

幸い、瓦礫《がれき》に足首を挟むような事態にはなっていなかった。

何メートルか、何十メートルか。時間や距離の感覚も曖昧《あいまい》になる中、銀髪爆乳は唇を噛《か》んで表を目指す。正面に外の光は見えるものの、いくら進んでも終わりが見えない。本当にこれで正しいのかも保証はないのだ。奥へ進めば進むほど崩れた天井はさらに窮屈に迫ってきていて、出口に辿《たど》り着《つ》く前に腰が挟まってしまうかもしれない。

自家生産の疑心暗鬼に精神を蝕《むしば》まれながらも、爪切りやヤスリで丁寧に整えた爪で地面を噛《か》んで、フローレイティアはじりじりと前を目指す。

(やっと……)

光が近づく。

どうにかこうにか、彼女は自力で瓦礫《がれき》の山から抜け出していく。

(……ようやっと、だ)

その途端、であった。

眼前に地獄絵図が広がっていた。

そもそも、だ。

フローレイティア＝カピストラーノがいるのは大西洋中米海域にあるニューカリブ島。爆薬を使って海底火山を刺激する事により、人工的に噴き出した溶岩で作り上げた特殊な島だった。小さな黒い石がクランチチョコのように集まったこの島は、本来ならば彼女の兄ブラドリクス＝カピストラーノがマグロの増産基地として調達したものでもある。妹のフローレイティアはここにオブジェクトを整備するための大隊を駐留させ、沖合いにある『情報同盟』の整備艦隊や第二世代オブジェクト『ナイトロジェンミラージュ』との戦闘を進めていた真っ最中のはずだった。

前提が吹っ飛んだ。

まず色彩がおかしかった。

黒々とした岩の大地が、電熱線や溶鉱炉のように輝いていた。一度は冷えて固まった溶岩が、再び外から膨大な熱を浴びて溶け始めていたのだ。真夏のアスファルトに二段重ねのアイスクリームを落としたように、溶けた表面はオレンジ色の川となって海を目指し、そちらではもうもうと水蒸気の壁が立ち上っている。莫大《ばくだい》な光と熱と蒸気で、頭上の陽気な太陽すらもけぶり、揺らぎ、霞《かす》んで見えるようであった。大都会の明かりが夜空の星々をかき消してしまうようなものなのだろうか。

「……、」

自分の置かれた状況を、しばしの間呑《の》み込《こ》めずにいるフローレイティア。

（……これが、マンハッタンの主砲。何千キロ先から撃ったものなんだ……）

しかし、現実逃避はできない。

整備大隊全体で一〇〇〇人近く、その内の半数がフローレイティアの立てた軍事作戦で最前線へ向かっているはずだった。だとすると、今やオレンジ色の大河が何本も流れていくこの地獄に、後方支援や待機要員が約五〇〇ほど残っている。ざっと見て、学校二つ分。一秒ごとにどれだけ失われていくか分かったものではない。受け入れがたいからという理由で立ち止まっている暇はなかった。

「報告だ……」

沿岸部で巻き起こる水蒸気爆発にかき消されないよう、フローレイティアもまた大声を張り上げていた。

「誰か報告しろッ‼　被害状況とダメージの少ない確定避難エリア、それからまだ生きている装備や設備一式！　場当たり的に目の前の命を拾い上げても資材を浪費するだけよ。それでは救えるはずの命を救えずに終わる。重複を避けて最大効率で救助を行うぞ‼」

返答はなかった。

基本中の基本が機能していなかった。

「やあ、ティアちゃん……」

「っ」

後ろから優しく声を掛けられ、銀髪爆乳の肩が大きく震えた。

思わず『家族』の顔が表に出かかるが、ギリギリで呑み込んでフローレイティアは振り返る。

整備大隊の指揮官として青年と再会する。

ブラドリクス＝カピストラーノ。

この南国でもパリッと着こなしていた黒の燕尾服《えんびふく》は脱ぎ捨て、白いシャツ一枚になっていた。上着は負傷兵の手当てにでも使ったのか、あるいは熱で融《と》ける前に捨ててしまったのか。

片手には、抜き身のカタナをぶら下げていた。

鞘《さや》はない。どういう訳か、その刀身は真っ赤に濡《ぬ》れていた。ここに来るまでの道中に何があったのかは不明だが、混乱下の度合いが見て取れるというものだった。

額の汗が目に入ったのか、それ以外の理由があるのか。不自然に片目を瞑《つぶ》ったまま、ブラドリクスは疲労の色が強い顔に無理矢理笑みを張り付けていた。

「叫んでも無駄だよ。先ほどまでの戦争は、もう終わったんだ。事態はもうピラニリエ＝マティーニ＝スモーキーや『ナイトロジェンミラージュ』をどうこうする段階を越えた。条件は変わったんだよ」

「何を言っている。それを決めるのは私ではない！　確かに被害は甚大《じんだい》だが、だからといってスイッチを切るように戦争をやめられるか!!　目の前の景色がどうだろうが、生き残った人材と資材を再結集して反撃に備える。死人に鞭《むち》を打つような選択なのは認める。だが諦《あきら》めて抵抗をやめれば私の下についた皆を溶岩の中へ沈めるだけよ‼」

フローレイティアの一喝は、決して合理性のない根性論ではない。

彼女は続けてこう言い放ったのだ。

「落ち着け、考えろ、人間である事を捨てるな！　何故《なぜ》『情報同盟』はいきなりマンハッタンなんて大仰な隠し弾を取り出してきた？　あれは『本国』の中心地だぞ、普通に考えれば最前線に送り出す理由なんか何もない。中心という考えがあるのかどうかも分からんＡＩネットワークの監視役だったマティーニシリーズの暴走の詳細は知らないが、ほんとに四大勢力の一角の全権を使っているならもっとやりようはあったはずでしょう」

「……、」

「マティーニシリーズの中で、どこからどこまでが暴走しているかは未知数だ。ニューヨーク警備担当だけなら、マンハッタンしか動かなかった理由も頷《うなず》ける。ただそれだって流動的だ、他のマティーニ達まで挙動がおかしくなれば、それこそ『情報同盟』の中で次々問題が飛び火して手のつけようがなくなるのよ！」

「ティアちゃん、君の言っている事は圧倒的に正しい」

彼女の兄はゆっくりと息を吐いた。

分類上は民間人のはずだった。それでもブラドリクスは、まるで駄々をこねる妹に優しく言い含めるような口振りで、こう言い放ったのだ。

「でも、応える者がいない」

「ッ⁉」

「概算だけど、島に残っていた者は六割から七割が損耗。普通の現場では三割やられたら潰走《かいそう》状態とみなすんだろう？　ここは、平素の軍事活動を維持できる状況ではなくなった。ティアちゃん。君が今やるべきは、敵方『情報同盟』に奪われてはならない機密情報を持ち去るか、確実に破棄する事だ。それは少佐として大隊全体を指揮していたティアちゃん、君自身の身柄も含まれる」

「……、」

「君は絶対に捕まってはならない。何があっても。マンハッタンがあの一発で終わりにすると思うかい？　向こうが二発目三発目を撃つにせよ、壊滅した跡地に大量の揚陸部隊を送り込むにせよ、ティアちゃんがやるべき事は一つだ。……逃げろ。どんなに惨《みじ》めで格好悪くても良い。ティアちゃん、君は責任ある者として、この場から完全確実に撤退しなくてはならない。たとえ、一人だけでもだ」

理屈の上では、分かっていた。

もしもフローレイティアが捕まって、軍事データリンクへアクセスするための重心や虹彩《こうさい》などの生体情報を盗まれたら。誰にも知られてはならない未来の作戦や、敵国に潜り込んでいる諜報員《ちょうほういん》の名前を吐かされたら。被害は『この戦争だけ』では留《とど》まらなくなる。ダメージを最小に抑えるには、『この戦争だけ』で済ませなくてはならないのだ。

銀髪爆乳の指揮官はゆっくりと息を吐いた。

それから抱えていたノートパソコンやハードウェアキーを煮えたぎる溶岩の中に放り込んで破棄すると、ホルスターから軍用拳銃を引き抜いた。

「……撤退なら人の命を拾うだけ拾ってからよ。しんがりは責任者である私が務める」

「ティアちゃん」

「ああ、ああ‼ 非効率的な事くらい分かっている‼」

叫び、そしてフローレイティアは軍用拳銃の銃口を自分のこめかみに押し付けた。

兄と妹で睨《にら》み合《あ》いながら、少女の顔を出さないよう彼女は眉間に力を込めていく。

「それでもこの瓦礫《がれき》と溶岩の山の中では呻《うめ》く事もできず生き埋めとなった味方が大勢いるの！海の向こうの整備艦隊へ乗り込んで『情報同盟』と戦っている部下達だって‼ 私が命令した、そしてこうなった！ 事前のデータになかった状況など言い訳にならない。絶対に見捨てて逃げる事など許されない。それでは彼らはただの犬死だ‼」

「……、」

「機密情報破棄が最低条件だったな。なら問題ない、指揮官に銃が支給されているのは敵を撃つためではない。いざという時、自分の頭を撃ち抜くための自殺用よッ‼」

抜き身のカタナを下げたブラドリクスは沈痛な顔で、首を横に振った。

妹の気持ちは痛いほど良く分かるのだろう。

『貴族』の家柄に縛られるだけでなく、いざとなれば自分の命を懸けてでも守りたい仲間達を自分の力だけで構築する事ができた。それは、ブラドリクスとしても喜ぶべき事実だ。妹が守りたいと思っているもののためなら、共に兄も戦ってやりたいと思う。本当に。

やがて、彼は何かを諦《あきら》めるように深呼吸した。

そして兄は妹へこう宣告した。


「ごめんティアちゃん。でも駄目だ」


とんっ、と。

フローレイティアは自分の首の辺りで響いた小さな音の正体に、さて気づけたか。

「ぶっ……？」

銀髪の青年が手にした日本刀のグリップ下端、柄頭《つかがしら》の部分が彼女の首の横に食い込んでいたのだ。まるで、拳銃のグリップで昏倒《こんとう》させるように。引き金にかけた指一本を動かす余裕もなく、『少女』の両目の焦点がブレる。全身から力が抜けていく。

完全に倒れる前に、ブラドリクスは腕一本でフローレイティアの兄から見れば細過ぎる腰を抱いた。ケアしなければ引き金に引っかかった指がそのまま弾丸を発射していたかもしれない。

「実の妹に手を上げるとは……騎士道の風上にも置けないね、まったく」

心の底からうんざりしたように呟《つぶや》き、しかしブラドリクスはこの辺りドライを極めていた。

実際のところ、軍の都合なんぞ『貴族』ではあっても民間扱いの彼には関係ない。どんな方法を使っても確実に、この一人を。大切な妹を守るのが第一だった。

ここに来るまでの間、殺してくれという声を何度も聞いた。

あるいは頭から溶岩を浴びて、あるいは瓦礫《がれき》に体を挟まれて。そんなどうしようもなく行き詰まった兵士達に、ブラドリクスはカタナの切っ先を向けてきた。

ありがとう、という言葉を彼は忘れない。

絶対に、忘れるものか。

「……もううんざりだ」

妹の世界が壊れていくこの惨状を、『貴族』社会に抗《あらが》って一つ一つ積み上げていったフローレイティアに見せられる訳がなかった。

恨まれても良い。

どれだけ憎まれても構わない。

ブラドリクスは血に濡《ぬ》れたカタナを適当に放り投げると、その指先を自分の耳に当てる。こちらから通信電波を投げる。

「私だ」

小型のインカムを意識した途端であった。

青年は『貴族』の顔に変貌《へんぼう》した。

「ああ、非常口を用意してもらいたい。例の潜水艦だ。『正統王国』兵は拾えるだけ拾いたいが、無理をする必要はない。猶予は一五分。拾えない者には諦《あきら》めてもらう。心配するな、悪役は君達の担当ではない。そいつは私が一人で背負う」

ブラドリクスは意識を奪った家族の体重を支えたまま、溶岩の熱気と水蒸気で霞《かす》む景色の向こう……はるか水平線の先へと視線を投げていく。

フローレイティアの話では、海の向こうにも部下を派遣しているらしい。

必要な事だった。たとえ、私情を抜きにしたとしても。

しかしここでニューカリブ島の整備大隊が撤退してしまえば、彼らもまた帰る場所を失う。海の上で孤立した彼らがどれだけ叫んでも、救う者はいなくなる。

ブラドリクス＝カピストラーノがそうする。

誰かがやらなくてはならない事を、実際に手を汚していく覚悟で。

「……災難だね。こちらも向こうも」

3

そして、誰も来なかった。

ニューカリブ島には『正統王国』の軍人が詰めているはずだった。広い海のどこかにはお姫様の操る『ベイビーマグナム』だっているはずだった。

なのに。

誰も。


「……殺してやる……」


鉄錆臭《てつさびくさ》い飛行甲板の上で、怨嗟《えんさ》の声があった。

涙すらも流せなかったヘイヴィア＝ウィンチェルだった。

震える体を動かして這《は》いずるように飛行甲板の縁《ふち》へ向かうが、もう友人の死体はどこにも見えなかった。

ただ何か巨大な影がゆったりと泳ぎ、得体のしれない赤黒い液体が海面を汚していた。

「ははっ、ダメじゃあないかレイス！」

腹を抱えてタラチュアは笑っていた。

目尻には涙すらあった。

「サメに死体を喰《く》わせるのは良い。ぷっくく、だが金属だのプラスチックだの、ああいうのを一緒に喰《く》わせると有識者さんがうるさいぞ。あっはっはっは!!」

それで。

本当に、ヘイヴィアの頭の中で何かが切れた。一線を越えた。

「ぶっ殺してやる!!　ぶがらちゃっ！　狂っていようが、壊れてなかろうが、もう知った事か。テメェら全員、一人残らず鉛弾の雨で挽肉《ひきにく》に変えてやるからなァッツッ!!!!!!」

果たして、その矛先はどこに向けられたものだったのか。

答えは誰にも分からない。

4

「第一〇一ゾンビ小隊のしょくーん!!」

野晒《のざら》しだった。

最低限の椅子やテーブルもない。

斜めに傾《かし》いで使い物にならなくなった空母の飛行甲板に、ヘイヴィア達『正統王国』軍の敗残兵は集められていた。分厚い暗雲からは土砂降りの雨が降り注いでいたが、当然ながら屋根になるものなど何もない。手すりもないので、油断していると雨で滑って傾いた飛行甲板を転がって貪欲《どんよく》なサメの待つ海へ落ちていきそうだ。

唯一にこにこ笑顔で話しかけてくるタラチュア＝マティーニ＝オンザロックスだけが、部下の男が横から差し出した大きめの傘の中にいた。

「『マンハッタン０００』の同志クソ野郎が派手に一撃やってくれたおかげで、良い感じに嵐が起こりつつあるな。これをチャンスと見て、死人達に仕事を頼みたい」

「……戦争条約知らねえのか？　捕虜の扱いはどうなってやがる」

「動物園の檻《おり》にでも入れて欲しいのか珍獣」

にべもなかった。

ピラニリエのように外から注力されたのか、あるいは元々そうなのか。とにかく徹底的にコワれた東洋系の美女は眉一つ動かさずに、

「貴様達は卑怯《ひきょう》にも我が整備艦隊の旗艦へ直接乗り込み、諸々《もろもろ》の攻撃で沈んでいった『フラッグシップ０１９』と運命を共にした。故に生存者ゼロ。あらゆる記録からは抹消されているから心配するな、派手にやろうぜー」

殺気立った眼《め》で睨《にら》むヘイヴィアに対し、タラチュアは片目を瞑《つぶ》って、
「立場は分かってもらえたかな？　今、死人達はあらゆる枠の外にいる超越者だ。堅苦しい条約や軍規は全て無視しても構わないし、諸君らが何人戦死しようが公式記録としてはカウントされない。お茶の間も放っておけ。好きなように戦い、好きなように死のう！　まったく羨《うらや》ましい、あらゆる軍人が夢見た理想郷じゃあないか!!」

つまり。

彼ら『情報同盟』が素手で摑《つか》みたくないクソの山を『正統王国』の両手で抱え込めと言っているのだ。攻撃目標は絶望的な激戦地か、あるいはやれば国際的非難間違いなしの平和の象徴か。その先に想像を進める事すら憚《はばか》られた。

後ろから機関銃に睨《にら》まれたまま横一列になって地雷原を歩き回る、比喩《ひゆ》表現《ひょうげん》抜《ぬ》きリアルのデスマーチがやってきた。一歩でも前に進むのは怖いが、立ち止まっても撃たれる。そう、デスマーチである以上はこの一戦だけの話ではない。きちんとやっても解放の選択肢はない。ヘイヴィア達は使い捨ての部品。いつかどこかで擦り切れて死ぬまで、この状況が延々と続くのだ。

「……俺らに何をやれってんだ」

「何事もバランスだよ」

タラチュアは傘の下で湿気に当てられた黒髪の毛先を指先でいじくりながら、
「……、」

「死人達も『フラッグシップ019』で色々と見てきただろう。四大勢力の栄《は》えある一角、『情報同盟』全体を支えるAIネットワーク・キャピュレットは正しいが、純粋過ぎる。何しろ防犯カメラやメール盗聴を嫌うニューヨーカー達が対策を講じた結果、ニューヨークそのものが『見えなく』なったほどだしな。同じように、点検役のマティーニシリーズ全体がおかしなエコーを返せばキャピュレットにもブレが生じるかもしれん。……だけど問題は『そこ』じゃあない」

「？」

マティーニシリーズ全体と言えばタラチュア自身も含まれるはずなのに、アジアンビューティは自分の心配などしていないようだった。

「『情報同盟』はその名の通り、データが全てを支配する勢力だ。にも拘《かか》わらず、私達はキャピュレットの危険性や『マンハッタン000』について何も聞かされてこなかった」

「仲間外れにされて悔しいから、腹いせにニューヨークでも吹っ飛ばせと？」

「馬鹿か貴様は。これはチャンスなのだよ」

傘の中で黒髪の美女は囁《ささや》く。

「現在、『マンハッタン000』は三八八ノット前後で南下を続けている。『情報同盟』本国のニューヨークからこのニューカリブ島近海までおよそ三五〇〇キロ程度だから、この分だと四、五時間以内には到着してしまう計算だ。向こうがどういうつもりでいきなりキングを最前線に突っ込ませてきたかは未《いま》だに謎も多いが、少なくとも確実に言える事がある。私達は、ナマの情報を取得するチャンスに恵まれた」

三八八ノット、時速七〇〇キロと言えば、もはや旅客機と大差ない。マンハッタンの街並みや、その表面に張り付いている人達はどうなっているのだろうか。

いつもの技術バカはもういない。

宙ぶらりんのまま、ヘイヴィアの疑問が行き場を失ったように吐き出された。

「七〇〇、どうやって……？」

「少なくともエアクッションや静電気式のフロートではないだろう。巨影自体は海を割っている。スーパーキャビテーションか何かを利用して、細かい気泡の力を借りて水中での抵抗力を減じているのだろうが、正確な仕組みまでは不明。何もかもここからだ」

あれだけ巨大な存在が闇の中から一方的にこちらを見据えている。それだけで生物の本能が危機感を訴えないのか。

これはチャンスだと、目の前の女は言い放ったのだ。

「……ハリケーンの暴風雨を眺めに行ってお空の上まで飛ばされるクチかテメェは？」

「次は撃つぞ。つまり重要なのは、これから確実に我々が現場で手に入れるナマの情報を、誰がどこまで独占できるかという話だ。さっきも言ったな、『情報同盟』はデータが全てを支配すると。突如として動き出した、というか、やろうと思えば自力で動ける『マンハッタン00

0』に関する重大な情報を、ただただ心臓なきAIネットワーク・キャピュレットを含む上層部へ洗いざらい報告しておしまいにするほど我々も愚かではない。……そもそも火消しのため、貴様達もろとも『マンハッタン000』の攻撃を浴びた訳だしな」

「仲間割れなら身内で勝手にやりやがれってんだ」

「おいおい、それじゃあ私が責任を取らなくてはならなくなるではないか」

子供でも分かるルールが、通じない。

それはただ言葉が通じないだけとは全く違う。身振り手振りなど努力そのものを目の前で拒絶される感覚。本当の本当に取っ掛かりのない人間は、まるでそういう皮を被《かぶ》った巨大なカマキリのように無機質だった。

こいつら一体ナニ星人だ？　う○この星からやってきたのか？

「今の今まで必死になって隠していたのだ。『マンハッタン000』には大きな秘密がある。とてもとても価値のある情報だ」

横から傘を差している部下から受け取ったノートサイズのタブレット端末を眺め、タラチュアはくすくすと笑っていた。

表示されているのは動画サイトか、ネットニュースか。掲示板やSNSを飛び交う有象無象のメッセージか。

マンハッタンに関する情報自体は膨大でも、そこに正しい価値がなければ意味はない。これだけの状況を前にして、得体のしれない終末論を叫んだり、ありもしない目撃情報を叫んでPV数を稼ごうとする程度の事しか思いつかない連中は下級も下級、という訳か。

「……ここまで泥を被《かぶ》っておいて、お行儀良く大尉サマで収まってたまるか。特別出世コースは向こうに用意してもらう。敵対勢力はもちろん、同じ『情報同盟』も含めた四大勢力の全てが大慌てで情報収集に走っている事だろう。それは良い。どうせ外野の連中は互いの足を引っ張り合ってまともな収集活動などできん。その間に我々が一歩でも二歩でも先を行く。『マンハッタン000』に関する重大な情報を独占し、使い道を決める。AIだのビッグデータだのを駆使してハイソでセレブな生活を楽しむ上流階級の仲間入りを果たせるかもしれんし、そういった連中を脅迫し踏み台にする事でさらに悠々自適な生活を送れるかもな」

「結局金かよ。『資本企業』みてえなクソ寝言を吐きやがって」

「カビの生えた田舎貴族には両者の区別もつかんのか。それでは順番が逆なのだよ。金だけ持っている情弱はただ毟《むし》られるだけだ。宝くじの超高額一等を摑《つか》んだ貧民の末路はいつだって悲惨なものではないか。真に豊かな強者とは、まず情報を持つ。学歴、職業、預金などを表に出すのか隠すのか、それも含めて『人間のステータス』を取り扱うと考えて欲しい」

ヘイヴィアは二日酔いに苦しむような顔で首を横に振った。

薄ら笑いのう○こ星人の頭について、同調する努力を諦《あきら》めたのかもしれない。

「そこで問題となるのが、バランスだ」

タラチュアはタラチュアで、ヘイヴィアら使い捨ての『正統王国』兵をどう見ているのか。

雨に打たれる一同を安全地帯から睥睨《へいげい》しながら、

「四大勢力が出る杭《くい》を打ち合って平べったくなってもらえば、それで良い。だがどこか一ヶ所が突出してしまうと厄介だ。データの収集速度には歯止めを掛けておきたい。私達だけで『秘密』を摑《つか》み、上の上の上に独占交渉を仕掛けるためにな。つまり、どうしても飛び抜けている相手を、出る杭《くい》とみなしてこちらから叩《たた》く。これは対象が同じ『情報同盟』だろうが、徹底的に破壊する事は変わらない。部外者ならなおさらだな」

話が不穏になってきた。

警戒して体を強張《こわば》らせるヘイヴィアやミョンリ達の前で、タラチュアはノートサイズのタブレット端末をくるりと回してこちらに画面を見せてきた。

そこにはこうあった。

「平和の象徴、オリンピアドーム☆」

「ばっ……⁉」

壊れている。

完全に狂っている。

「大西洋全体をゆっくりと回りながら、世界的なスポーツの祭典テクノピックを開く人工浮揚島だ。建前では四大勢力に属する事のない完全中立を謳《うた》っているが、実際には『信心組織』

の毛色がかなり強い。そして国際大会の中継・配信設備の都合で大規模な放送施設を有している。つまり大西洋全域を回遊する巨大な電波盗聴器、という訳だ。最初からそういう目的で造られたかどうかは関係ない。結果として、そうなっている。これが邪魔だ。我々より先に『マンハッタン000』の秘密を掴《つか》まれる前に、出る杭《くい》を打ってもらう。爆破して沈めちゃえ」

「……ルール違反だ。テクノピックの会場を軍の力で海に沈めろだと？　何百年賠償金を払う国際問題に膨れ上がると思ってやがる!!」

「計算なんぞしとらんよ、払うとしても私ではないからな。何のために物騒な『正統王国』を殺さずに飼い続けていると思っているんだ。がんばれ死人ども☆」

さらりと言ってのけたものだった。

そもそも通常手続きで何とかなる作戦なら、不安定な敵国のゾンビ兵など組み込まない。ヘイヴィア達は一騎当千の英雄である事を期待されているのではない。逆に、法的・物理的にいつでも簡単に使《つか》い潰《つぶ》せるからこそ、ルールの外にあるジョーカー扱いで重宝されているのだ。

タラチュア＝マティーニ＝オンザロックスはうっすらと笑いながら、

「幸い、『マンハッタン000』の攻撃でウチの整備艦隊の船はどれもこれもボロボロだ。いくつかの船がコントロールを失って漂流しても怪しまれん。死人達も『資本企業』の潜水艦が沈んだ時は無償で手を貸しただろう？　あれと同じだな。海のルールは、人に優しい。逆手に取ってオリンピアドーム側に助けさせ、内側から粉々にしろ」

なおも拘泥《こうでい》しようとするヘイヴィアに、タラチュアはそっと片手を挙げた。

あちこちにいた水兵達が、ショットガンの銃口を雑に『正統王国』軍の丸まった団子達に突き付けてくる。引き金一つでヘイヴィアは死ぬかもしれないし、死なないかもしれない。だが一度始まってしまえば、間違いなく生存者の数がごっそりと削り取られる。

拒否権など存在しなかった。

逆らえば今すぐドタマに一発ぶち込まれ、従っても無茶な作戦で使い倒される。きちんと勝って生き残っても解放の選択肢はなく、次の作戦でまた使い倒されるだけだ。デスマーチは一人残らず死ぬまで続く。

アジアンビューティはそっと片手を下ろすと、にっこりと笑って、

「ルールは理解できたな。では行動開始だ」

「……待てよ」

低い声があった。

土砂降りの雨に打たれたままのヘイヴィアからだ。

「それじゃあ得するのはアンタ達だけだ。割に合わねえ、こっちは常に背中へ銃向けられたままの死の行軍で命を懸けんだぞ。何もないって事はねえだろ」

「データを使って富を生むのは『情報同盟』の中で通じる流儀だよ。それとも利権目当てでこ

ちらへ亡命するとでも?」

「そうじゃねえ。テメェらの汚れた金の話に興味はねえんだ」

吐き捨てるようにへイヴィアは言った。

言ってのけた。

「レイス＝マティーニ＝ベルモットスプレー。全部終わったら、あのクソ女の身柄をこっちに渡せ。それが条件だ」

音もなく長身の美女は首を傾《かし》げた。

光を弾く黒髪をざらつかせ、そのまま言った。

「呑《の》んで、私に何の得があると? 返答次第によってこの場で墓に戻す」

「同じマティーニシリーズなんだろ。そのままにしておくと、分け前が半分になるぞ」

「なら殺して良いや」

呆気《あっけ》なかった。

タラチュア＝マティーニ＝オンザロックスには仲間意識というものがないのかもしれない。

いいや。

ドロテア、ピラニリエ、それからレイス。

あの小柄な金髪少女ですら、安全神話の担保は失われた。だとすると、そもそもマティーニシリーズ全体の本質はそんなものだった、と結論付けてしまっても構わないのではないか。

元々の設計が間違っていたのか、外から脆弱性《ぜいじゃくせい》を突かれたのかは知らないが。

長身のアジアンビューティは屈託のない顔で締めくくった。

「では商談成立という事で☆　さあ第一〇一ゾンビ小隊の初陣《ういじん》だ、華々しく飾ろうじゃないか。今度の今度こそ、血祭りミッションの始まり始まりぃ」

5

灰色というより黒に近い嵐の海を、『フリゲート042』が激しく揉《も》み込《こ》まれるように漂っていた。全長は一〇〇メートル程度。本来であれば軍艦色と呼ばれる薄いグレーに青を混ぜたような奇麗な塗装が施されていたはずだが、大部分が黒く焼きつき、写真を裏から炙《あぶ》ったように表面が泡立っていた。速射砲は折れ曲がり、蜂の巣のように並べられた垂直ミサイル発射管の蓋《ふた》は溶けて開かず、艦橋から突き出した諸々《もろもろ》のアンテナ類も大半が千切れて吹き飛んでいる。船全体も斜めに傾《かし》ぎ、まともに航行できる状態ではないのは明らかだ。頭の軽い若者がクルーザーで通りかかれば、スマホで一枚撮られて新手の幽霊船伝説でも出来上がったかもしれない。

『マンハッタン000』の超広範囲攻撃の凄《すさ》まじさが見て取れる惨状だった。

「……最悪だクソが」

艦内。比較的広さを確保できる食堂で、他の多くの『正統王国』兵と同じくアサルトライフルを抱え込んだまま壁に背中を預けて座り込んでいるヘイヴィア＝ウィンチェルが、搾り出すような声を吐いていた。

「俺は『貴族』の跡継ぎだぞ、クソ野郎どもめ勝手に記録を書き換えて死亡報告作りやがって。『本国』じゃあ今頃相続権を巡ってヒゲかデブかどっちもかが摑《つか》み合《あ》いになってやがるぞ。ウィンチェル家とバンダービルト家の関係もどうなってる事やら……」

「げ、元気を出しましょうよヘイヴィアさん。今はチャンスを待つしかないです」

「優等生だなミョンリ、そんなもんあると思うか？　あそこにあられますとびきりのクソどもが睨《にら》みを利《き》かせてやがる中でッ!!」

ヘイヴィアが指差した方向へ、それこそゾンビのようだった兵士達の目線がのろのろと集中していく。

その先に一組だけ、統一感のないおかしな軍服が浮いていた。

『情報同盟』の将校、レイス＝マティーニ＝ベルモットスプレー。

それから、その側近となる青年だ。

「私の言う事など今さら信じないだろうな。……一番難しいのは自分なんだ。マティーニシリーズにしてもＡＩネットワーク・キャピュレットにしても、自分だけは見えていない」

「……、」

「『情報同盟』支配圏へ薄く広く影響力を伸ばした結果、かえって中心という象徴の形を失ったキャピュレット。そんな人工知能の正しさに屈したとは言っていたが、ピラニリエは自分の執る行動そのものに自信を持っていなかったとは言《い》い難《がた》い。何が私達を壊すのかは知らんが、ひょっとすると積極的自己否定が利用されているのかもしれないな」

「せっきょくてき、じこひてい、ですか？」

ミョンリが難しい顔をすると、レイスは小さく頷《うなず》いて、

「吹雪がひどいから登頂を断念する。勇気ある撤退。……確かにそれも人の意志の力によるものだが、想いが強ければ強いほど初期設定した目的から遠ざかる不思議な心性だ。だからピラニリエは、自ら滅んでいく方向へ全力で突き進んだ」

重苦しい空気に、金髪の少女は息を吐いて、

「私達のオリジナルだったカサンドラ＝マティーニは合理の殺人者だったらしい。その過程でどれだけのものを自分から諦《あきら》めてきただろうな。老婆のカタリナがいれば、この辺りの話を裏付けられたかもしれんが」

これまでの世間話とは調子が違った。

レイスとヘイヴィア達の間で絶対的な格差があるからかもしれない。

当然ながら、ヘイヴィア達は恐る恐る地雷原に向かう係。レイス達は歩みが遅いなど気に喰《く》わない理由があれば即座に後ろから背中を撃つ係だ。

「(……タラチュアのヤツ、信じられねえ。まさか成功報酬と一緒に現場入りさせるとかよ。

ヤツにとっちゃ間抜けな馬の前で釣竿《つりざお》から下げたニンジンでも揺らしているようなもんなのか……？）」

「どうした、正直なくらい挙動不審だな。任務達成の褒美《ほうび》に私の首でも要求したか？」

「チッ」

ヘイヴィアは忌々《いまいま》しげに舌打ちしただけだった。

ここでバレるかどうかなど関係なかった。『密約』はタラチュアとの間で交わされている。

性根の部分が壊れていようが何だろうが、計算はできる人物のようだった。つまり、知能指数の高いシリアルキラー。今からレイスが泣《な》き喚《わめ》いたところで、ヤツは『情』で決定を翻《ひるがえ》さない。

同胞であってもお構いなしだ。

レイスもレイスで小さく息を吐いて、

「醜悪なほど希望にすがっているようだが、まぁそれは構わん。後の事を考えるのも良いが、直近のハードルを忘れるな。タラチュアがオリンピアドームを警戒しているのにもそれなり以上の根拠がある。一つ、『マンハッタン000』がこちらに向かっているとすると、単純に回遊する人工浮揚島が最接近する可能性が高い。二つ、STOL仕様の輸送機やティルトローターなどを中心に、平和の象徴へ『信心組織』系の兵士や備品が運び込まれている。トロイの木馬を気取って内側に踏み込めば終わりじゃないぞ。我々が貸与した『情報同盟』装備の使い方も復習しておけ。そいつはこのオンボロから鹵《ろ》獲《かく》したものとして扱われ……」

「黙れ、もう良い」

突き放すような一言だった。

ほんの数時間前とは明らかに違う声色で、ヘイヴィアは切って捨てた。

「いつまで味方のつもりでいやがるんだテメェは。線は、きっちり引かれている。いいやテメエがその手で引いたんだ。虫唾《むしず》が走る。今さらあっちとこっち、自分だけ好きなように行ったり来たりできるなんて都合の良い事考えるんじゃあねえ。完全にぶっ壊れた狂人のたわ言だと思っても腹が立つ」

「……感情的になるのが貴様の美徳かね。いっそ愚鈍なほどに純粋だが、具体的に生き残るつもりはないのか？」

「その手で命を奪っておいて良く言うぜ!!　ジャンヌダルク並に頭が高次元にトンでやがるのか正義のヒーロー。その口で言ってみろ、我が身可愛《かわい》さにどこの馬鹿がクウェンサーを撃ったと思ってやがるんだ!?」

あからさまな罵声《ばせい》に、びくりと少女の肩が震えていた。

ただでさえ小さな体を一層縮ませ、しかしその両目だけが信じられないほど大きく見開かれていた。

何かを言おうとした唇は震え、開閉し、結局は何も出てこない。

「言えよイカれ女」

ヘイヴィアの鬱々《うつうつ》とした瞳の中に、明確な方向性が生まれた。

あるいはそこに合理性などなかったのかもしれない。責めても良い理由を持った者が同じ空間にいる。それだけで捌《は》け口《ぐち》と化しているのかもしれない。

のそりと壁から背を離し、ゆっくりと起き上がりながら、ギラギラと光る眼光と共にヘイヴィアは吼《ほ》える。

「正しい事をしたんだろうがッ!! そのクレバーな頭できちんと考えて最適の答えとやらを導き出して、その結果としてクウェンサーを撃ったんだろうがよ!! だったら胸を張ったらどうだ？ さんざっぱら殺しておいて実は私も苦しかったんですうーなんて涙を浮かべりゃ悲劇のヒロインにでもなれると思ったのか⁉ 浮かばれねえよ、そんなんじゃあクウェンサーが浮かばれねえ。そんなんで誰が納得すると思ってんだクソ馬鹿野郎が!!」

「……、」

「マンハッタンのクソ野郎から一発もらった時、何がどうなったか覚えているか？」

いつまで経《た》っても動けないレイスに、さらにヘイヴィアは言葉で殴りつける。

その心がボコボコに変形しても許さないと言わんばかりに。

「庇《かば》ったんだよ。あのモヤシ野郎はとっさにアンタの上に覆《おお》い被《かぶ》さって、得体のしれないダメージからその小せえ体を守ろうとしたんだ。そりゃピラニリエの一件の直後だ、単純にガキの死ってもんにあてられてたところもあったんだろうさ。……それでもあいつは庇《かば》ったんだ。この意味が分かるか？　今なら背中を預けられる、信用に足る、死んだら困るってあのお人好《ひとよ》しの大馬鹿野郎は考えてた！　そいつをテメェはァっっっ!!!!!!」

小さな動きだった。

理不尽に大人から怒鳴り散らされた小さな子供が、思わず両手で自分の頭を庇《かば》おうとしてしまうのと似たようなものだったのかもしれない。

だが現実にレイスの小さな手が、指先が、腰のホルスターを探すように宙を泳いだのだ。

その事実に金髪少女の顔が苦痛を受けたように歪《ゆが》み、一方のヘイヴィアはもっと崩れた左右非対称の笑みを浮かべていた。

「……それがテメェの本性だ、イカれた人殺し。これは積極的自己否定だの不思議な心の働きだのって話じゃねえ、もっとそれ以前の、魂の本性。上《うわ》っ面《つら》では平等だの平和主義だの何を謳《うた》おうが、ちょっと脅せばすぐ『そうなる』。結局、自分が優位じゃなくちゃ安心して目も合わせられねえ。どうしようもない状況だった？　子供だから仕方がなかった？　だったらそもそも背伸びして戦場なんかやってこなけりゃ良かった。『神童計画』なんか参加しなけりゃ丸く収まってた」

たられればの話が、実現不可能な領域にまで踏み込んでいた。

難癖をつけられればそれで良いヘイヴィアには関係なかった。

だから、彼は容赦なく言ってのけた。

「最初から、『安全国』のおうちでママのスカート摑《つか》んで後ろに隠れてりゃ良かったんだ」

これまで以上だった。

青かった少女の顔が、白へと一層切り替わっていくのが誰の目にも分かった。その未成熟な体の中で、心臓がきゅうっと縮んでいく様子さえありありと浮かぶほどに。

ヘイヴィアとて、軍艦『フラッグシップ019』でクウェンサーとレイスがやり取りしていた話を耳にしていたはずだ。

『情報同盟』で広く普及しているDNAコンピュータ、その心臓部であるアナスタシアプロセッサ。それは誰のがん細胞が使われたものなのかを。

母親の病さえなければ、少女もまたマティーニの名を冠する必要もなく、ありふれた温かい家庭に守られていたかもしれないという、ありえないifの話を。

その上で、ヘイヴィアは言った。

どうでも良かった。完全に敵を見る目だった。

ざりっ、という軍用ブーツの底が床を擦る音が一つあった。

常にレイスの傍《かたわ》らにいた青年が、奥歯をミシミシ軋《きし》ませながら一歩前へ出た音だった。

「……VRゴーグルはめて位置取りカメラの前でナニをしごくのに夢中な『情報同盟』の変態

野郎が、クウェンサーがくたばったのを良い事にここぞとばかりにナイト様気取りかよ」

ヘイヴィアもまた、下がらない。

むしろ一メートル未満の超至近まで、迷わず踏み込んでいく。

「たかが言葉の応酬程度でわざわざ立ち上がってくれる殿方がいるとは大変ご立派。で？　こっちはガチの鉛弾もらっても文句一つ言わずに死ぬまで戦えってか。それがジェントルマンとして『当然』の振る舞いだとでも？　ふざけるんじゃあねえッッッ!!!!!!」


ガンゴンッッッ!!!!!!　と。

肉を潰《つぶ》し骨まで打つような鈍い打撃音が連続した。


まず青年の鉄拳がヘイヴィアの頬骨を打ち、返す一撃でヘイヴィアが摑《つか》みかかる。そこから先はもう言葉になっていなかった。二人して食堂の椅子やテーブルを薙《な》ぎ倒《たお》し、マウントを取るべく床の上を転がっていく。そうしながらもガツガツゴツゴツと鈍い殺しの音が何度も響き渡り、赤黒い血の珠《たま》があちこちに散っていく。

「……やめろ」

レイス＝マティーニ＝ベルモットスプレーが震える唇を動かして、そう搾り出した。

ヘイヴィアはもちろん、青年の方も聞く耳を持たなかった。

『正統王国』の若造が床に転がっていたガラスの灰皿を摑《つか》み、『情報同盟』の機械人間がそんな不良軍人のジャケットに下がっていた手榴弾《しゅりゅうだん》のピンへ手を伸ばそうとしたのを見て、ついにレイスが決断する。

「もうやめろおッ!!」

抜いたのだ。

ホルスターから、拳銃を。

それで場の空気が固まった。決定的に、『正統王国』と『情報同盟』の溝が広がった。ここで手榴弾《しゅりゅうだん》が破裂していたら、二人どころか密閉した食堂に集まっていた皆が犠牲になる。そんな事情など、誰も気にしていなかった。

この場にいた全員が——おそらくは当のレイス本人まで——脳裏に浮かべていたのだ。

傾いた飛行甲板の上で、誰が誰を撃ったのかを、克明に。

「……好きにしやがれ」

側近の青年からのしかかられたまま、ヘイヴィアは投げやりに両手を上げて、

「テメェが辿《たど》る道は二つだ。一つ、作戦に失敗して俺らと一緒にオリンピアドームで蜂の巣にされる。二つ、作戦が成功してタラチュアがテメェを俺らに売る。……逃げ場なんかどこにもねえぞ、頭のイカれたテメェの人生はとっくに詰んでんだ」

そこまでだった。

青年の拳が振り下ろされ、ヘイヴィアの顔面の真ん中にめり込み、笑えない方の馬鹿の意識は迅速に刈り取られた。

6

『海上警備シグマ3より各員。所属不明艦に合流。一律に救難信号は垂れ流しだが……無線電波、光点滅、拡声器によるこちらからの呼びかけに応じる気配なし。指示を』

『こちらＯＤ管制。待てシグマ3、我々オリンピアドームに踏み込んで臨検を行う権限はない』

『シグマ3。すでに二〇〇海里の圏内ではないのか』

『ＯＤ管制。人工浮揚島は領海や排他的経済水域を主張できない。それ以前にオリンピアドームはあらゆる意味で中立だ』

『(……俺達「信心組織」軍を受け入れておいて良く言う)』

『こちらＯＤ管制、発言の前にコールサインを言えシグマ3。我々が踏み込めるのはすでに沈んだ船だけとなる。それは、まだ浮かんでいるな？　予定通り緩衝材を取りつけたのち、波の力に任せてドックへ運び込む』

『シグマ3。向こうは舵《かじ》を握っていない。減速もしない。港湾ブロックを破壊しても知らんぞ』

『ＯＤ管制。普通の港と違って人工浮揚島はこちらも方向や速度を変えられる。相対速度というヤツさ。向こうが動かないならこちらが動けば済む話だ』

『シグマ3より各員、右舷前部完了』

『シータ7、左舷中央完了』

『ファイ2、右舷後部完了』

『プサイ4、右舷中央完了』

『デルタ9、左舷後部完了』

『シグマ3よりラムダ1、左舷前部はどうした？』

『……、』

『ラムダ1！』

『ゼータ0よりシグマ3、ラムダ1はサメとマイクロビキニの恐怖症だ。ビニールボートの上で舌なめずりの肉食お姉さんに童貞喰《く》われている最中に沖まで流された弊害だな。多分今もどっかで震えてる』

『シグマ3。何でそれがトラウマになるんだ羨《うらや》ましい、俺なんかタバコ売店のババアだぞ。こちらでリカバリーを担当する』

『こちらOD管制。シグマ3、トラブルか』

『シグマ3。わざわざ管制のレコーダーに残すような事は何も』

『OD管制。なら部下の童貞絡《がら》みの話も控えてやれ、私だって壁に空いた穴が怖くなる時がある。朝食に最適なバナナが入るくらいのサイズのがな』

『こちらシグマ3、うるせえほら終わったぞ、この冷徹女オペレーターに何があったんだ。相対速度を合わせてソフトに受け止めろ。ソフトにだぞ！』

『OD管制。当たり前だ、衝突の衝撃で中の人間を死なせてしまっては救助の意味がない』

『(……平和ボケしたお人好《ひとよ》し集団め。戦争の調子が狂う)』

『こちらOD管制。コールサインだシグマ3』

7

ご苦労様です、としか言いようがなかった。

「始めっか」

ヘイヴィアの一言で戦端が開かれた。

『信心組織』の手でしっかり船を港湾ブロックに固定してもらうと、歪《ゆが》んだ鉄扉《てっぴ》を蹴り開けて『正統王国』のジャガイモ達が飛び出し、アサルトライフルやカービン銃を手にして甲板の端へと走る。

まずは接岸した右舷側、九メートルほど下にあるコンクリートの桟橋部分だ。

パパン!!　スパン！　ドタタタタタタタタタッ!!　と。

立て続けの銃弾の雨で武装した『信心組織』兵を蜂の巣にしていく。いっそ彼らがプロの軍人で助かった、と銃撃の反動にさらされるヘイヴィアはそっと考えていた。これが完全なオリンピアドームの職員だったら悪夢そのものだった。

一応は情報通りではあるのだが、もちろんタラチュアに感謝をするほど教育されたつもりもない。手すり部分に貼られた分厚い鋼板の陰に隠れてアサルトライフルのマガジンを交換しながらヘイヴィアは叫ぶ。

「ガントリークレーンの狙撃手！　それと、団子状に固まってる兵士どもがバラバラに距離を取り始めたらロケット砲の合図だ。優先的に撃破!!」

今回、ヘイヴィア達の持つライフルの銃身下には、それとは別に独立したショットガンが取り付けられていた。本来ならドアを破って突入するための装備だが、こちらには実弾を込めていない。実銃とゴム弾を切り替える事で、無害な職員達は死なせずに制圧していくのが狙いだ。もちろん慈善や博愛などクソ喰《く》らえ。……そういう『甘え』を組み込めば、引き金にかかる指も軽くなるという効率最適化策であった。

「切り替え間違えんなよミョンリ、赤揚げて白揚げてじゃ済まねえぞ！」

「分かってます、って!!」

立て続けに発砲を繰り返すが、桟橋部分の制圧は芳《かんば》しくない。突然の奇襲で相手が驚いている内が華だが、元々オリンピアドームは向こうの庭で、有利な地形は『信心組織』側に全て押さえられている。向こうがショックから立ち直れば、今度はこちらが袋叩《ふくろだた》きにされる番だ。

「一発のスラッグでゴム弾とか、結局これ人道的なんですかそうじゃないんですか？」

「ほとんど自分への言い訳みてえなもんだろ。敵さんは馬鹿馬鹿しいと思っても二重の戦術に対応しなくちゃならねえから翻弄されるし、こっちは『殺さなくて済むかもしれない』なら引き金も軽くなるから作業効率も上がる。『島国』のミネウチと同じだよ。サムライがやたら強気に踏み込んでくんのは、カタナは両刃じゃなかったから、って説もあるらしいぜ」

だから袋叩《ふくろだた》きにされる前に、こちらから徹底的に叩《たた》いて上陸の足掛かりを作る。

舞台はアウェイ、敵の数も武装の量も向こうが有利なのは百も承知だ。その上で、ペースを乱して切り崩していかなくてはならない。

ヘイヴィア達の敵は前だけにいる訳ではない。タイムスケジュールが遅れれば容赦なく背中を撃たれると最初から勧告されている。

『正統王国』軍のジャガイモ達とは別の鋼板に身を隠している黒い軍服のレイスが、反撃の激しい箇所を指差しながら叫んだ。こいつは唯一ヘイヴィア達味方の背中を撃っても許される、全体の監督役だ。もちろんヘイヴィア側がやり返せば速攻で銃殺刑だ。物理と軍規、二重に雁字搦《がんじがら》めである。

「サボる事には実直な馬鹿ども、もう少し弾幕を頼む！　今の内にもっと投げ込んでおきたい!!」

「うるせえ勝手に死ねどん詰まり女ッ！　あんなオモチャほんとに役に立つのかよ……!?」

当てなくても良いのなら、身の危険を冒さなくても済む。ヘイヴィアは無理に手すりの鋼板から身を乗り出さず、アサルトライフルだけ上に出して適当に鉛弾をばら撒《ま》いていった。これでも真面目な方で、兵士の中にはストロボとスピーカーを連動させて作り物のマズルフラッシュを上乗せしている『ごっこ遊び』に夢中なヤツまでいる。馬鹿馬鹿しいが、現実の戦闘は映画と違って弾数無制限ではない。弾の節約の意味では意外と使えるアイテムなのだ。

「……早速テクノロジーに染まってやがる」

「あっ。例のヤツも動き出したみたいですよ」

ミョンリが妙に明るい声を出した。鋼板の陰に身を隠しているレイス＝マティーニ＝ベルモットトスプレーが難しい顔をして両手で何か操作していた。スマホにH字に似た別売りのゲームパッドでもくっつけたような機材だった。

いや、特に間違いでもなかったかもしれない。

野球ボールくらいの塊が遮蔽物《しゃへいぶつ》を回り込んで、『信心組織』兵の隠れ場所へと音もなく転がっていった。

直後。

バガッッッ!!!!!!　と。

明らかに遮蔽《しやへい》の裏から破片手榴弾《はへんしゆりゆうだん》クラスの爆発が巻き起こった。

完全殺害圏は直径五メートル、行動不能圏は直径一〇メートル。そんな基本スペックはどうでも良い。いきなり身を隠している壁や車の内側で爆発が起きれば、まず間違いなく盾に命を預けていた人間は粉々だ。

『わっ⁉　なぁ‼』

近くの物陰で慌てふためいた声を出した別の『信心組織』兵が、またも汚れた煙幕のような爆発に巻き込まれて吹き飛ばされた。とにかくここにいるとまずいと思ったのか、考えなしに盾の裏から転がり出た敵兵をヘイヴィアやミョンリが銃弾で始末していく。

「放物線とか関係なく足元をどこまでも転がって遮蔽《しやへい》の裏まで回り込むリモート手榴弾《しゆりゆうだん》とか、悪趣味にもほどがあるだろ……」

「あれ、粘着テープのお掃除ロボの技術がまんま流用されてるって話でしたよね」

先ほどレイスが放り投げていた機材の正体だった。ボール状の爆発物を適当に標的周辺へばら撒《ま》いたら、細かい位置取りはスマホやタブレットで操作。邪魔な障害物の裏に回って、無防備な兵士達の足元でひっそりと起爆する。刑務所の分厚い壁の向こうに放り投げたり、通風孔からダクトを探検したりとやりたい放題だ。

「そんなテクノロジーの塊ほんとに頼り切りで大丈夫なのかよ」

「ＩｏＴじゃないんだ、キャピュレットと直結などする訳がないだろう。そもそも無人兵器の駆動系はペットロボットより簡略化されている。ＡＩネットワークなど頼ってはおらんよ」

「えっ、そうなんですか？」

「確かにそこらのハエ一匹だって羽根や脚の動きを既定の駆動パターンの組み合わせをこちらから全部用意してフローチャートで完全再現するとなったら膨大な容量のサーバーが必要になる。……が、ここが人工物の一つもない大平原だと考えてみろ。常時電波を飛ばして自分の居場所を知らせ続ける無人兵器なんぞ使い物になる訳がないだろう。イマドキの無人兵器の理想形は基本的に潜水艦だ。本当に必要な時以外、自ら電波を発してはならない。無秩序に繋《つな》がってあらゆる情報を吸い上げようとするキャピュレットにも、この辺りは弁《わきま》えてもらわねばな」

黒い軍服のレイスはいっそ出来の悪い教え子を慈《いつく》しむような目で、

「蜘蛛《くも》や蝶《ちょう》の体の動かし方を簡易回路だけで最大に学習して勝手に構築していく人工生物と、アリやハチの社会性を機械で再現する群知能を組み合わせた、インセクトコロニー理論。これで、サーバー不要で勝手にコミュニケーションを取りながら最適行動を取る。こいつが理想だ。つまり放牧と一緒で普段はひとりでに無人兵器の群れが一つの目的のために動き、我々牧羊犬は全体を眺めて必要な時だけ手を加える、という図式だな」

「御大層にどうも俺は機械よりもテメェ自身の暴走の方がおっかねえんだよ大丈夫⁉」

発想や機転を活《い》かし、自分の手で爆弾をこねていたクウェンサーともどこか違った。

レイス＝マティーニ＝ベルモットスプレーの爆破は無慈悲で感情がない。ハメ技で効率的に殺す。そんな印象だ。

ヴィ……ウン!!　という電気シェーバーのようなモーター音がヘイヴィア達の頭上を追い抜いた。見上げるまでもない。四枚羽の、アメンボみたいな形の飛行ドローンだ。単なる直進ではなく8の字を描くような挙動が混ざるのは、敵からの狙いを逸《そ》らすためか。あるいは無人兵器同士の、電波を使わないコミュニケーションなのか。

そもそも彼らが鉄扉《てっぴ》を開けた直後から正確に『信心組織』兵へ鉛弾を撃ち込んでいく事ができたのも、こうしたドローンのおかげだった。情報は最強の武器。鉛弾やナイフが飛び交う前から勝負は決まっている。まさしく『情報同盟』流というヤツだ。

レイスが嵐に翻弄されるドローンを指差しながら、

「あいつらが自爆して五〇メートル上空から敵兵の頭の上にしこたま破片の雨を降らせたら、Cドックを通り一遍制圧できるはずだ。増援が来る前に上陸するぞ。出遅れるなよ」

「どうでも良いけど……おいっ、危ねえ！　伏せろミョンリ!!」

嵐の暴風雨の中だったからか。思ったよりも船の甲板まで破片の雨がうっすらと降り注いできた。危うくプラスチックとレアアースのふりかけでさらに美味《おい》しくデコレーションされかけたヘイヴィアがレイスに摑《つか》みかかろうとするが、これはミョンリが羽交い締めにして取り押さえる。今は何でやねん一つで血みどろになりかねない。

今は時間が優先だ。

流石《さすが》にご丁寧にタラップが取り付けられている事はないが、接岸作業自体は終わっている。手すりにロープを引っ掛けてそのまま降下すれば、先ほど血染めにしたコンクリートの桟橋部分に降り立つ事ができるのだ。

別にジャングルで位置の探り合いをしている訳ではないが、念のため、ヘイヴィアは血を踏まないよう足の置き場に気をつけつつ、

「『情報同盟』のクソみてえな戦い方は分かった。『信心組織』の方はどうなってんだ？」

「根性じゃないですか？　ド根性で突撃」

いくら何でもそんな馬鹿な、と思っていたら、近くの倉庫の壁が内側からぶち抜かれた。重油火災用の馬鹿デカい消防車だった。

「防弾でも意識してんのかガラスんトコに分厚い金網内張りしやがって、ありゃ単なるハンドメイドじゃねえな。どこぞの環境保護団体が抱え込んでる『観測用ヘリコプター』と一緒だ、最初っからアタッチメントで付け替えできるように設計されてやがる!!」

しかし一番の問題はそこではない。四角い車体の側面にも天井にも兵士が張り付いていた。まるで無数のありんこが群がる角砂糖を振り回しているようだった。ヘイヴィア達がどうこうする以前に、倉庫の壁のギザギザに引っかかり、巨大なタイヤに軍服を巻き込まれて挽肉《ひきにく》にされているヤツまでいる。

タンクデサントでござった。

「根性じゃねえか」

「根性ですね」

どっちみちヘイヴィアが片手を挙げたら味方が肩で担《かつ》いだ携行対戦車ミサイルを撃ち込んでくれた。一〇人以上の『信心組織』兵がびっくり箱の中身みたいに吹っ飛んでいく。

「やべえっまだ生きてやがる!?」

精神論や根性論が極まっているのか、道に転がったり倉庫の屋根に引っかかったりしていた連中は、それでもまだ何人かがこちらへ発砲してきた。

ただ、慌ててヘイヴィア達が錆《さ》びたドラム缶や木箱の陰に飛び込んだのはそういう理由からではなく、

「何だっ、あいつら……？　銃弾に混じって何か別のもん飛ばしてきてやがる」

「折り畳み式のアーチェリーだろう。ライフル弾より山なりの軌道で来るから、念のため遮蔽《しゃへい》に隠れていても注意。勤勉にして小賢《こざか》しい諸君がライフル弾とゴム弾を使い分けているのと同じだ。単体ではさほど効果はないが、織り交ぜて使う事で敵軍に余計な頭の体操を強いる事ができる訳だ」

「そんな話はしてねえイカれ女っ。そこに刺さってる鏃《やじり》を見ろっ、何で海鳥のフンを擦《こす》りつけてんだあいつら!!」

「矢毒の代わりではないか？　傷口から雑菌をねじ込む事でダメージを大きくしようとしているのだろう。腐った死肉や糞尿《ふんにょう》の軍事利用は紀元前から採用されてきた有効策だ」

「ヘイヴィアさんアレっ、道路の方を見てくださいうわー私アレちょっと見たくない、アレは最悪じゃないですか⁉」

「アレアレアレアレアレうるせえな何だっ‼　ッ⁉　おっ、おい冗談だよな？　犬のフンはやめろって、なあ⁉」

冗談のようには見えなかったし、犬のフンを顔面に頂戴したくもなかったレイスたんが野球ボールくらいの大きさの爆発物を放り投げた。遮蔽《しゃへい》に隠れたまま金髪少女がスマホにくっつけたH字ゲームパッドをいじくると、二〇メートル先で呻《うめ》いていた『信心組織』兵が木っ端《こっぱ》微塵《みじん》に吹っ飛んでいく。

「馬鹿野郎ッ‼　犬のフンだの人間の臓物だのをそこらじゅうに飛び散らせるんじゃねえよ危ねえな‼」

「これもはや生物戦じゃないですかね？」

その時だった。

……オオオオ……、と。

音のような、いや違う、わずかな振動がヘイヴィア達の足元から伝わってきた。

彼らは眉をひそめ、

「何だ？　スタジアムの……歓声？」

「何でですか。ここってテクノピックの時以外は完全に死んだ街でしょう？」

「オカルトの科学的見地もままならん呆れた有識者達よ、嵐の暴風や大波の影響で人工浮揚島が共振でも起こしているのかもしれん。大地に根を張っていないから、全体の比率で考えればピザのように薄いはずだしな」

「しれっと混ざるなロリ死神。俺はペドもネクロも興味ねえ」

「またまたあ？」

「大して深くも考えずに笑顔でしれっと差し込むんじゃねえよミョンリ！　ほんとの事に聞こえんだろ‼」

しかし、現実にだ。

ドォオオ‼‼‼　と。

サッカーの後半戦終了間際《まぎわ》で決勝点が入ったような、とてつもない振動が遠方で炸裂《さくれつ》し、ここまで伝わってきた。明らかに自然現象ではない。人の意志が込められた騒乱の音であった。

ミョンリがうんざりしたように言う。

「……やっぱりド根性ですかね？」

「神話フェチの変態どもめ。自家発電で頭のリミッターでも切りやがったか⁉」

いよいよデジタルVSアナログの戦争が始まった。

ヘイヴィア達もCドックに残って船を死守するのが目的ではないので、この場に留《とど》まって徹底抗戦しても意味はない。なのでとっとと場所を変える事にする。

レイスはカスタムしたスマホから顔を上げ、

「目的は通信機材の集中する放送局だ。電波塔やパラボラは無視して良い。どっちみち、心臓部さえ破壊すれば情報の交通整理ができなくなって使い物にならなくなるはずだ」

「おいっ前提が違うぞ。テメェの大好きな頭のイカれたマティーニ姉妹はこいつを丸ごと沈めろみてえな話をしてなかったか？　テメェと違ってこっちはお手つき一つでタラチュアのクソ野郎から処刑されかねねえんだぞ！」

「呆《あき》れるほどの適応力だな……。期待されているからどうした、そのままやるのが貴様の思考能力の限界か？　そもそも私達の手持ち装備でオリンピアドーム全体を確実に沈められるかどうかは未知数だ。軌道上の発電衛星と海上の変電船舶に主要な動力を任せているからオリンピアドーム内では誘爆も期待できんしな。人工浮揚島もここに浸透している『信心組織』軍もどうでも良い、まず第一に『マンハッタン０００』に対する情報収集能力を奪うのが最優先のはずだろう」

「へぇへ、お優しい事で。博愛主義の塊だな、背中にナイチンゲールの霊でも張り付かれたか？　あの世のクウェンサーも涙を流して喜んでるだろうよクソが」

側近の青年がヘイヴィアをぶん殴ってヘイヴィアが殴り返した。

本格的な取っ組み合いに発展する前に、おどおどミョンリが味方に向けてアサルトライフルを突き付けて秩序を保つ。

「これ本来私の役割じゃないですよね⁉　レイスさん人間の管理をしっかりしてください！」

「う、うむ……」

「そのまま撃っちまえよ馬鹿！　テメェどこの所属だよ⁉」

「いい加減に黙らないと両方ともゴム弾の方で仲良く金玉撃って私達だけで先に進みますよ。殺さずに済ませる非殺傷兵器って本当に便利ですよね？」

笑顔であった。

金玉やったらゴムでも何でも関係ないという基本は……分かった上での発言か。どうやらミョンリが恐怖の督戦隊として覚醒《めざ》めてしまったようだ。マジメちゃんほどキレるとおっかないの法則がここに顔を出す。

「……今月は何かのキャンペーンか？　あれだけ地味だったノーマル止まりのミョンリがウルトラレアに化けてキラッキラ輝いてやがる」

「多分おめーらに揉《も》まれて磨かれたんだと思います」

「ミョンリのくせに生意気な。ウルトラレアになっても特に露出も増えねえし」

「それも含めて全部ですよ！　全部が最低ッ‼」

港湾ブロックから外周市街地へ入る。

頭上の分厚い暗雲のせいでもあるだろうが、土砂降りの雨に打たれた街並みは灰色のイメージが強い。

「ほんとに大丈夫なんだろうな、民間人とか……」

「テクノピック開催時以外は選手団も観光客もいないらしいですよ。民間人はオリンピアドームの保守点検用のスタッフだけ。都市人口密度は八％以下ですから、流れ弾の被害に遭う可能性はほとんどありません」

「ようし分かった確定情報は何にもねえな。のちのちまで悪夢を見たくなけりゃ要注意だ」

ギャリギャリギャリ‼　という分厚いタイヤが地面を噛《か》む鈍い音がいくつも響き渡った。交差点や地下駐車場の出入口などから、茂みに隠れていたワニが顔を出すようにゴミ収集車やクレーン車などが飛び出してくる。しかも今度は東南アジアの満員電車みたいに車体全部へ兵士達がくっついている他に、

「やべっ、ボルトやスライドレールで重機つけてやがる‼」

「あのかっちりはまったフィット感、どう考えてもあっちが正しいフォルムですよねっ、普段は装備を外して民生品っぽく見せかけているだけで‼　前線基地のインフラ支援用なら普通に軍用兵器ですって‼」

この場合は、建設重機ではなく重機関銃の事だ。こんな片側三車線の滑走路みたいに開けた道に突っ立っていたら横薙《よこな》ぎ一閃《いっせん》で胴体を真っ二つにされてしまう。

ドッドッドッドガドガドガドガ!! という太い銃声の連続に追い立てられるようにして、へイヴィア達は道路の左右にある店舗の窓を突き破って屋内へと逃げ込んでいく。

飛び込んでから、ここが小洒落《こじゃれ》たバーだと遅れて気づいたほどだった。

「くそっ、横殴りの鉛の雨で足止め食ってる場合じゃねえぞ。ヤツら頭のリミッター切って死の恐怖から解放されてやがる。今に突入してくるに決まってる!!」

「心配するな臆病な精鋭よ、美人で優しいおねいさんが今からヤツらを削《そ》いでやる」

妙に自信ありげなレイスの言葉だった。そういえば、彼女の側近の青年などは走りながらマガジンの挿さった二五ミリのグレネード砲を適当に真上へ連射していたようだが。

いいや……?

「パラシュート開傘確認。全弾アクセス点灯、途絶なし。いつでも行けます」

「了解フランク。エンジンまわりの熱源反応でマーク、ひとまず改造車を全部吹き飛ばすぞ」

一〇秒ほど遅れて、だった。

重機関銃の腹に響くような太い銃声すら丸ごと消し飛ばすほどの、凄《すさ》まじい爆音が表で炸裂《さくれつ》した。それも一発二発ではない。連発。レイスのスマホとゆるりと暴風に流されるグレネード砲弾のカメラが連動して標的設定を行い、自らパラシュートを切り離した爆発物が小さな羽根の動きで軌道を修正しながらゴミ収集車やクレーン車の真上へピンポイントで落ちていったのだ。この嵐の中、走行する暴走車両が相手でも、百発百中の誘導性能で。

「イカれ女のやる事はおっかねえ……」

重機関銃の音が完全に消えた事の意味を悟り、ヘイヴィアが思わず呟《つぶや》いていた。

とりあえず適当に撃ちまくって、後から個別にロックオンし直す事のできるグレネード。単純に両手を挙げて喜べるはずもなかった。こんなものが敵として現れたら最悪の一言だ。今でこそ屋根のある市街地戦だが、だだっ広いだけの平原では頭の上からの攻撃には絶望的な意味が付きまとう。

しかし大戦果のレイス本人はさして喜んでいる様子もなく、

「見た目の分かりやすいアクティブな直接戦力よりも、連中がどうやって私達の位置を捕捉したのか、パッシブな索敵インフラに気を配るべきだ。単純にして厄介な『信心組織』め、時代遅れのアナログ戦争だけでもないのか？　『目』を潰《つぶ》さない事にはこんなイニシアチブすぐに奪い返されるぞ」

ドォオオ!!　という例のスタジアム歓声が思ったよりも近くで炸裂《さくれつ》した。

ヘイヴィアは舌打ちして、

「来るぞ。向こうもスペシャルな個体を小出しにしても爆撃で潰《つぶ》されるだけだってくらいは学習したはずだ」

「つ、つまりどういう事なんです？」

「倒し切れないほどの物量で一気に押し流すつもりだ！　味方を盾にして、その死体を踏み越えながらな!!」

ヘイヴィアの言葉を耳にしながら、レイスは先ほど港湾ブロックでも使ったサーバー不要のリモート手榴弾《しゅりゅうだん》をカウンター奥のごちゃごちゃした酒ビンの群れの中へと差し込んでいた。

そのまま全員で裏口から外へ出る。

追加の重機が怖いのも事実だ。できるだけゴミ収集車やクレーン車などの大型車両が通れない路地や小道を選んで部隊を進めていく。

「上の窓も足元のマンホールも全部気をつけろ。こういう、地均《じなら》しのできねえ市街地は死の坩堝《るつぼ》だぜ……」

ヘイヴィアの言葉を適当に聞き流しながら、レイスは自前のスマホで先ほどのリモート手《しゅ》榴弾《りゅうだん》に搭載されたカメラの映像を確認していた。兵士というより暴徒の群れのような集団がドアも割れたウィンドウも関係なく、それこそ洪水のような勢いで店内に押し寄せ、中を蹂《じゅう》躙《りん》していくのが分かる。

その中から、レイスは彼らの手の甲に特徴的な刺青《いれずみ》が彫られているのを見つけ出す。

「アステカ……いいやマヤの系統だがもっと古い神かな」

金髪少女は空いた手で自分の細い顎《あご》を軽く撫《な》でながら、

「古代文明だからと言って存外軽視もできん、大規模な石工建築や精密な天文学を支えたのは高度な学問だ。正確な腕でデカブツをこしらえるという考え方は、今日のオブジェクト開発にも通じるものがあるしな」

「それシラフで究極魔法が使えるようになるまで調べんのかよ？　でなけりゃ時間の無駄だぜ、くっだらねえ」

側近の青年が静かに拳を握って上腕二頭筋が未《いま》だかつてない盛り上がりを見せたところで、スマホに視線を落としたままのレイスが部下のスネにローキックをかましていた。いい加減に学習したらしい。一二歳の金髪少女の伸び代は無限大だ。

「れ、レイスさん。せめて画面から顔を上げてあげましょうよ。あんまり雑にやるから地味に落ち込んでいますよ。これだとご褒美《ほうび》になっていません」

「良い薬だ。愚鈍にして暑苦しいムサ夫の思考で勝手に可憐《かれん》な私の気持ちを代弁しようとするからこうなる」

店内に押し寄せた大軍の誰か一人がカメラの存在に気づいたようなので、ここでレイスは画面をタップしてリモート手榴弾《しゆりゆうだん》を速やかに起爆処理しておく。画面の中ではシンプルな字体で『アクセスロスト』の一言だが、実際にはあの人混みの中での爆発だ。最も効率良く全方位にばら撒《ま》かれた数ミリ大の小鉄球の雨によって、これまたごっそりと命が散った事だろう。

「上を飛んでるドローンが別働隊の動きをキャッチした。逃げているだけでは振り切れんぞ」

「具体的な数は」

「まず私達もお世話になったバーを通って、後ろから追ってくる連中が概算で二〇〇」

「……おい脳内物質じゃぶじゃぶのその頭で計算できてんのか。こっちは五〇いれば良い方だぞ、早速四倍差の絶対ラインを超えてやがる」

「さらに前からやってくるのは三〇〇強。戦力差はざっと一〇倍、今後どこまで膨らむかは予測不能」

兵士の技術や装備うんぬんではなく、まず人数差で勝てない世界の話がやってきた。奇襲の利点も使い切ったし、今のままでは文字通りの袋叩《ふくろだた》きだ。

スマホ片手に適当に言いながら、レイスはポケットから取り出した円盤をいくつか放り投げた。映画のディスクよりも大きめな円盤は地面に落ちるとひとりでに解け、長さ一メートル、ちょっとしたケーブルか蛇にも似たロボットへ変わっていく。どこまで蛇の構造を組み込んでいるかは未知数だが、頭の部分でコツコツと地面を叩《たた》いているのは熱でも読み取って機体間でコミュニケーションでも取っているのか。

「この狭い小道の中で前後から挟撃されるのが最悪のパターンだ。呆《あき》れるほどに単純な一本の直線上にいるのは下の下策だ。こちらから大通りへ出る事で横方向へのベクトルを加えた方が良い。戦列をくの字に折り曲げ、一方向からの攻撃へ局面を切り替えるべきだ」

「あ、あのう、そっちのロボットも爆弾なんですか？」

胃カメラのように身をくねらせるロボット達は、あるいは垂直の配管に巻きついてビルの屋上へ、あるいはマンホールの小さな穴から地下へと滑り込んでいく。

レイスはスマホの画面へ目をやったまま、

「いいや、こっちはハイスピードカメラだ。カメラ自体はミラーレスでかなり小型化に成功しているんだが、とにかく本体のブレが大敵でな。ジャイロである程度は補整できるが、わざわざハイスピード仕様にする意味がなくなる。飛行型にはまだまだ搭載し辛《づら》い事情もあるんだ」

「カメラ、ですか……?」

「ああ。アウェイで勝負を挑んでいる以上は、どうしても数では劣るからな。足りない部分をカバーするために、ここはサッカーで行こうと思う。野球でもバスケでも良いが。XYZ三軸、前後左右上下で三二方向ほど視点を設定すれば問題なくいけるだろう」

「???」

8

「くそったれが……!!」

シグマ3ことロビンソン＝キングコールは港湾ブロックの瓦礫《がれき》の中で呻《うめ》き声《ごえ》を発していた。

散々警戒はしていたはずなのに、例のオンボロ船をCドックに詰め込んだ途端にこれだ。トロイの木馬から溢《あふ》れ返《かえ》ったゾンビどもが平和の象徴・オリンピアドームで牙《きば》を剝《む》いている。おかげで硝煙と血の匂いの漂う戦場へ早変わりだ。

　ヒスパニック系の大男は九メートル以上の高さがあるオンボロ船を見上げる。船自体は『情報同盟』艦のようだが、掲げられた旗は『正統王国』のものだった。

「シグマ3からOD管制。ヤツらは結局何者だ⁉　『情報同盟』の船を鹵獲《ろかく》した『正統王国』か、『正統王国』に見せかけた『情報同盟』の偽装か、あるいは全くの第三者か⁉」

　回収もせずに一面散らばっているライフルやショットガンの薬莢《やっきょう》も数種類あった。普通であれば規格を統一して仲間同士で使い回せるようにするはずなのに。

（……目の前に多くの証拠があってもかえって煙《けむ》に巻《ま》かれている印象だ。これだから『情報同盟』の名前が出てくると‼）

　その理屈を超えた生理的な嫌悪感《けんおかん》は、ひょっとしたらロビンソンが唯一絶対の真実に価値を求める『信心組織』の所属だからかもしれない。ポスト真実だのフェイクニュースだので真実を濁して乱痴気騒ぎを繰り返す輩《やから》など根本からして理解できない。

　彼は同じように水上オートバイから合流した仲間達と共にドックを走り、そこかしこに倒れている友軍の脈を確かめ、まだ息のある者は最低限の止血とGPSのタグを巻き付けてから次へ移っていく。

　港湾ブロックを抜け出しても、悪夢は覚めなかった。

黒煙、火薬、そして死の匂い。

横殴りの雨の中でも決して拭《ぬぐ》い去《さ》る事のできない不吉が市街地全体に横たわっている。

(最悪だ……)

敵を憎むのは容易《たやす》いが、事態を招いたのはロビンソン達だ。そういう軍上層部からの命令だったから、は良心を慰めてくれない。あの船をCドックまで誘導したのも、そもそもオリンピアドームに駐留を決めたのもロビンソン達『信心組織』軍の起こした行動と結果なのだ。

「シグマ3よりOD管制、青写真をこちらにも頼む。戦線に合流したいがどういう作戦で進めている⁉︎　OD管制ッ‼︎」

『……生命と天罰の神ゼウスよ清浄なる巫女《みこ》が希《こいねが》うかつてオリュンポスの都を守護したその力でもって現代の神殿を土足で荒らすかの不届き者達へ雷霆《らいてい》をかざしたまえ……』

「くそっ‼︎」

平坦《へいたん》でのっぺりとした祝詞《のりと》によって、氷のように冷徹だった女性オペレーターの精神がすっかり高みに昇っていた。直接戦闘を担《にな》うのは宿を借りているロビンソンらプロの兵士だが、中央で通信をモニタリングし、各種のレギュレーションを判断しているのはあくまでもスポーツ施設の保守点検を行う民間人だ。自分の指示した結果多くの人が死ぬ、という現実に必ずしも耐えられるとは限らない。

(街並み全体に広がるこの損害……侵入者『だけ』でここまで拡大するとも思えない。こうな

ると、地上勤務の連中もリミッターを切って消耗戦に入ったか）

元々、ロビンソン達はマンハッタンの問題に呼応してオリンピアドームまで急行した訳ではない。それではいくら何でもタイミングが早過ぎる。

半ば恒例行事と化した海上補給の合間に、たまたま出くわしたという方が近い。

（そんなに先が読めていたらもっとスマートに立ち回ってる！　マンハッタンめ、勝手にやってきて災いだけ振《ふ》り撒《ま》いていくとか、何なんだ。今俺達は一体誰と戦っているんだ⁉　あれを守る側か、壊す側か‼）

つまり、そもそも最初は棚から牡《ぼ》丹餅《たもち》だったのだ。渦《か》中《ちゅう》のマンハッタンに一番近い活動拠点を、命懸けの構築作業もなく偶然手に入れただけ。なのにマンハッタンの持つ意味、価値が判明してくるにつれて、絶対成功、絶対死守が叫ばれるようになってきた。欲に目を奪われた上層部の迷走によって使《つか》い潰《つぶ》されていく。それがロビンソンの率直な感想だった。

顔の見えない敵。

そんなもの、得体のしれないオカルトと同レベルの脅威だ。

（ただでさえこちらは『厄介なモノ』の輸送任務の途中だったというのに……。最初の任務はどこへ行ったんだ、くそっ‼）

「どうするシグマ３」

傍《かたわ》らにいる大柄な女性兵士が遠くを見据えながら囁《ささや》いた。

「私達も頭の配線を切るか?」

「……いいや」

　ロビンソンは吐き捨てるように答えた。

「これが神の定めた終末だというのなら従うまでだが、ここにいるのは敵も味方も人だけだ。人間の欲望に従って死ぬつもりはない。本隊に合流するぞ。何がデジタル戦争だ、数の差ならこちらが圧倒的なんだから、冷静ささえ失わなければ普通に勝てるはずなんだ」

9

　これが最適と分かっていても、自分から遮蔽物《しゃへいぶつ》を捨てて開けた場所を走るのは心臓に悪い。枝を折るな、泥を踏むな、影を伸ばすな、ドアや壁にべたりと張り付くな、鏡や窓にライトを当てるな。歩き方一つにも『お作法』はあるのだが、現実の戦争では往々にしてそんな教科書通りに進められるとも限らない。

　もう最悪だった。

「ミョンリ走れっ!　誰の背中が撃たれても文句ナシだ‼」

「でもジョナサンさんが、」

「走るんだッ‼」

開けた場所で救援に向かっても追加で撃たれておしまいだ。背骨を砕くように正中線を撃ち抜かれているからどうにもならない。歯を食いしばって未練を振り切るしかなかった。

片側三車線、滑走路のように広い大通りを抜けて、反対側にある駅舎へ飛び込んでいく。すぐ近くの壁の裏に飛び込み、ようやくヘイヴィアは塊みたいな空気を吸い込んだ。

「はあ、はあ！　くそったれがっ、ちゃんとレイスは撃たれたか⁉」

「ご愁傷様生きてるよ」

「ちくしょう、良いヤツから死んでいくの法則が証明されやがった……」

出入口付近でヘイヴィアはネット通販大手が普及に向けてゴリ押ししている自販機の耐震補強具をライフルで吹き飛ばし、薙《な》ぎ倒《たお》してバリケードを作りながら本気で吐き捨てていた。

しかし今度は半ば以上暴徒化した『信心組織』兵が苦しむ番だ。ストレートに追ってくるとなると、ヘイヴィア達が命を危険にさらした大通りを同じように通るしかない。

「……連中が本気で頭のリミッター切ってるなら、五・五六ミリを一分間に七〇〇発撃ち込んだって押し負かされるぞ。現代戦術だのスマート理論だのだって、仲間の死体を踏んで血の川を渡る覚悟を決めた大軍だけはどうにもならねえ。扇状に小鉄球の雨をばら撒《ま》く指向性地雷がどういう経緯で開発されたか分からねえとは言わせねえからな」

「分かっている。それより大きな駅だ、地下鉄のトンネルや非常口などに留意しろ。ドローンだけでは無個性の猛威たる敵兵分布を把握しきれん」

「う、海に浮かんだ人工浮揚島、ですよね……？」

「だから？　船と同じで重心は下の方がありがたいんだ。海洋建築で重宝されるのは爆乳よりも安産型のお尻だよ、錘《おもり》も兼ねてある程度の厚みが求められると思うが」

レイスがパチンと指を鳴らすと、傍《かたわ》らの青年が『正統王国』兵に野球ボール大の塊をいくつか差し出してきた。例のサーバー不要のリモート手榴弾《しゅりゅうだん》だ。

「爆発物というより『目』として使え、破片手榴弾《はへんしゅりゅうだん》程度では肉の盾を貫けん。下から大軍が押し寄せた時に備え、あらかじめ地下エリアを水没させておくのも効果的だ」

「そういう小細工は俺の領分じゃねえ。おい誰かっ、工兵部隊を編制してくれ。テメェもだクウェン……」

言いかけて、ヘイヴィアは舌打ちした。

居心地の悪い沈黙と共に、彼は自分の頭をボリボリと掻《か》いて、

「……何でもねえ。ミョンリ、手先は器用な方だったたな？　矢面に立って鉛弾の雨を浴びるのと裏方に回ってこっそり指を動かすのはどっちが良い。使える人間を一〇人選定して全ての出入口を封鎖しろ。早く！　敵は変身シーンが終わるまで待っててくれるほどお人好《ひとよ》しじゃねえぞ!!」

バム!!　というくぐもった爆発音が表から響き、大通りに面したいくつかの窓が衝撃波で砕け散った。

捕虜を確保しようとした『信心組織』兵が近寄ったところで、起き上がる事もできないジョナサンが最後の力を振り絞って手榴弾《しゅりゅうだん》のピンを抜いたからだ。

ヘイヴィアは舌打ちして、

「くそっ、始まっちまった!!」

「準備不足だが状況に対応するしかない」

ヘイヴィアは薙《な》ぎ倒《たお》した自販機の陰、レイスは書店用のワゴンに積んだ自分の背丈よりも高い返本雑誌の山に身を隠しながら、それぞれ銃器を表に向けていく。

一発の爆発音で興奮が一線を越えたようだった。わっ！　という騎士道映画の合戦シーンのような雄叫《おたけ》びと共に、パノラマで視界を埋め尽くす格好で大通りに『信心組織』の軍人達が溢《あふ》れ返《かえ》ってくる。

とにかく人、人、人、人。

スパン！　パパパパン!!　ドガガガガガガガがガッ!!　と。

その一発一発で実際に命が散っているという事実を忘れてしまいそうなほどの、分厚い壁が押し寄せてくる。赤黒い血や肉が飛び散り、最前列の兵士が崩れ落ち、致命傷を負った友軍が完全に息を引き取る前に多くの軍靴《ぐんか》が人の体を踏《ふ》み潰《つぶ》して前へ進む。

ピラニリエ＝マティーニ＝スモーキーの執った悪夢のような作戦指揮とも違う。脅されて仕方なくではなく、彼らは自らの意思で望んで我先にと突撃してくる。

「最悪の一言だッッッ!!!!!」

「地獄の光景そのものだな。いっそ馬鹿馬鹿しいほどの基本だが、マガジン交換の際に弾幕を途切れさせないよう連携に気を配れ。弾の密度が薄まれば一気に近づかれるぞ」

忌々《いまいま》しげに吐き捨てながらも、体の動きそれ自体は正確なものだった。

センサー制御の機械のように大通りへ飛び出してきた兵士達を淡々と撃ち抜きながら、ヘイヴィアへ目線も投げずにレイスはこう呟《つぶや》いていた。

「……済まなかったな」

「それ感動的な体当たり攻撃の伏線か何かか？　でなけりゃ口を閉じて黙ってろイカれ女、俺にとって得する事は何もねえ。テメェのその血液型占いよりいい加減な感傷は俺様から恨む権利を取り上げるほどに偉いのかッ!!」

ざざっ、とヘイヴィアの耳元にノイズが入る。

無線機からはこんな声があった。

『連中、大通り踏破の他に別働隊を編制してるっ。そっちにばかり気を取られていると大きく回り込まれて西口方向から駅舎に踏み込まれるぞ！』

「冗談じゃ……!!」

「そりゃあ向こうは好きなだけ人を使えるんだ、当然そうなるだろう。そして今さら金属シャッターを下ろした程度で抑え込めるとも思えん。ああ、闇雲に戦力を分散するなよ。どれだけベタにして衝撃的な新事実が発覚しようが、基本の真正面を突破されたら駅舎が血の海になるという条件は変わらんからな」

「ならどうしろってんだ⁉　後ろからケツ狙われてんだぞ。ただ黙って釘《くぎ》づけにされて、最後の最後までお行儀良く戦って死ねとでも⁉」

「私はこう注釈した。闇雲に、戦力を分散するなよと」

レイスはわざわざ区切るように言いながら、銃器とは別に五インチのモニタを小さく振っていた。彼女が愛用しているスマートフォンだ。

「サーバーのマップデータがなくとも勝手に撮影スポットを見つけて潜り込むヘビ型ロボットを放って三二方向から戦場を観察させたのは、ハイスピードカメラを多用して連中の『細かい癖』を正確に分析するためだ。ひとまず一秒間に一万枚。向こうが物量勝負の消耗戦を仕掛けてくれたおかげで、短時間で多くのデータも集まった。突撃、後退、陽動、連携。魔法の鍋の中でビッグデータが煮えているぞ、そろそろ全部網羅している頃だ」

「……んなもんで本当に何かが劇的に変わるとでも？」

「これも『情報同盟』流さ、団体戦のスポーツなら何でも構わないんだがな。とはいえこちらもある程度の数が揃《そろ》わない事にはどうにもならん。最適の答えが手元にあっても監督一人で全部できる訳ではないからな。従って生きるか、従わずに死ぬか。ここで決めてくれたまえ、仇敵《きゅうてき》にして親愛なる諸君」

ヘイヴィアは忌々《いまいま》しげに舌打ちした。

表の『信心組織』兵を一山いくらで撃ち殺しながら、彼はこう搾り出した。

「……テメェがどれだけ善行を積んだところで、今さら何も変わらねえぞ」

「構わんよ。死にたくないとは言っていない、死ぬならここじゃないというだけの話だ」

方針は決まった。

全体の指揮系統が黒い軍服の少女へと移っていく。

「フランク、例のグレネードを上方発射。とりあえず五発で良い、今大通りに出ている軍勢とこれから出てこようとしている軍勢との間を爆風で潰《つぶ》して孤立させる」

「了解しました」

「進むも戻るもできない連中をアサルトライフルで一掃。水道管を清潔に保つ方法と一緒だ、常に『流れ』ができているから突撃を続けられるが、わずかでも分断させてしまえば死の恐怖がぶり返す。わずかだがな」

「マジか心理学とタロット占いって同列の迷信じゃねえのかよっ」

「未《いま》だにサルの域から抜け出せん輩《やから》にも私は敬意をもって応じよう。正面が詰まれば脇道に意識が逸《そ》れていくのが人間だ。ヤツらの第二候補は西口周り。こっちの圧力が弱まった隙を見て、携行ミサイル抱えた連中を三組ほど派遣しろ。別働隊は少数派だ、出鼻を挫《くじ》く格好で最前列を粉々に吹っ飛ばせば勢いは止まる」

全体の数の差で言えば五〇対五〇〇か、それ以上。

四倍以上の差がついた時点で個人の力量など関係なく袋叩《ふくろだた》きにされてしまう、という分かりやすい理論が横たわっているはずだった。

ただし。

それは逆に言えば、

「全体で考えるのではない。局所的な人口密度で計算し直せば良い」

レイスはH字のゲームパッドを突き刺したスマホの画面に目をやりながら、謳《うた》うように囁《ささや》いた。

「スポーツ界のデータ分析では選手の癖を徹底的に分析する。個人やチームの攻め方が細かく分かっていれば、最初からそちらへ防御を集中させれば良い。それを全ての状況で暴き出す。サッカー、バスケ、野球、ホッケー、何だってそうさ。そいつを戦争に置き換えるだけの簡単な仕事だよ」

このオリンピアドーム全体では五〇対五〇〇であっても、実際に一度にぶつかる数が同じとは限らない。タイミングを計り、地形を利用し、銃弾や爆発物で敵兵の集団を一〇人以下に分断させれば、小粒な団子団子の話では逆にこちらが四倍差の恩恵を得る事もできる。

当然ながら、闇雲に戦うだけではこんな大戦果にはならない。戦力差は覆《くつがえ》せると叫ぶだけなら根性論とさして変わらないのだ。

三二方向からハイスピードカメラで徹底的に撮影し、国際大会級のアルゴリズムで分析させ、敵兵の配置や分布を逐一追跡し続け、画面通りに動けと言われて実際『そのように』動ける、理想を現実に変えられる兵士が一定以上いなくてはどうにもならない戦術だ。

データの中の統計が、みるみる現実の風景を侵食し始めてきた。

停滞。

単純に大通りへ突撃を仕掛けてくる『信心組織』軍の動きだけではない。彼らの間で急速に興奮の熱が冷め、勢いが衰え、死の恐怖と混乱がひっそりと蔓延《はびこ》っていくのが分かる。漠然とした『空気』など目に見えるものでもないはずなのに。

「銃撃を五秒停止」

「っ？」

「ホッと安心させてから改めて死地へ放り込むんだよ。真冬の夜に、とびきり熱い風呂《ふろ》に入れてから表へ放り出すようなものだ。揺さぶりにはそれが一番効果的だろう。銃撃再開」

スパパン‼　というへイヴィアの短い連射で、これまでになかった変化が生じた。

いったん大通りに出てきた若い兵士が立ち止まり、身を翻《ひるがえ》して元来た路地へ逃げ帰ろうとしたのだ。

「今ので醒《さ》めたな」

レイスは冷徹に言ってのけた。

変化が分かっていて、しかし彼女は銃撃停止を指示しなかった。

「頭のリミッターの話なんてどこまで行っても一時的なものだ。本能的な死の恐怖を忘れていられるなど、主義信条はどうあれ生物的にはまともな状態ではないからな。ならば、オンオフをこちらから制御してしまえば良い。望んでもいない現実感によって純粋さを失ったヤツらはもう仲間の死体を踏んで血の川を渡る覚悟を固められん」

「ご高説は結構だ！　ここからどうしたら⁉」

「マイノリティをマジョリティに押し上げる。さっきの若造ではなく、その近くにいる別の兵士の頭を二つ三つぶち抜け。見知った人の顔を壊し、返り血を浴びるくらい至近で見せる方が効果的だ。死の恐怖にやられた若造がパニック起こして叫び出せば、そこから先は早いぞ」

それこそ、一面に撒《ま》いた油へ火を放つようであった。

明らかに連携が崩れる。一枚の分厚い壁のようだった大軍勢に亀裂が走る。ヘイヴィア達はただ溝を広げるように散発的な銃撃を繰り返すだけで良い。向こうは誰が最前列で突撃するかを押し付け合い、同じ『信心組織』の中で殴り合いまで起こしている有り様だった。

レイスは非情に言ってのけた。

「烏合《うごう》の衆と化した。片付けろ」

「おっかねえ」

全員残らず始末する必要すらなかった。しまいにはアサルトライフルの銃口を向けただけで短い悲鳴が起こり、命令を無視して兵士達が勝手に現場を離れて逃げ出してしまう。

「追うのか？　再結集して冷静さを取り戻されたら面倒だぜ」

「何もかも逆だ。人は冷静になれば死の恐怖を思い出すものだ、時間を空ければ死の恐怖が悪夢として精神に絡《から》みついてくれる。ただし連中と個別にやり合ってもこちらが普通に負けるがね。そもそもの人数差を忘れたか、こちらの弾の数だって限りがある。データ分析は決して万能ではないんだ、限られた競技場の中でしか効果を発揮しない事を忘れるな」

こちらの目標は最初からオリンピアドームの大規模放送インフラ（逆に言えば、周囲の電波を見境なく受け止める事もできる電波盗聴施設）の要《かなめ》である放送局の爆破処理だ。本命へ辿《たど》り着《つ》く前に弾切れを起こしてしまっては元も子もない。

レイスはスケジュール帳と睨《にら》み合《あ》うように、気軽に決めてしまった。

「潰走状態《かいそうじょうたい》に導けただけでも僥倖《ぎょうこう》だ。手品は見破られなかった。自ら勝利を捨てた連中が再び戦闘準備を固めるのには時間がかかるだろう。その間に目的を達成し、さっさとオリンピアドームを離れよう」

死んだ仲間のドッグタグを拾い、ヘイヴィア達もまた駅舎を離れて放送局を目指す。大きな施設だからか、巨大な箱のような外観は遠目に見てももう分かるほどだった。当然、警戒しながらの移動となるが、大きな山を越えたという実感が『正統王国』の生存者達を揺りかごのように包んでいた。

が。

「何だ、これは……？」

「？」

スマホの画面に目をやりながら低い声を出したレイスに、ヘイヴィアが怪訝《けげん》な目を向けた。

その小さな液晶はどこの何と繋《つな》がり、どんなものを表示していたのか。

「これは、こんな、見逃しなんてありえないッ!!　タラチュアのヤツ、知っていて報告を怠ったのか!?」

誰かを呪うような声と同時だった。

ゴォッ!!!!!!　と。

ヘイヴィア達の頭上を覆うように、全長五〇メートルの塊が大空を横切った。

目で見ているのに、脳が理解を拒んでいた。

そもそも位置がおかしい。

そこかしこに乱立する高層ビルの群れよりさらに上。高度二〇〇メートル以上の高さに、高耐火反応剤を混ぜた鋼の塊があった。浮いていた。飛んでいた。球体状本体を地球と見立てるなら、赤道部分にY字の三枚羽根が収まっていた。あれは二重反転ローターで良いのだろうか。

右回りと左回り、それぞれ真逆に回転する二組の翼によって、ヘリコプターか何かのように二〇万トンの塊が重力のくびきから解き放たれている。一応足回りらしきものもあるが、果たして移動能力はあるのか。本体下部に正三角形の形で配置されているのは、ヘリコプターにあるスキッド式の降着装置か、あるいはガス台で鍋やフライパンの底を支える『ごとく』を逆さにしたようだった。離着陸さえできれば構わない、というコンセプトなのかもしれない。

「お、」

そして呆気《あっけ》に取られている場合ではなかった。

あれがヘイヴィア達の頭上を押さえている、という事は……？

「オブジェクト⁉」

直後に、核の時代を終わらせた超大型兵器からの『攻撃』が始まった。

10

何故《なぜ》、その情報を伏せていたのか。

遠く離れた洋上、比較的無事だった巡洋艦でくつろいでいたタラチュア＝マティーニ＝オンザロックスは副官からの質問に笑顔でこう答えたものだった。

「だって、特に仲良くする理由はないから☆」

11

音などもはや消失していた。

何をされたかヘイヴィアには理解できなかった。

「ばはッッッあァァっっっ!!!??　あぼふえあっ!!」

上から下へ、垂直に落ちた『何か』がまず駅舎を紙箱のように押《お》し潰《つぶ》した。そのままぐいっと地面に太い線を引くように、鉄筋コンクリートのビルもアスファルトの道路も破壊して、破壊の滝がヘイヴィア達『正統王国』のジャガイモ達へと押し寄せてきたのだ。

まるで、アリの行列を子供の靴底が踏《ふ》み潰《つぶ》すようだった。

ギリギリで、ヘイヴィアは難を逃れた。

眼前を『何か』が横切り、見知った人達が赤と黒の汚れへと変じていった。

「屋内へ逃げろッ!!」

あまりの事態に放心しかけたヘイヴィアの頬を音の塊で叩《たた》くような格好で、レイスが叫んだ。

「二〇万トンの塊を浮かばせる呆《あき》れるほどにド直球な人工気流に手榴弾《しゅりゅうだん》や地雷に使う小鉄球を乗せ、高所からしこたま撃ち下ろしているんだ。滝のように降ってくる落下物にすり潰《つぶ》されたくなければ走れ!!」

応えたのはヘイヴィアではなく、力の抜けかけた彼の手を掴《つか》んだミョンリだった。

「行きますよ、こんな所では死ねません!!」

「……、」

ヘイヴィアが何か口から発する前に、次の動きがあった。


ドッッッ!!!!!! と。


何か、先ほどとは違う凄《すさ》まじい衝撃波が真上からヘイヴィア達を叩《たた》いたのだ。二本の足で立っている事もできず、彼らはアスファルトの上を転がる。倒れたまま真上を見上げれば、高層ビルの窓が軒並み砕け、キラキラと輝く大量のガラスの雨が宙に解き放たれたところだった。

「くそっっっ!!」

今度はヘイヴィアの方がミョンリの体を抱え、近くにあったトラックの下へと潜り込む。耳を引き裂くような甲高い大音響が炸裂《さくれつ》した。ガラスの雨が地面に激突する音だ。

「レイスの野郎はどうなった？　今度の今度こそちゃんと死んだか？」

「向こうの物陰で手を振っていますよ。それよりさっきの……」

単に悪趣味な攻撃を地上に放つだけなら、先ほどの烈風と小鉄球の組み合わせで良かったはずだ。ガラスの雨はあくまで弊害。ヤツは何か別の行動を取っていなければ辻褄《つじつま》が合わない。

どぉぉぉぉぉん、という低い轟音《ごうおん》と震動がようやく遅れて伝わってきた。

最初は何も分からず、じわじわと意味が理解できてくる。

「何かの発射音、いや衝撃波だったんだ。たったそれだけで、一面のガラスを粉々に砕きやがった……」

「でも、主砲らしいものは何もないようですけど」

「くそっ、クウェンサーの野郎がいねえからヤツの仕組みが分かんねえし、爆乳がいねえから妙ちきりんな名前も決められねえっ。ああそうだ、後で爆乳の胸を揉《も》んでやろうあの野郎テメェだけ逃げやがって!!」

「友情よりも性欲が勝った最低のモチベーションは分かりましたから私を抱き締めながらまくしたてるのやめてもらえませんかね？」

相手は鉄筋コンクリートの高層ビルを紙箱でも踏《ふ》み潰《つぶ》したように破壊できる。一ヶ所に留《とど》まっていても良い事は何もないので、ヘイヴィア達はトラックの下から這《は》い出《で》ていく。

合流したレイスはこんな風に言ってきた。

「おいっ、脱出はどうする予定だったんだ」

「何だって？」

「今のは港湾ブロックの方向だった。着実にしてつまらん手だ、おそらくCドックで回収されていた『フリゲート０４２』を優先して主砲で破壊したんだろう。次はオリンピアドームに残る私達の番だ。あの船に水上オートバイなり小型潜水艇なりを積んでいるようなら方法を改める必要があるぞ」

「し、主砲って⁉　でもっ、それらしいものは何も……」

「こちらもやはりヤツの本体を支えている二重反転ローターだ。おそらく拳銃のマガジンのように、内部に重金属の巨大砲弾を抱え込んでいる。二〇万トンを支える回転数だぞ。マガジンの先にあるツメを弾き、中の砲弾を解き放つだけで良い。遠心力を使って隕石《いんせき》めいた砲丸を投げ込んだら、どれだけの破壊力を生み出せると思う？」

真下には烈風に乗せた小鉄球の豪雨、遠方には遠心力を駆使した巨大な重金属砲弾。これで『信心組織』の飛行オブジェクトは死角ナシだ。どこかに潜り込めば撃ち込まれずに済む、などという場所は存在しない。

「冗談じゃねえ、悪夢そのものだぜ……」

「そうか？　メインローターの先にレーザー砲でもくくりつけて回転切りなんかやられるよりはまともだと思うが。無限に拡張した丸ノコに延々追われる羽目になる方が良いのか」

側近の青年に守られたままレイスはしれっと悪夢のグレードアップを提案してきた。多分こんなヤツが想像に形を与えると歴史が狂っていくのだ。

「遠心力、砲丸投げ、いいやハンマー投げが的確か。うん、暫定だが敵性コードは『ハンマースロウ001』にしようそうしよう」

【ハンマースロウ001】
HAMMER THROW001

全長…170メートル

最高速度…時速650キロ

装甲…2センチ×500層（溶接など不純物含む）

用途…拠点強襲制圧兵器

分類…空戦専用第二世代（戦闘・攻撃機能併用）

運用者…『信心組織』

仕様…二重反転ローター

主砲…遠心力式投弾砲×3

副砲…直下空爆用小鉄球投下兵装×1

コードネーム…なし（『正統王国』では把握されておらず）、
『情報同盟』ではハンマースロウ001、
『信心組織』公式にはイシュ・チェル

メインカラーリング…グレー

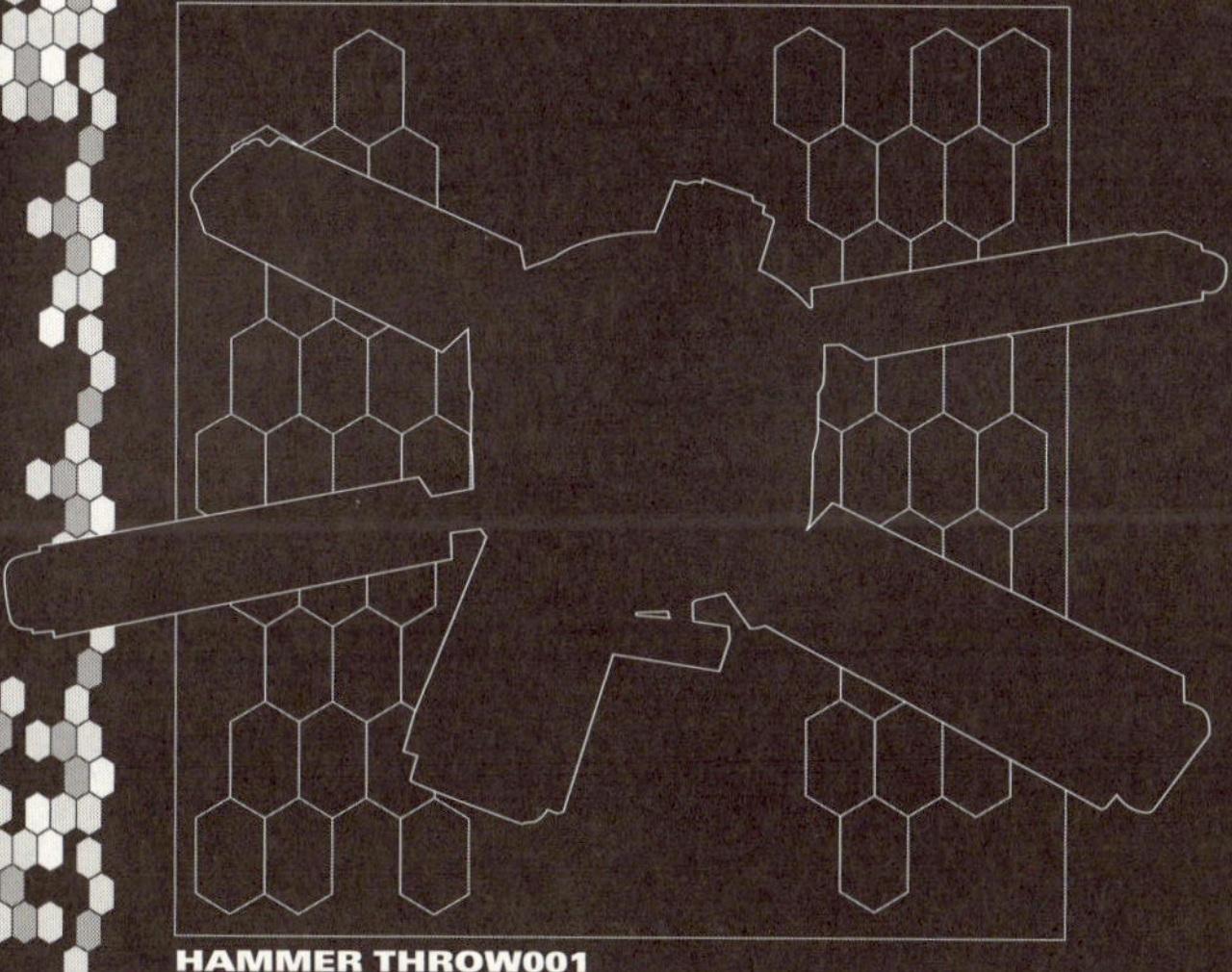

HAMMER THROW001

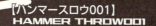

「俺らもそれで呼ばなきゃダメかよ……？　ますますくそったれの『情報同盟』式に染まっていきやがる」

「そうだな我々も完璧な勢力とは言《い》い難《がた》い。何しろ情報を握る者が勝者となる法則を勘違いしているのか、マイアミ辺りでプライベートビーチを買って素《す》っ裸《ぱだか》で泳いでも大丈夫な情報遮断をセレブの証《あかし》と考えるような馬鹿者も多いしな。暇を持て余した縦ロールの若奥様どももはどいつもこいつも自然志向気取りでヌーディスト行きだ」

「てめっ、天然なのか懐柔にかかってるのかどっちなんだッ⁉」

「誰かお願いですからマジメにやってくださいよ絶体絶命なんですから‼」

ミョンリが叫んだが、馬鹿どもがあまりの恐怖で現実逃避を始めてしまった可能性までは考慮していなかったようだ。

そして『ハンマースロウ００１』にとって遠方の優先破壊目標はなくなった。

次はいよいよヘイヴィア達の番だ。

ミョンリの叫びによって現実に揺り戻されたヘイヴィアの額に汗が滲《にじ》む。

「……どうすんだ」

こういう時、今ここにいない少年ならどう動いただろうか。

クウェンサー＝バーボタージュなら。

「一体ここからどうすんだっ、おい⁉」

直後だった。

落ちた。

あれだけ頭上からこちらを睥睨《へいげい》していた飛行オブジェクトが、いともあっさりと。

「……

……あ？」

あまりの光景に、ヘイヴィアは思考が追い着かなかった。

だが幻ではない。

一瞬遅れて凄《すさ》まじい破壊の嵐が全方位へ投げ放たれ、今度はガラスの雨どころではない、そこらのビルの群れを一斉に薙《な》ぎ倒《たお》しにかかってくる。単純な衝撃波の壁、というだけではない。足元のアルミやステンレスでできたサイコロのような浮揚体の連結そのものが砕かれ、揺らいでいるのだ。

「うおおおおおあッ!?」

叫んだところでどうにもならなかった。

硬い地面ではなく、海の上にあって柔らかく『沈む』事で衝撃を逃したからこそ、小惑星衝突で氷河期といった有り様にならなかった事だけが唯一の救いか。

「『ハンマースロウ００１』が……落ちやがった？？？」

もうもうと立ち込める粉塵《ふんじん》のカーテンが、暴風雨によって洗い流されていく。そこから見えてきたものを、ミョンリが唖然《あぜん》としたまま報告してきた。

「クレーン、です。……今、ビルの屋上にあるクレーンが振り回されて、メインローターに……引っかかりませんでした？」

「アームを振り回したんじゃない」

雨水とは違う、下から溢《あふ》れ出《だ》すような海水にまみれながら、レイスが補足を入れてきた。

確かにヘリコプターやティルトローターに対するゲリラ戦術として、ビルの上からワイヤーや網を被《かぶ》せてしまうのは古くから使われてきた手ではあるが……。

「クレーンは縦に回っていた。基部を爆薬か何かで吹き飛ばして、太いワイヤーを使ってローターに絡《から》ませたんだ。球体状本体が核に耐えるかどうかは、今は関係ないんだ」

爆薬。

生身の兵士が、戦争の代名詞であるオブジェクトを撃破する。

バランスを崩した五〇メートル二〇万トンの球体状本体が、街の一角へと落ちていた。あの方向は……放送局のある辺りか。具体的な被害がどれくらいなのかまでは、地べたにいるだけでは把握しきれない。

「まさ、か……」

しかし、だ。

それはヘイヴィアの願望でもあったのだろう。

思わず不良軍人はこう呟《つぶや》いていた。

「……クウェン
「違う」

切り捨てるような声が一つ割り込んだ。

レイス＝マティーニ＝ベルモットスプレーからだった。

彼女はヘイヴィアから目を逸《そ》らしながら、それでも搾り出すようにこう言った。

「済まないが、それだけは絶対に違う」

12

凄《すさ》まじい震動に襲われながら唖《あ》然《ぜん》としていたのはシグマ3、ロビンソン＝キングコールも同じだった。

「何が起きた……？」

『正統王国』や『情報同盟』、あるいはそう装《よそお》った完全な第三者にできる事とは思えない。

しかし現実として彼ら整備大隊が抱え、オリンピアドームに補給を頼っていた第二世代、『イシュ・チェル』は撃墜された。あまりにもあっさりと、テレビゲームにおいてフレーム単位で動きを分析されていたかのような、間の悪さで。

「OD管制!!　一体何が起きた!?」

叫んでも答えなど返ってこない事など、半ば理解していた。

そして同時に、背筋にどうしようもない悪寒《おかん》が走り抜けていた。考えられる可能性は何か。思いつく限りのカードを並べた時、どうしても不安を拭《ぬぐ》えなくなるのだ。そもそも彼らが抱え込んでいた、『厄介なモノ』の輸送任務について。

当然ながら、飛行オブジェクト『イシュ・チェル』ではない。あれはいくら破格であっても、元々ロビンソン達の整備大隊に所属している機体だ。よそからやってきた積み荷としてカウントされる事などありえない。

しかし、ある意味において『イシュ・チェル』などの比ではなかった。

あれは。

まさか、このどさくさに紛れて……？

「にっひっひっひ」

声が。

可憐《かれん》にして邪悪な少女の声が、シグマ3の真後ろから響いてきた。そして気がつけば、他の声が全て消えていた。いつでも互いの背中を守ってきた仲間達の出す物音が。

「気づかなかったかしら？　気づかなかったわよね？　まあ何でも良いんだけど、ここまでごそうごくろう。あっ、ここがわたしのもくてきちなんだよ。どうじに、あなたたちのおわりでもあるんだろうけど。あなたたちも毎日毎日あきもせずにせんそうやっているんだから、きょようししゃにんずうってことばは分かっているわよね？　知らずにこのわたしのめんどう見させられてきたってことは……まあ、そういうはなしで」

後ろを振り返る余裕すらなかった。

しかしそれでも、真正面にあるショーウィンドウは見たくもない景色を映し出していた。

赤と黒の地獄。

そして何より味方の死をも圧倒するほどの、凶暴にして凶悪なるビジュアルが一つ。

長い長い金の髪をツインテールにした、華奢《きやしや》な肢体のわずかな起伏すらもありありと浮かび上がらせる、オブジェクト操縦士エリート用の耐刃防弾耐爆全環境対応の特殊スーツを纏《まと》った幼げな少女。

それは寿命や天命など、決められた秩序でもって死や終末を届ける死神ではない。

そんな次元をはるかに超越した、気紛《きまぐ》れに世界をコワす破壊の権化《ごんげ》そのものだ。

……気づくべきだったのだ。

『正統王国』なり『情報同盟』なり、侵入者だけではこれだけの被害を作れない。だから『信心組織』の兵士達が暴走しているのだと考えた。でも違ったのだ。敵も味方もない。全く関係のない第三者が騒動に乗じて首を刈り心臓を突いていた可能性がある事を。

「『かれ』をさんこうにしてオブジェクトをぶっこわせるていどにはバクダンおぼえてみたんだけど、うーん、どういうことだろね。久しぶりなのにすがたがないわ……。ま、ぼちぼちサーチをかけていきますかっ」

そんなものは戦争ではない。

そんなものは犯罪なのに、公的な戦争よりもなお激烈な犠牲を生み出す。

ロビンソン＝キングコールらが抱え込んでいた『厄介なモノ』の正体とは……。

「マンハッタンだの何だの、そういうこむずかしいはなしはスクルド＝サイレントサードちゃんに任せてさ。あなたたちはもう楽になっても良いのよ？　バイバイでーす☆」

行間一

連続投与を解除。
スクルド＝サイレントサード聖女猊下《せいじょげいか》の活性化が確認されました。

同聖女猊下《せいじょげいか》は『信心組織』軍第二世代オブジェクト『ノルン』の主要な操縦士エリートとしての輝かしい功績がある一方で、同勢力でも最大となる戦争犯罪者としても知られております。基本的には小さな街とも揶揄《やゆ》される基地内部から犠牲者を選ぶ傾向が高いのですが、必ずしもその限りとは断言できません。
＊旧オセアニア独裁国、独裁支持側の集落消滅。
＊喜望峰方面、傭兵《ようへい》キャンプ焼失。
＊アラスカ方面、外国人記者団不審死。
＊マラッカ海峡、貨物船沈没事件。
＊そして、悪名高きマダガスカルレポート。お目汚しとならなければ、その辺りを参考に。

主な殺害方法は両手を使って首を絞める縊殺《いさつ》にありますが、本人に移り気が激しく、その時々でかなりばらつきがあります。マダガスカル方面においては古式の拷問器具などの使用も確認されております。あくまでも個人の行う犯行でありながら、発覚が遅れて後手に回った場合、中度のゲリラ組織の拠点程度であれば単身で壊滅させ、死体の山を築くほどの腕を持ちます。デジタルな作戦行動にアナログな感情のブレやむらっ気を意図して織り込んでくるため行動予測シミュレーションが極めて難しく、既存の部隊管理などのルールはまるで通用しません。一度野に放った以上はくれぐれも固定観念などには囚《とら》われず、その取り扱いには十分な注意を。

こちらに銃があれば安心、という考え方からしてすでに危険な相手です。見た目の会話や屈託のない表情変化についても、当然ながらあてになりません。同聖女猊下《せいじょげいか》は知性レベルが極めて高い戦争犯罪者であるため、各種の心理テストやカウンセリングを逆手に取って信頼を勝ち取る事も可能です。

多くのシリアルキラーが纏《まと》っている、『死のカリスマ』特有の引力には最大限の警戒を。彼女は基本的に単独行動を好むものの、周囲一帯のモラルを突き崩す何かを持っています。自分『だけ』はコミュニケーションが取れている、と考えている状態が特に危険です。担当官は常にミーティングを繰り返し、今の自分の心理状態を第三者目線で客観的に評価してもらうよう強く心がけてください。

同聖女猊下《せいじょげいか》は生粋《きっすい》のシリアルキラーである関係で、常人には理解のし難《がた》い異常なまでのこだわりを見せる人物です。

現在はクウェンサー＝バーボタージュという特定の個人に執着している様子です。彼については、同じくマダガスカル方面での戦歴、特に『ノルン』撃破の経緯について参考にしてください。

スクルド＝サイレントサード聖女猊下《せいじょげいか》の完全なコントロールはおそらく不可能です。行動の自由を与えて作戦行動に組み込む場合は、敵味方民間人を問わず許容可能死者を多めに見積もってください。また、命令を下すのではなくエサで釣る方法が効果的です。件《くだん》のクウェンサー＝バーボタージュについて情報を集め、『気を逸《そ》らす』程度にその名前を使うのも一つの手段ではあるでしょう。

聖者尊翁《せいじゃそんおう》ティルフィング＝ボイラーメイカー様へ捧《ささ》ぐ。

人の業《ごう》がもたらす不浄の星に、どうか争いなき神の世の到来がありますように。

第二章　パラサイト・キル　〉〉マンハッタン内部解放戦

1

ブラドリクス＝カピストラーノ、フルボッコの選択肢を採用であった。

「ふうー、ふうー、ふうーッッッ!!」

「……ごっ、ごぶべば、ちょ、そろそろ矛を収めてくれるとお兄ちゃんすごく助かるな……」

妹のフローレイティア＝カピストラーノが兄の蝶《ちょう》ネクタイを左手で摑《つか》んだまま荒い息を吐いていた。もちろん利《き》き手《て》はグーの一本槍《いっぽんやり》である。

『正統王国』の影響力が高いアマゾン方面の軍港であった。

中米海域からここまで数時間。速度と静穏性を兼ね備えた、それこそ『一般人』が保有していては絶対におかしい潜水艦は『救難信号』を受諾された事で無事に保護され、今はフローレイティア含めたわずかな生き残り達も陸に足を着けている。

ゲスト滞在用の貴賓室で血を分けた家族をどうたらこうたらやっちまった銀髪爆乳の一八歳

は舌打ちしてボロクズから手を離す。そのまま執務用の重たい机の上にあったノートパソコンへ声を投げた。

「お姫様。こちらの状況はひとまず落ち着いた。情報収集はもう良い、下手に踏み込んで大火傷《おおやけど》する前に帰投して」

『でもっ……』

「……言いたい事は分かる。ただし、闇雲に切り札を無駄遣いすれば、今度の今度こそバミューダトライアングルから部下達を救出する手立てを失う事も忘れないで」

無論、フローレイティア達も何もしてこなかった訳ではなかった。

お姫様の操る『ベイビーマグナム』は海上を時速五〇〇キロ以上で疾走し、下位安定式プラズマ砲、レールガン、コイルガン、レーザービーム、連速ビーム砲など様々な種類の主砲を切り替えて使いこなすマルチロールの第一世代だ。即座に決定打を浴びせる事はできなくても、直接かち合って敵戦力の詳細を測る威力偵察において相性は最強とも言える。

そして遠方から『当てる事を期待しない』各種砲撃を行った結果分かってきたのは……、

「電子シミュレート部門」

『概算ですが映像解析終わりました』

フローレイティアが別のチャンネルに話を振ると、アリモノの機器で粘り続けるエキスパート達から即答が来た。疲労の色は濃いが、その口振りに不満はない。誰でも分かっている。自分達が保護してもらえたのはたまたまだった。くじ引き並の運で『向こう』に回されていたら、そのまま『情報同盟』に貪《むさぼ》り食《く》われていたはずだ。

『まずマンハッタンですが、やはりその火力は規格外です。あの電磁投擲動力炉砲《でんじとうてきどうりよくろほう》は単純に一発一発でJPlevelMHD動力炉を起爆しているようなもの。時計の文字盤のように、大雑把に全方位へ主砲を投げ込んだだけで城塞都市の如《ごと》き「プラズマの壁」で丸ごと身を包む事もできる訳です』

「旧時代のABMか……あるいは核地雷を使った防御理論に近いかな」

フローレイティアは細長い煙管《キセル》の先に特有の匂いがする刻《きざ》み煙草《タバコ》を詰め込みながら呟《つぶや》いた。

レーザービームは光なので、高温で光の屈折率が変わればねじ曲げられる。プラズマや連速ビームは電磁気に弱い。レールガンやコイルガンなどの金属砲弾もやはり莫大《ばくだい》な空気の膨張、つまり爆風によって弾道はねじ曲げられる。

言ってみれば、高火力のゴリ押しだけで絶対防護は実現してしまうのだ。

動力炉を何百何千積んでいるかも分からないマンハッタン特有の戦術だが。

「だがヤツはそうしなかったな？　電磁投擲動力炉砲《でんじとうてきどうりよくろほう》は最初の一回きりだった」

『ええ。理論としては「曲がるレーザー」……「ナイトロジェンミラージュ」と同じです。一段劣る……まあそれでも超高温ではありますが、下位安定式のプラズマ火球を戦場のあちこちに放り投げた上で、後から本命のレーザービームやレールガンなどを通しています。まるでジエットコースターですよ。既存の砲術理論をまるで無視しています』

お姫様の『試し撃ち』に対し、マンハッタンが取ったのは面を埋め尽くすような大火力ではなく、ピンポイントの狙撃による迎撃だった。まるで毒蛇がネズミやカエルを狙うように、『ベイビーマグナム』が放った種々の砲弾やレーザーへ次々と『合わせて』きたのだ。

金属砲弾は電子ビームやレーザービームで焼き尽くし。

光学兵器やプラズマ兵器に対しては金属砲弾を重ねて乱反射で無効化させる格好で、だ。

『……今はまだ迎撃専門ですが、あんなものが攻めの一手で来たら「ベイビーマグナム」は五分と保《も》ちません』

「あっ、馬鹿!!」

フローレイティアが短く叫んだ時にはもう遅かった。

画面の向こうでお姫様が子供みたいに唇を尖《とが》らせていた。

『別にいいけど、じじつだし。へえほおふーん』

「良いか上り調子の時なら誰でも仲良くなれるの。チームワークの真価は劣勢の時にこそ発揮されるものだというのを総員肝に銘じてくれ!!」

『挙げ句、マンハッタンは一時滞在込みで一千万人以上の民間人を同乗させているはずです。あれをそのまま人質として使われた場合、まともな正面衝突は国際的な非難の的となりかねません』

「お前もお前でどこまでマイペースだギーク野郎ッ!!」

いくら叫んだところでお姫様は不信感丸出しの表情を浮かべ、汗で張り付いた金のショートヘアを細い指先で払うと、特殊スーツのファスナーを開けてほんのり上気した柔肌へ冷却スプレーを直接吹きつけていた。分析官込みで全員女性ばかりだと、彼女も色々と遠慮がなくなる。

あの傍若無人の塊フローレイティアがクッション役と化している辺りで、今の第三七機動整備大隊を取り巻く環境がどれだけ混乱の坩堝《るつぼ》にあるかを理解してほしい。

(……この際へイヴィアは後でも良い。だがさっさとクウェンサーには帰ってきてもらわないと困るッ!!)

大変現場の兵士に失礼な事を考えながらフローレイティアは額に手をやっていた。

ちなみに前述の通り、敵国の人間とはいえ一時滞在込みで一千万人もの民間人をオブジェクトの火力で焼き尽くす訳にはいかない。よって『ベイビーマグナム』の主砲を使った威力偵察もまた、わざとマンハッタンに直撃しないよう配慮されていた。

……もちろん、相手のスペックも把握できていない内から必中圏内まで近づこうものなら、電磁《でんじ》投擲動力炉砲《とうてきどうりょくろほう》を始めとした各種の超兵器で消し炭にされてしまう可能性が大だったからでもあるが。

ニューヨーク近海からニューカリブ島、北米から中米へ致死の一撃を難なく解き放ったマンハッタンだ。残念ながら有効射程が全然違う。

ぱたぱたと小さな掌《てのひら》で開いた特殊スーツの中に風を送りながら、頭まで温まっているのかどこかぼんやりした調子でお姫様は提案してきた。

『ちょくげきコースでなくてもげいげきしてくるってことは、てきとうにうちまくってあいてをスッカラカンにしてしまう手は？』

「悪くないアイデアだが、マンハッタンはあの図体《ずうたい》だぞ。たとえ無補給で連戦を強いたとしても、こちらが先に干上がるでしょうね」

できる事は何だ？

どうすればあの怪物に有効打を与えられる？

（……正攻法でどうにもならんのなら、搦《から》め手《て》が定石か。例えばあれだけの図体《ずうたい》の懐《ふところ》まで少数で潜入するなど……）

神妙な顔で目を細めたフローレイティアは、そこでゆっくりと首を横に振った。

あの馬鹿どもの思考が伝染でもしたのだろうか。

熱っぽい息を吐きながら、とろんとぼやけた瞳でお姫様は呟《つぶや》いていた。

『早くクウェンサーたちのかおが見たい』

（まったくだ。面倒事を押し付ける相手がいないとこちらが苦労する）

これについては口には出さず、フローレイティアはこう切り返した。

「分析官。ＡＩネットワークの手綱を握るマティーニシリーズは何故《なぜ》許可を出したと思う？」

『一体何人が誤作動を起こしているかも含めて、不明です。あまりにも情報が少な過ぎます。ただ、自ら撃破される事を望んでいるのでなければ、普通であればマンハッタンが単身で最前線に出てくるとは思えないのですが……』

「……、」

『キャピュレットはその名の通り、AIネットワークです。物理デバイス、個体の喪失に特別性を見出《みいだ》していないとすれば、マンハッタンすらも単なる捨て駒としてカウントできるのかもしれませんが』

「そんなデジタルで破滅的なアルゴリズムなら、今日まで『情報同盟』が繁栄してこられたとは思えないけど。少なくとも、無駄を極めた人間の生活サイクルを優遇している構成ではあるのだし」

もしも暴走しているマティーニの数が実際にはさほど多くないのなら、いきなり本丸のマンハッタンが動いてしまったのも説明がつく。だが根拠のある話ではないし、状況は流動的だ。連鎖的に他のマティーニまで様子が急変すれば元も子もなくなる。

「海に消えた部下どもの動向については？」

『こちらも消息不明。大使館、領事館などにも捕虜に対する通達は特に来ていません。……今でも生存者がいるのかどうかも、何とも言えませんね』

「自軍の砲火で潰《つぶ》れかかった『情報同盟』の整備艦隊を今すぐどうこうできないまでも、偵察機などでタグの一つでもつけておけば良かったのよ。完全に出遅れた。どこかの馬鹿が余計な事をしてくれたせいで!!」

　フローレイティアが叫ぶと、床で転がっていたブラドリクスが起き上がる事もせずにとりあえず両手を挙げていた。

　ボッコボコの兄は言う。

「……どっちみち、ティアちゃんだって現実的でない事は分かっていただろう？　あの時点で下手に有効な結果を残していたら、向こうは本気になってニューカリブ島の蒸発に乗り出していただろうね」

　わっ、という声が画面越しに聞こえてきた。

　角度的に言ってブラドリクスからノートパソコンを覗《のぞ》き込《こ》む事はできない位置だが、お姫様はそうは思わなかったのだろう。男の声を耳にすると、顔を赤くしてはだけていた特殊スーツの前を慌てて小さな両手で押さえにかかっている。

　フローレイティアは気に留めず、冷たい声で血を分けた兄へ言い放つ。

「だったらどうした？」

「誰も報告しなければ、『情報同盟』の整備艦隊に味方が取り残されている事自体誰にも伝わらなくなる。そうなったら、それこそ救出の見込みは〇％だ」

「……、」

兄の言い分に妹はそのまま細長い煙管《キセル》の吸い口を噛《か》み潰《つぶ》してしまいそうな顔をしていた。正論だが、受け入れがたい。そんな感情がありありと浮かんでいた。

何もできない。

だがそれは、何も思わないとは違う。

海の向こうで助けを求める事もできず、ただ死地でしがみついている仲間達がいるのは分かっているのに、手を差し伸べてやれないのだ。代われるものなら代わりたい。安全なお茶の間の奇麗ごとではなく、誰もがそう思っていた。そうでなければ、皆が疲れきった体に鞭《むち》を打って文句も言わず不眠不休で情報収集などするものか。操縦士エリートや基地司令官から内勤の整備兵や分析官までが一つの塊となって。

ブラドリクス＝カピストラーノだって分かっている。

だから彼もまた、ただ逃げる『だけ』では留《とど》めなかった。

「糸口は用意しておいた。彼の方はどうしてる？」

「リーガス＝ブラックパッションは『資本企業』の潜水艦に乗っていた人間だろうが」

「だが気になる事を洩《も》らしていたと報告していたろう？　よっと」

ブラドリクスはようやっと床の上で身を起こし、

「『ラグナロクスクリプト』。どうやら『情報同盟』の中核を為《な》すマティーニシリーズに干渉するオモチャらしい。完全にデータ的な存在を頭にぶち込むのか、フェロモン、超音波、光の点滅辺りで五感を刺激するのかは分からんがね。だとすると、今回の件は単純に『情報同盟』だけに矛を向ければ済む話ではなくなるかもしれないし、ちょっと汚い言い方をさせてもらえば、例の『ラグナロクスクリプト』の存在はチャンスでもあるかもしれない。……外から攻めても勝ち目がないなら、我々の手で内から崩壊を促す事で死の海に取り残された仲間達を助け出す『亀裂』を作れるかもしれないよ」

「……、」

フローレイティアはもう一度舌打ちして、調子に乗り始めたブラドリクスの顔のど真ん中に握り拳を叩《たた》き込《こ》んだ。

ばったりと倒れた兄の方には目も向けず、妹は機密情報の塊であるノートパソコンを抱えて貴賓室を出る。基地警備の大柄な男達と共に尋問室の方へ足を向けてみると、歯医者のような椅子に革のベルトを足した拘束椅子に中年から初老辺りの男が縛り付けられていた。

前髪に眼帯にマスクにヘッドフォンに色々顔を隠してしまっている、髪の長いじめっとした尋問担当オドオド少女が、こんな風に耳打ちしてきた。小さな頃のあだ名は口裂け女だったのかもしれない。

「……ぶ、ブラドリクス卿《きょう》のカタナで片手を切断された時の出血がかなりあったようですので、まずは血圧を安定させないと。薬を打つのはそれからになりそうですので、その」

「リーガス＝ブラックパッション」

フローレイティアは遮るように言ってのけた。

「ラグナロクスクリプト。単語の意味を知りたい。本当に、自分で調達したものか？　貴様のような小物が全ての糸を引いているとも思えん。裏の裏には、何がある？」

ぐったりと項垂《うなだ》れたままだった『資本企業』の男が、それで顔を上げた。

「こんな閉じた密室で戦争条約など期待もしとらんが……それでも私の命には価値がある。この腕を見ろ。はは、無理強いすれば情報を吐く前にくたばるぞ。せいぜい丁重に扱い、時間を無駄に浪費する事だ」

「そうか」

もうそれ以上は特に何もなかった。

最初から期待していなかったのだろう、フローレイティアは自分の顔を覆い隠すので必死な尋問担当官の方へ気軽に視線を振って、

「薬については精神的な意志力を奪って口を軽くするのが目的だったな」

「は、はい、えっと、使うのは動物麻酔です。寝不足だったり泥酔《でいすい》していたりすると口が軽くなる、と同じ理屈なんですけど。何にしてもまずは輸血して血圧を安定させない事には……」

「いや、そういう揺さぶりなら別の手もあるのよ。ちょっとこれ預かっててくれ」

「？」

フローレイティアは背中を丸めた尋問担当官にノートパソコンを押し付け、胸の薄い女の子

がキョトンとした、その直後だった。

パン!!　という乾いた銃声と共に、リーガスの首に赤黒い風穴が空いた。

「あっ、ば？」

記憶の断絶があった。

汗だくのままリーガスが自分の体を見回してみれば、喉奥まで鉄錆臭《てつさびくさ》い味が広がり、軍服についた血は黒く固まり、何より痛みも引いている。何かしらの麻酔でも施されたのだろう。

この不自然な時間経過の意味が分からず目を白黒させている『資本企業』の高官に、フローレイティアはつまらなさそうに言い捨てた。

「……お前の心臓は一分四五秒ほど止まっていた。失血性のショックでね。無事に蘇生措置《そせいそち》を施したルーチェの腕に感謝しろ」

呼吸が、壊れた。

ひゅくひゅくとリーガスは笛のような呼吸音を洩《も》らしたのち、

「じ、冗談

ドパン!!　ともう一度。

「三五秒」

「まて、ちょっと、今、まさかまた

「一分二秒」

「あぼべ。べるべるば

「おっと今のは危なかった。二分三〇秒も目を覚まさなかったな」

イエスでもノーでも対応は変わらない。何でもしゃべる人間ぺらぺら装置を作るため、まずは徹底的に『意志』を潰《つぶ》す。リーガス＝ブラックパッションが余計な無駄口を叩《たた》かなくなるまで暴虐は続いた。

意識が途切れて戻るたびに、歯医者のような椅子の周りに四角い医療機械の数が増えていった。おそらくもうリーガスの体重よりも電子基板の方が重たい。

何故《なぜ》だか『資本企業』の高官よりも、返り血でぐちゃぐちゃになった尋問担当官の少女の方が眼帯やマスクの奥で嗚咽《おえつ》を洩《も》らして泣いていた。

フローレイティアの目の色は変わらなかった。腰から抜いた拳銃をピタリと向けたまま、

「プロでも蘇生《そせい》は完全にコントロールできるものでもないらしい。次はどうかな。そろそろダメかもしれないね」

「……おまっ、戦争条約は、捕虜の取り扱いに関する基本的条項が……

もう二回ほど殺された。

あちこちチューブだらけになったリーガスは、まるで生きたままミイラとして加工され、四

角いブロック状の医療機械の中へ埋められていくようだった。そしてフローレイティアの瞳はそんな機械の群れよりも冷徹だった。

「被失血性陶酔感。自分の血を吸ったり吸われたりする異常性癖を持った変態どもが活用している『言い訳』よ。腹を撃たれた刑事が感動的に起き上がる理屈もこれだという説もあるな。体内環境を外から調整して口を軽くするだけなら、別に投薬の必要はない。ギリギリまで失血させて意識を朦朧《もうろう》とさせても良い。まあ、血を抜き過ぎると吐く前に死ぬ事があるから、プロの現場ではあまり好まれる方法ではないが。現にさっきからちょくちょく死んでるし」

殺す、殺さないではない。

その気軽さに、『資本企業』の高官はひきつった声帯を動かして無理矢理声を搾り出した。

「く、狂ってやがる……」

「ふざけるなよ愚物。私は助けを求める多くの部下達を無視して一人安全な基地まで後退した本物のクソ野郎よ。なのに『情報同盟』をいじくって何かしら陰謀を張り巡らせたお前の命は保証すると？　どんだけ都合の良いアタマをしてやがるんだッ!!」

もはや声もなかった。

呼吸困難に喘《あえ》ぐリーガスの額の真ん中へ拳銃の銃口を押し付け、その皮膚をじりじりと焼きながらフローレイティア＝カピストラーノはこう吼《ほ》えた。

「あの馬鹿どもを救出するための材料ならどんな手を使っても摑《つか》み取《と》る。ラグナロクスクリプト。今すぐ全部話すか臨死体験繰り返して天国の門でピンポンダッシュを繰り返すかだ!! さあ、お前はどうするクソ野郎!!⁉??」

2

「つまり予行練習なのだよ」

長身のアジアンビューティ、タラチュア＝マティーニ＝オンザロックスは巡洋艦のブリッジでそんな風に嘯《うそぶ》いたものだった。

昔と違って今時の艦橋は重要度がぐっと下がった。操船や火器管制は下層、窓のない戦闘指揮所で一括して行われる事が多く、こちらの艦橋はお飾りの意味合いが強い。いざ激しい戦闘となれば、艦長以下を退避させなくてはならない中心部。まったく本末転倒なのだが、奇《く》しくも新たな価値が生まれつつある。

そう。

特権階級が人払いして内緒話をするには最適の場所なのだ。

電波塔の展望台と同じく窓辺は足元にまで強化ガラスが張られているので、スカートの女性将校にとってはやや気を配る必要もあるのだが。

「実際のところ、オリンピアドームの放送設備については優先度はさほど高くもなかった。壊してくれればありがたいが、壊してくれなくても何とかなったレベルの問題だ。『正統王国』に賠償金を払わせる事も。結構な数の死体を残したはずだが、後ろめたいのは『信心組織』も同じだったか。それよりも、方法論の正しさを証明する方が大切だった。……つまり、洋上を移動している『マンハッタン000』への直接接触、情報収集、必要なら適度な破壊工作もだ」

「……、」

同じマティーニシリーズの一人、レイスは難しい顔のままだった。

オリンピアドームから無事帰還した同世代へ向け、パンパンとタラチュアは偉そうな椅子に腰掛けたまま気軽に二つの掌《てのひら》を叩《たた》いて、

「巨大な人工浮揚島のオリンピアドームと世界最大のオブジェクト『マンハッタン000』は環境的には似て非なる、といったところだからな。正直に言えば、単純に潜入するだけならオリンピアドームの方が難しいくらいだったんだぞ。何しろ、ウチの整備艦隊と『マンハッタン000』は同じ『情報同盟』所属だからな。傷ついた船を海に流して救難信号を発すれば、どこにハードウェアがあるかも分からんAIネットワークと口ゲンカを繰り返しながら『マンハッタン000』の手綱を握る向こうのマティーニもまた、ルールブックに従って船の救助にゴーサインを出す。平たく言えば、全く同じ方法論で内部へ踏み込める訳だ」

「……だが経験を積んだ『正統王国』兵がどれだけ残っている。貴様の無意味な嫌がらせのせいで、有用にして絶滅寸前まで追い込まれた彼らの大半は飛行オブジェクトにすり潰《つぶ》されたぞ」

「ああ、その事でピリピリしていた訳？」

タラチュアはさして気にした素振りもなく、

「使い倒せる人員は使い倒してこそ初めて価値が生まれるものだ。銃弾を撃つのを惜しんで戦争に勝てるか？　予備人材はまた別の場所から集めれば良い。後は教育によって同じ情報を共有させれば兵隊は揃《そろ》う。ヤツらが働き、私達が儲《もう》ける。簡単な話だろう？」

「貴様のこれは、果たして戦争かな」

「戦争だよ。私の私による私のための戦争だ。れいーす、そういう意味では貴様にも悪い事をしてしまったかもしれんなあ？　使い捨て程度の連中だが、彼らの頭に詰め込まれた経験がいる。約束してしまったんだ、作戦成功の報酬として貴様の首をヤツらにやると」

「……、」

「あれだけ頭に血が上っていれば、趣向を凝らした変態行為なんぞ考える暇もなくサクッと殺してしまうだろう。ま、これも運命だと思って諦《あきら》めてくれたまえ。マティーニシリーズの価値は私が押し上げるよ。だから貴様は、容赦なく礎《いしずえ》となるが良い」

はあ、とレイスは短い息を吐いた。

「もしもの話をしよう」

「おいおい、『これは友達の話なんだけど』か？　恋の相談なんて流石《さすが》に範囲外だぞ」

「……もしも、家の中の私物を全部放り捨ててすっきりするような積極的自己否定でも活用し、私達マティーニシリーズを外から完全に壊す方法が本当にあるとする。万能にして愚かな貴様は、狂わされてしまった同世代を許せるか」

「何を言うかと思えば」

優雅に足を組んでタラチュア＝マティーニ＝オンザロックスは鼻で笑う。

「生まれついての障害ならともかく、後から人の手で狂わされるのなら必ず予防や対策はできるはずだ。攻撃も防御も、人の手で作ったものは完璧ではない。だから私達マティーニシリーズはＡＩネットワークの不備を補う目的で造られたのだしな。今では中心があるんだかどうかも分からんキャピュレット相手にままごとするために、だ」

「つまり？」

「積極的自己否定だと？　脆弱性《ぜいじやくせい》を突かれたのなら、それを把握し対策を講じなかった者の責任だ」

そうか、とレイスは呟《つぶや》き、わずかに身じろぎした。

胸についた勲章で陽の光を照り返し、さりげなくどこかへ合図を送ったと、さてタラチュアは気づけたか。

直後の出来事だった。

ビスッ‼　と。艦橋の足元、分厚い防弾ガラスに蜘蛛《くも》の巣状《すじよう》の亀裂が走った。

「おっ……?」

驚いたような顔があった。

革張りの椅子に詰めた羽毛が散らばる。豪奢《ごうしゃ》な椅子に腰掛けたまま、ずりりとタラチュアの尻が前へ滑る。いくら肘《ひじ》掛けを摑《つか》んで両足を踏ん張ろうとしても、全身に力が入らない。そのまま彼女の腰は椅子から落ち、床の上を転がる羽目になった。

その時になって、ようやっとぬるりとした感触に実感が追い着いたのか。

辺り一面は、モップで赤いペンキを拭き取ったように鮮血が撒《ま》き散《ち》らされていた。言わずもがな、タラチュアの体が転がった跡だ。

そして、極めつけに。

長身のアジアンビューティ、その胃袋の辺りに一発。赤黒い風穴が空いていた。

「あ、ぶっ」

「……脆弱性《ぜいじやくせい》を突かれたのなら、それを把握し対策を講じなかった者の責任、か。ま、均一に最低な貴様が壊されたのか素のままの正常で『そう』なのかはどうでも良いんだが」

レイス=マティーニ=ベルモットスプレーは特に顔色を変えなかった。

「誰がやったと思う?」

ゆっくりと身を屈《かが》めて顔を近づけるが、特に同世代の体から溢《あふ》れ出《で》る血を押さえて応急手当

をする素振りもない。

「ただの悪趣味で『ハンマースロウ001』に関する情報を隠匿《いんとく》するほどのクソ野郎だ。あっちこっちでどれだけの人間に恨まれているか、もう分からないかな。貴様が説得可能で丸め込めるレベルの凡才だったなら、こんな手に走る必要もなかったんだが」

「……っ、――」

「ああ、ああ。心配はいらないよ。身内の責任問題には発展しない。ヤツらは現場から『信心組織』の銃器と弾薬をいくつかお土産《みやげ》に持ち帰っていたようだからな。それを使って撃ったら、まあ、普通の戦争の話で敵兵に撃たれただけだと処理されるだろう。戦争は、事件にならない。とはいえ今後はルールが変わってブリッジでの内緒話もできなくなるかな。大人達はまた一つ貴重な喫煙スペースがなくなると哀《かな》しむだろう。私だって、分厚い壁に囲まれた戦闘指揮所は窓一つないから息苦しくて好みに合わないんだが」

劇的な何かはなかった。

タラチュア＝マティーニ＝オンザロックスは大きく見開いた瞼《まぶた》を閉じる事もできず、ただ電池が切れたようにその動きを止めてしまった。

人間は勝手な生き物だ。こいつにはピラニリエほどの感慨もない。

レイスは耳に手を当て、インカム越しにこう伝えた。

「死亡を確認。遺体は軍医に回して、距離四〇〇から撃たれた傷をきちんと証明してもらおう。

壁に埋まった『信心組織』の弾丸でやられたなと」

『ああそうかい。きちんと殺す方の選択肢に誘導してくれてありがとう。ここでタラチュアが丸め込まれてお流れになったら消化不良の拍子抜けだったろうしな。流石《さすが》は優れたマティーニ様だぜ、人を死に追いやる事にかけては右に出る者がいねえ』

「……、」

『ったく、一人乗りの潜水艇にまたがって波に揺られながらの狙撃なんてメンド臭せえ仕事は最初で最後だ。それじゃあ次はテメェが全体の指揮を執れ、同じマティーニシリーズならできるだろ』

「……おいおい、簡単に難題を突き付けてくれるな。単純な階級だけでなく、所属や指揮系統についてきちんと考えているのか。いくつハードルを越えなくちゃならないか計算しているんだろうな」

『知るかよ中佐殿。俺がテメェの方を先にぶち抜かなかったのは、タラチュアと比べりゃ操りやすくて利用価値があるから、それだけだ。まあ「ハンマースロウ001」の情報を隠したせいで味方が大勢くたばった事もあるがな。今のマンハッタンの問題に区切りをつけて、死亡状態に改ざんされた俺らの記録も元に戻す。そうやってきちんと帰るまでの足掛かりでしかねえ』

「分かったよ」

『本当にか？』

底冷えするような声、とは違う。

ヘイヴィアの声色はどこか無機質だった。一時的な感情の盛り上がりを越え、復讐心《ふくしゅうしん》が常態化している証拠だ。今の彼は、特定の誰かに限って人の死や痛みを目の当たりにしても心が揺さぶられる事はなくなっている。

そういう人間を、レイスも戦場でたくさん見てきた。

マティーニシリーズの一人として敗軍の管理はもちろん、時には身内の暴走部隊に始末をつけ、戦争犯罪を抱えた不良兵士達をあからさまな死地へ送る事で、間接的な処刑を行って『情報同盟』軍全体の秩序を保ってきたのだから。

『テメェの命は、利用価値を保っていられる間だけの期間限定品だ。使い物にならなくなったら、その時点でタラチュアと同じ目に遭ってもらう。テメェが涙目の上目遣いになろうが壁に両手をつけてケツを突き出してこようが何にも変わらねえ。俺には頭のイカれたテメェを撃たねえ理由を探す方が難しいくらいなんだ。だから気張って働けよ、俺ら「正統王国」のために』

冷たく、無機質に通信が切られた。

レイスはしばらく一人ぼっちだった。

いいや、ある少年がいなくなった時点で、その空白は誰にも埋められないのかもしれなかった。いつも傍《かたわ》らに控えている、あの青年でさえ。僕なら私なら埋められると気軽に言われてしまったら、レイスだって腹が立つと分かっているのだから、なおさらに。

3

「タラチュア＝マティーニ＝オンザロックス大尉は『信心組織』残党の卑怯《ひきょう》にして計算された騙《だま》し討《う》ちに遭って戦死された。以降の作戦行動は私が引き継がせていただく。頭越しで不服に思う者もいるだろうが、どうか戦況のリカバリーを専門とする私に任せてもらいたい」

　斜めに傾いた補給艦の中で、レイスは傍《かたわ》らに側近の青年を従えたまままそう言い放った。

　すでに作戦行動は始まっている。

「狙撃の条件からそれが可能な者をまとめた報復リストの作成を急がせてはいるが、そちらは別班に任せる。我々にもタイムテーブルがあるからな。我々は基本的にタラチュアに哀悼と敬意を表し、彼女の案を継続する。『我が』整備艦隊の船を難破船に偽装して『マンハッタン０００』の予想針路上で交差させる。ヤツらに拾ってもらって内部へ直接乗り上げる」

「……基本的にゃオリンピアドームん時と同じだな。問題なのは、アレが成功だったか失敗だったか未《いま》だに測りかねるトコだが」

　ヘイヴィアがうんざりしたように言ってのけた。

　キツネはタヌキの顔を見て小さく頷《うなず》きながら、

「『マンハッタン０００』は規格外のサイズと出力を誇る現時点で世界最大のオブジェクトだ

が、懐《ふところ》に潜り込んでしまえば我々を攻撃できなくなる。自分で自分を撃つ訳にはいかないからな。乗り込むまでが最初の関門となるはずだ」

何しろ、通常の（？）オブジェクトが全長五〇メートル程度なのに対し、マンハッタンは海上に出ている部分だけで二〇〇〇〇メートル以上ある。動力炉だって一つに限らず、一体どれほど搭載している事やら。北米から中米海域へ電磁投擲動力炉砲《でんじとうてきどうりょくろほう》を放ってヘイヴィア達の部隊を瞬《また》く間《ま》に壊滅させた事からも分かる通り、射程と威力も規格外。真っ当なオブジェクトが勝負を挑んでも、有効射程へ入る前に蒸発させられるのがオチだ。

何を説明しても向こうの自慢話になってしまう。

少しくらい弱点や欠点はないのか。

「目的はぶっ壊せってか？」

「必要なら」

同じ『情報同盟』軍にも拘《かか》わらず、レイスはあっさりと頷《うなず》いた。

「ただし『マンハッタン０００』はケタ外れのスペックもさる事ながら、その表面上には現在も一千万人以上の一般市民を乗せている。外から大雑把な攻撃は仕掛けられん」

「そいつら今どうしてんだ……？」

ここだけは純粋な疑問だった。確か、タラチュアの話ではマンハッタン自体は三八八ノット……時速七〇〇キロ前後で南下を続けているという事だった。それが本当なら、旅客機の翼にしがみついているような状態になるはずだが……。

　しかしレイスは首を横に振っただけだった。

「分からんが、派手な被害が出ている様子はなさそうだ」

「？？？　全員、地下鉄駅とかに退避させられているとかでしょうか？」

「そうではなく」

　ミョンリの言葉に、金髪少女はペン回しに使える道具でも探すように虚空《こくう》へ手をさまよわせたのち、

「……どうも、人工的な気流の操作によって、マンハッタン表層はそうした暴風から守られているらしいのだ」

「いや、何だって？　きりゅうの、そうさ？？？」

「論理的には間違っていない。そこらの工場にだってエアカーテンくらいあるだろう。垂直方向に人工的な風を流す事で、水平方向から来る塵《ちり》や埃《ほこり》などの侵入を阻《はば》む仕掛け。あれをとことん大型化し、真下から吹き上げる風を利用して、真正面から突っ込んでくる猛烈な向かい風を上へ逸《そ》らしているんだ。ドーム状にな」

「口で言うのは簡単だが、旅客機クラスの暴風だろ⁉」

「だから何だ？　正常にして凡庸な貴様の常識が『マンハッタン000』に対してどれだけ通用すると思っている。アレが、一体いくつJPlevelMHD動力炉を積んでいるかは私にも分か

らんのだぞ」

力業にもほどがある。

だがオブジェクトはそうやって、ステルス戦闘機や核兵器の時代を終わらせてきたのだ。

「気流の問題さえ解決できれば後はどうにでもなる。時速七〇〇キロと耳にするとおぞましく聞こえるが、ようはリニアモーターカーや旅客機に乗るのと同じ感覚だからな。オブジェクト同士の殴り合いにあるような、鋭角なフットワークを刻まなければ快適なものだろう」

ただし、降りたくても降りられる世界の話でもない。

そしてマティーニやマンハッタンの動きは誰にも予測できない。いきなり二万メートルを超す塊が戦闘機以上のフットワークを始めないとも限らないのだ。

「……どう、なっているんだ。向こうは？」

「さてな。機体分析の一環としてある程度無線電波は傍受しているが、相も変わらずスマホが手放せない生活サイクルを繰り返しているらしい。呑気《のんき》にSNSや動画サイトへ投稿を続けているよ」

両目をぱちぱちと瞬《まばた》きさせたのはミョンリだった。

「えと、ネットは外とは繋《つな》がっていないん、ですよね？」

「SNSのフレンドリストや過去ログを見れば会話パターンは分析できるからな。おそらく顔も知らん友人のアカウントを偽装した自動メッセージでそれっぽくレスを返しているんだろう。

ニューヨーク警備担当のマティーニは積極的自己否定にでもやられて『目を逸《そ》らす事に全力』なのかもな。おかげで論理的で無思考なAIネットワーク・キャピュレットは今日も絶好調だ。おかげでニューヨーク市民総員ネットの英雄状態だよ、かえって普段より承認欲求は満たされているんじゃないか？」

これを単なる平和ボケと見るか否《いな》かについては難しいところだ、とヘイヴィアは思った。『正統王国』軍の教本には、火事でごうごうと家が燃えている中、カップラーメンを作っていた男性の話がある。人間には、あまりの事態に直面すると日頃の生活サイクルを繰り返す事で精神の均衡を保とうとする防衛本能があるらしいのだ。自分は『いつも』の中にいる、まだ踏み外していない、と言い聞かせるために。

レイスは自分の細い顎《あご》に手をやりながら、

「我々の目的は『マンハッタン000』がこちらへ向かっている理由の精査。あの分だと操縦士エリートのストライキは期待できそうにない。さっきも言ったが、最終的な結論は『マンハッタン000』をよそから補助するAIネットワーク・キャピュレットと、その手綱を握るマティーニ次第だ。『ナイトロジェンミラージュ』やカタリナ＝マティーニの回収など、ニューカリブ島周辺海域でのゴタゴタの収拾はこちらの推測に過ぎず、本当のところは分かっていないからな。あの女が『情報同盟』全体のためになるなら守るし、キャピュレットのエラーを放置していよいよ人類抹殺なんて方向に舵《かじ》を切っているのをそのまんま流しているならひとまずの耳目や手足である『マンハッタン000』を破壊・停止させなくてはならない」

「そりゃあ『情報同盟』全体のご意見なのか？　でなけりゃテメェも反逆者扱いで奴隷堕《どれいお》ちだぜ」

「人間の心の問題だ。ただの大人達には決断できない、機械の暴走を止める人間性を期待されて私は『作られた』のだからな。そのように働かせていただく」

マティーニシリーズの少女は眉一つ動かさずに答える。

「付随して、ニューヨーク警備担当だったメリー＝マティーニ＝エクストラドライの詳細についても共有しておこう。現状は通信途絶、死亡報告ナシ。意図して軍への報告義務を怠った時点ですでにイレギュラー発生だ。ヤツもまた、ピラニリエと同様に積極的自己否定でも悪用されて壊れている可能性がある。すでに諸君らもピラニリエの一件で経験した通り、壊れたマティーニは機械以上に危険な存在だ。本来のエリートは呑まれているかもな」

そこまで言って、レイスはわずかに口を閉じた。

戦死したピラニリエは言っていた。

マティーニシリーズを外から狂わせる『何か』がある。それはてっきり亡命申請していた技術者のカタリナが握っていると思っていたが、そうではなかった。『情報同盟』の秩序を守るマティーニシリーズを狂わせて利益を得る容疑者は、むしろ敵対するよその勢力こそが疑わしい……といった事を。

『正統王国』、『資本企業』、『信心組織』、本当の敵はどこにいる？

　と、環境に慣れるのが早いのか、何故《なぜ》かミョンリが敵国の将校に向けてわざわざ小さく手を挙げてから発言していた。

「あ、あのう、それで、その、マティーニシリーズやマンハッタンの秘密を探ると、私達『正統王国』にどんな得があるんでしょう？」

「率直に言えば何もない」

　レイス＝マティーニ＝ベルモットスプレーは冷淡なものだった。

　下手に真実を隠して騙《だま》し討《う》ちはしないだけ、タラチュアよりはマシなのか。

「だが『マンハッタン000』との激しい戦闘の過程で戦死を偽装すれば、我々『情報同盟』全体をまとめるキャピュレットの管理下から脱するチャンスが生まれるぞ」

「冗談じゃねえ、今はテメェが指揮官だろ。書類にサイン一つで解放コースじゃねえのか？」

「私はピラニリエでもタラチュアでもない。恐怖支配がなければ大勢の部下は普通に怪しみ、笑顔で立ち去ろうとする貴様達の背中を撃つかもしれんぞ」

　レイスもまた小さく息を吐いて、

「『マンハッタン000』はあれだけの巨体だ、一発もらえば消し炭になって、遺体の確認なんぞできる訳がない。それに海上専門なら緊急脱出手段もそれなり以上に揃《そろ》えているだろう。小型のボートや潜水艇どころかまんま巨大な潜水艦を抱えていたっておかしくはない。……私が欲しいのは成果だけだ。頃合いを見計らって、そっちはそっちで勝手に逃げろ」

「『情報同盟』が勝手に書き換えちまった書類については⁉　俺は故郷じゃ名門『貴族』の跡継ぎだったんだぞ、それが今じゃ幽霊扱いだ‼　せっかく家まで辿《たど》り着《つ》いても他人の空似の門前払いで段ボール生活なんて真っ平だぞ‼」

「DNA情報くらい軍で管理しているだろ。髪の毛でもティッシュに包んだイカ臭い汚物でも良い、適当な基地なり大使館なりに出かけて自分の遺伝情報と照合してもらえ。すでに出回っている戦死報告については、毎度お馴染《なじ》み『情報同盟』からの嫌がらせだった事にしてしまえば良い」

「……冗談だろ。スマホ五秒審査の闇金じゃねえんだぞ、何か一つでも担保はねえのか？」

「なら美人にして博識な私が誰でも見られるウェブサイトで回顧録を書いてやる。そこで嫌がらせ作戦についてでっち上げてやるから心配するな」

ノンフィクションの回顧録だっつってんのに真正面から胸を張ってでっち上げると言ってしまう辺りが『情報同盟』か。

レイス＝マティーニ＝ベルモットスプレーは軽く手を叩《たた》いて皆の注目を集め、

「それぞれ思惑はあるだろうが、まずはこの局面を乗り越えよう。その上で、そちらは状況を利用すれば良い。作戦自体は単調だ。タラチュアは『オリンピアドーム』の一件を予行練習だと言っていたからな。同じようになぞれば良い」

「そりゃ結構。大変心強いお言葉だ」

ヘイヴィアは重たい息を吐いた。

それから言った。

「問題なのはすでにマンハッタンのクソ野郎からしっかり手の内がバレてて、デカいの一発もらい、船がすぐそこまで抉《えぐ》れて大荒れの海が見えているって事だ。くそったれが!!」

船の横腹を連速ビームでぶち抜かれたせいで、まるで半円のアーチのようになっていた。重心を下にするため高さを抑えているとは言っても九メートル以上。鋼鉄でできた補給艦のビジュアルは唐突にぷっつりと途切れ、真下には海面。数十メートル向こうに断面を大きくさらす船室や通路が見える。

人工的な嵐が過ぎ去っての、快晴。

かえって薄っぺらな甲板が真上に残っているのが恐ろしい。青空と太陽の照り返しを受けてキラキラと輝く海が、こんなにも禍々《まがまが》しいものだとは誰も思った事はなかっただろう。

八〇メートル近い鋼の船を一撃でアーチに変えたマンハッタンだが、向こうにとっては遊びのようなものに違いない。駆除業者が殺虫剤のノズルの先で蜂の巣を軽くつつき、中にぎっしり害虫が詰まっているのかすでに空っぽなのかを確かめているようなものなのだ。

砲撃と言っても、これは小粒も小粒。

本気の電磁投擲動力炉砲《でんじとうてきどうりよくろほう》なら数十キロ単位で金属が溶けていた。

「ぎっ、逆に驚きですよ『情報同盟』の船ってこんなに沈まないものなんですか⁉」

「まあバラストタンクが浮き輪の代わりになるし、各所の隔壁や水密扉を閉鎖する事でも以下略だ。補給艦なのでタンクの数も多い。ほらアレだ、ネット通販の商品を守る緩衝材みたいに小さな風船をかき集めた構造になっているのだよ」

「皮肉で言ってんだって気づけ生真面目バカ‼　それよりどうすんだマンハッタン側にバレてんぞ。今に親から借りたタブレットでエロサイト巡回したみてえにカミナリが落ちるっ‼」

元々タラチュア＝マティーニ＝オンザロックスの話では、ニューヨークを出発したマンハッタンは四、五時間でヘイヴィア達のいるニューカリブ島近海までやってくる、という話だった。

アーチの端から見ても分からないが、ヤツはすでに同じ海にいるのだ。

ガカァ‼　という凄《すさ》まじい閃光《せんこう》があった。

だが今のはマンハッタンではない。

「どこの馬鹿だっ？　人に断りもなく勝手に蜂の巣つついてる野郎は⁉」

「あれは……『信心組織』系統の第二世代だろうな。たかだか五機程度で挑むとは、自殺紛《じさつまが》いで情報でも集めてくるよう厳命されたのか？」

すでにレイスが言い放ったその勘定自体が『クリーンな戦争』の定石を超えていた。

どれが何だったのか、特徴を摑《つか》んでいる暇もない。立て続けの砲撃が炸裂《さくれつ》した。一機一機、きちんと戦っていたらヘイヴィア達などあっさり蹴散らせたはずの『信心組織』の精鋭達が、暖炉の近くに置いた飴細工《あめざいく》のように呆気《あっけ》なく吹き飛ばされていく。

「向こうは……マンハッタン側は、少しはダメージ喰《く》らってんだろうな⁉」

「多分ゼロだ。あれだけの大火力があればプラズマからレーザーまで何でもかんでも逸《そ》らし放題だろうしな。そもそも貴様、今の天気が何なのかも分からんのか」

「このカンカン照りが戦争とどう関係してるってん……あ」

「ようやく気づいたか馬鹿者め。虎の子の電磁投擲動力炉砲《でんじとうてきどうりよくろほう》を一発撃てばそれだけで大気は大きく攪拌《かくはん》され、急激な気圧変化によって人工的な大嵐が発生するはずだ。しかしその気配はない。これが意味しているところは手加減だ。『マンハッタン000』は、わざと電磁投擲動《でんじとうてきどう》力炉砲《りよくろほう》の使用を渋っている」

当然ながら、この手加減は『信心組織』のために行っている訳ではない。

レイスの意見は冷淡だった。

「大嵐になれば落雷などがマンハッタンの民を巻き込むからな。ヤツにとっての懸念《けねん》はその程度だ。実際に『信心組織』の砲が直撃して一般へ甚大《じんだい》な被害が出ていれば、電磁投擲動力炉《でんじとうてきどうりよくろ》砲《ほう》を投入してでも早期決着を図ろうとしただろう。その素振りすら感じられん」

呆気《あっけ》なかった。

五機の内、最後の一機が何の感慨もなく吹き飛ばされていく。

「ひでえっ、もう戦争にもなってねえ。こんなんじゃカップ麺も作れねえぞ」

が、アーチの端の辺りで顔を青くしてアサルトライフルや携行ミサイルをガチャガチャ鳴らすへイヴィアに、レイスは呆《あき》れたようにこう言い含めた。

「……馬鹿にして馬鹿な貴様に一応尋ねておくが、まさかそんなもので『マンハッタン000』を沈められるとは思っていないだろうな？」

「すでに俺らの作戦だって向こうにゃバレてる‼　騙《だま》し討《う》ちを仕掛けた野郎が丁重に扱われたなんて話は聞いたためしがねえぜ。絶対に面白おかしく処刑される。こんな手を使った時点で温情ナシだ、どうせ今から両手を挙げたってそのまんま消し炭にされるだけだって！　俺は年末のびっくりニュース扱いでお茶の間を沸かせるなんてごめんだぞ‼」

「気にするな、『情報同盟』のネット社会じゃすでにテレビは死語だ」

黒い軍服の少女は冷たい感じの笑みを浮かべ、

「それと認識に違いがあるようだから正しておこう。一つ、『マンハッタン000』に関してはおそらくエリートは傀儡《かいらい》、物理デバイスの外観も分からんAIネットワーク・キャピュレットとニューヨーク警備担当のマティーニが常に対話し、エラーを潰《つぶ》し合《あ》うようにして方針決定している。どちらの意見が勝つにしても人間らしい温情はないだろう。二つ、キャピュレットが本当に我々の存在を察知しているかどうかは甚だ怪しい」

「えと、どういう事ですか？」

「向こうも向こうで、オリンピアドームの前例があるから警戒しているだけなのだ。熱源なり磁気探知なりで正確な人の数と位置を把握しているとしたら、私達はピンポイントで蒸発させられている。こんな風に大きく抉《えぐ》りにはこない。いくらでも撃てるド派手な主砲で船を丸ごと蒸発させるのではなく、小粒な副砲を使って丁寧に『肉抜き』してきたのは何故《なぜ》だ？　……積極的自己否定にやられた疑惑のある向こうのマティーニ自身も『確信』はないんだよ。だからひとまず確定でいられない所を削《けず》り潰《つぶ》して、こちらが焦《あせ》って尻尾《しっぽ》を出すのを待っている」

「憶測だろ？」

「ああ。だがどこからでも見える甲板に上がって一発撃てば、それこそ『確信』を持たれるぞ。豆鉄砲だろうが何だろうが攻撃の意志を確認した『マンハッタン000』は、安心して私達を海の藻屑《もくず》にするだろう。今度の今度こそ、山ほど抱えている主砲クラスでな」

　あ・ん・し・ん、とレイスは小さな唇を動かしてゆっくりと繰り返した。

　つまり、だ。

「ここでの正しい選択は『待ち』だ。キャピュレットの手綱を握る向こうのマティーニは、積極的自己否定の中でぐらついている内に捌《さば》き方《かた》を間違えた。一〇〇万発の銃弾よりも沈黙の方が有効に働いてくれる。何しろ、どれだけ怪しかろうがこの船は書類登録上『情報同盟』の補給艦で、諸君らは無力な捕虜、私はそうした非戦闘員を管理する将校だ。どこにも落ち度はない。そこへ『マンハッタン000』は事前通告もなくいきなり砲撃をかましてきた。しかも威嚇でなく横腹に直撃だ。存外、向こうのマティーニも瀬戸際《せとぎわ》にいるのさ。人工知能は人間の罪など負わないからな。これで本当に無害な艦船だったら台無しだ。自分のミスを認め、大慌てで救出する以外の道がなくなる」

「テメェだって全員助けられる保証はできねぇはずだ!!」

「確かに私の案に乗っても生存率が何%あるかは分からない。だが諸君らが『マンハッタン000』へ絶望的な最後の戦いとやらを挑めば、それこそ値はきっちり○・○○%だ。さあ、どちらを取る？　こんなナリした私が言うのも何だが、子供でも分かる計算だと思うぞ」

ガッシャ!!　という鈍い金属音があった。

ヘイヴィアがアサルトライフルを無抵抗なレイスへ突き付けた音だった。

しかしそれ以上に多くの音が不良兵士を取り囲んでいた。

同じ『正統王国』軍のジャガイモ達が、ヘイヴィアの背中に向けて全く同じ銃口を向けていたのだ。心中はごめんだと言わんばかりに。その中には申し訳なさそうな顔をしたミョンリもいた。

「おい……冗談だろ？　誰のケツに粗チンを突き付けてやがるんだ」

「貴様以外はギンギンのオトナだった、という話らしいな」

レイスは茶化したように両手を軽く挙げ、ゆっくりと床からお尻を浮かせて立ち上がる。

「高確率で『マンハッタン000』はさらに何発か試し撃ちを続けるだろう。そうでなくても上の甲板はじき折れる。その過程で海に放り出される可能性もあるから、浮き輪の代わりになるものや、簡易ボンベなどを摑《つか》んでおけ。腐っても軍の艦船だ、いくらでも装備はある。フランク！　私の代わりに救急キットをいくつか見繕っておけ」

側近の青年が壁に掛かったバッグを摑《つか》んでいた。マジメなのかギャグなのか、AEDと書かれているのを見てヘイヴィアは自分の唇を嚙《か》む。

「……俺は認めねえぞ、テメェのやり方なんて」

「まあ構わんが、こうしている間にも時間は先に進んでいる」

黒い軍服の少女は片目を瞑《つぶ》り、小さく舌を出してこう続けた。

「私の予想では次の砲撃まで三秒もないが……失礼、しゃべっている間に過ぎてしまったな」

ドッッッガッッッ!!!!!!　という爆音と共に、ヘイヴィア達の戦場がガラリと大きく切り替わった。

全員が全員、激しい衝撃に揺さぶられて、半円アーチ状に抉《えぐ》れた補給艦の端から輝く海へとぶん投げられていく。

「ぶはっ!!　ぶっほ!?」

着水のタイミングを読めなかったせいで、顔から海面を割った途端にヘイヴィアは派手に海水を飲み込んだ。ぐるぐる回る視界の中、どうにかこうにか海から顔を出すが、激しい咳《せき》が止まらない。空気を吸い込んでいる感覚は全くなかった。

「……くっそ」

苦しんでいる暇もなかった。

薄っぺらな甲板が折れ、バラバラに吹き飛んで海底に沈んでいく補給艦に引きずり込まれないよう、元はテーブルか何かだったのだろう砕けた木材にしがみつくヘイヴィアは、目の前いっぱいに広がる異世界のビジュアルに絶句していた。

ある。

全長二万メートル、途方もない摩天楼がすぐ近くまで迫っている。

すでに現場到着したためか、時速七〇〇キロと呼ばれたあの速度はどこにもない。不動。それが逆に凄《すさ》まじい存在感を放っていた。

それはライトアップされた夜間にヘリコプターから見下ろせば一〇〇万ドルと称される絶景となった事だろう。だがいっそ清々《すがすが》しいほど青い海にそびえる、ありえない場所に存在するその威容。まるでドラゴンだった。永き時を経て、その背に濃密な森を生い茂らせた巨大な竜。

もはや現代兵器の域を完全に越えている。

だからヘイヴィアの頭は、あれを異世界のビジュアルだと誤認したのだ。

彼我の距離は二〇〇メートルもない。

生身の歩兵にとっては、スコープなどの補助抜きで動き回る人間を狙うギリギリの距離だが、あの規格外のオブジェクトからすればどうか。自分の身長より大きなワニとキスすれば、こんな気持ちが少しでも分かるかもしれない。

今までの、目に見えない理不尽に対する怒りとは違う。

具体的な恐怖がヘイヴィアの心臓をわし摑《づか》みにしてきた。

「いるぞ。ほんとにいやがる。意外なほどに近いじゃねえかっ！　飛び出す3D動画でうっかり男優のナニがアップになったくらいにだ、くそったれが!!」

「撃つなよ!!」

側近の青年と仲良く同じ防水バッグにしがみついているレイスがそんな風に叫んだ。

「恐怖を抑え込め。ここでの正解は無言を貫く事だ。撃たなければ救助してもらえる。短絡的で愚かなケモノども、銃に触れたらおしまいだ。火力や装甲の大小なんて関係ない、さっきの『信心組織』の精鋭五機の末路は目に焼き付いているだろう。『死角』の外にはみ出せば一瞬で消し炭にされるぞ!!」

「〜〜〜っっっ!!」

こういう時、あの少年ならどうしたか。

あそこまでの怪物相手でも、弱点を見つけ出し手持ちの装備で戦いを挑んだか。

どれだけ考えたところで答えなど出るはずもなかった。ヘイヴィア＝ウィンチェルはクウェンサー＝バーボタージュではないのだ。

ゴッ!!　と頭上の天空を何かが突き抜けていく。

ブーメランのような機影の正体は、おそらく無人の偵察機だろう。耳目や情報伝達が命のはずではあるが、あれも必要な時以外は自ら電波を発しない潜水艦ベースで、駆動系は簡易回路に頼り切りなのだろうか。ともあれ、パイロットの生存性を高めるために分厚い装甲を盛ったり緊急消火設備を足したりしたら、あんな切り詰めたシルエットにはならない。

「チッ。しっかり海水浴を覗《のぞ》き見《み》されてやがるぞ、くそっ!!」

あれ自体の翼にミサイルがぶら下がっているかどうかは関係ない。位置さえ捕捉できれば、マンハッタンは好きなだけ砲弾の雨を叩《たた》き込《こ》む事ができるのだから。

レイスは念仏のように何か言っていた。

それは『正統王国』兵に対する助言か、暴れ回る自分の心臓を抑え込むおまじないか。

「ゆっくり、ゆっくりだ。海流に乗るだけで良い。後は勝手に『マンハッタン000』に近づいていける……。いいか、向こうはその気になれば大雑把に主砲をぶち込むだけで、数十キロ単位をくまなく焼き尽くす事ができる。唯一の安全圏は『マンハッタン000』自身の懐《ふところ》だけだ。極至近、ゼロ距離まで潜り込めば主砲という選択肢を封殺できる。我々は負けていないし逃げてもいない。これが最適の、攻めの答えなんだ、分かるな!?」

正確に、何ができた訳でもない。

黙っていれば勝手に海流が『正統王国』のジャガイモ達をマンハッタン側に流していく。いや、規格外の怪物はそうなるように最初から位置取りを決めていたんだろう。二〇〇メートルなどあっという間だった。時間の感覚もおかしくなっていたのかもしれない。

「……？」

ジュワッ、とヘイヴィアの全身に違和感が生じた。

発泡成分を使った入浴剤か、機械的にジェット水流を出す風呂《ふろ》にでも浸《つ》かっているような感覚。海水の中にある自分の軍服に目をやってみれば、炭酸飲料にも似た細かい気泡がびっちりと張り付いている。

スーパーキャビテーションでも利用して水中での抵抗力を極力減らしているのではないか。この手で撃ったタラチュアはそんな仮説を並べていたか。

ヘイヴィア達が流れ着いたのは、鋭く切り立った突端のような場所だった。

レイスもレイスで、波間に揺られながら呻《うめ》くように呟《つぶや》いていた。

「……ダウンタウン地区、ロウアーマンハッタン。本来だったら自由の女神行きのフェリー乗り場があった辺りか」

ゼロ距離。マンハッタンへ到達。

コンクリートで固められた波止場に、ヘイヴィアはどうにかして手を付ける。

ざわりという人の気配があった。それも複数。

「ッ⁉」

もはや躊躇《ちゅうちょ》も何もなく、ヘイヴィアはただ生存本能に従ってアサルトライフルの銃口を真上へ跳ね上げた。

直後の出来事だった。

「すごーい。ねえこれ、写真に撮って良い？」

間の抜けた声だった。

そもそも相手は一〇歳にも満たない小さな子供だった。

とてもではないが、『信心組織』の第二世代五機から命を狙われた大都市の人間とは思えない、屈託のない笑顔であった。根本的に、戦争をしている事実すら気づいているのかいないのか。

「これ『正統王国』の軍服でしょ、動画で観《み》た事ある。南の海って結構汚れているんだね、色んなものが浮かんでる」

中米海域の熱気の中、濡《ぬ》れた銃口を向けたまま凍りついているヘイヴィア達のすぐ傍《そば》で非武装の子供達がしゃがみ込み、携帯電話やゲーム機についたレンズを向けてにこにこ笑いながらパシャパシャと電子的に合成されたシャッター音を鳴らし続けていた。

リュックや水筒を下げた子供達は、おそらく遠足か何かでやってきたのだろう。

「これ何の人？」

「せんせー私知ってるよ。さっきも向こうでお手玉してる人見た！」

「大道芸だよ。大変よくできましたにはお金をあげる仕組みなんだって」

ひとまず水辺の観光地なら誰でもやってみるように、小銭がちらほらと投げ込まれてきた。

どこかから柔らかい女性の声が響いていた。おそらく録音されたアナウンスだろう。

『マンハッタン最南端、バッテリーパークへようこそ！　話題のウォール街を見て回ってお疲れの皆様、豊富な緑を眺めてホッと一息つきませんか。当公園では……』

改めて眺めてみれば、そこは青空の下にある公園だった。

丁寧に刈《か》り揃《そろ》えられた芝生に覆われた緩やかな起伏のある丘には、いくつかスピーカーのついた柱が屹立《きつりつ》している。そうした景色の奥に広がるのはまさしく摩天楼。世界最大の金融ストリート、ウォール街の高層ビルの群れか。

ここにいるのは遠足に来た子供達だけではなかった。

芝生に敷いたヨガマットの上で体を伸ばしている若奥様がいた。曲がりくねった道をゆっくりとジョギングしている老人と、主人を待ちきれずに先へ突っ走る大きな飼い犬。芝居の稽古やギターの弾き語りなども少なくない。

海と陸とで、巨大な断絶があった。

あまりの景色の違いに、ヘイヴィアは自分がタイムスリップでもやらかしたような錯覚を拭《ぬぐ》えなかった。

平和。

ここにあるのは『安全国』そのものだった。

アサルトライフルを向けたまま凍りつくヘイヴィアの方が常識知らずに見えてしまうほどの。

「どうなって……やがる？」

「台風の目は存外静かなものなのかもしれんな。いつだって大きく騒ぐのは当事者ではなく、対岸の火事として眺めている、自分の発言に無責任な有識者だ」

そんな風に言うレイスは一人で岸へ上がれないのだろう。ずぶ濡《ぬ》れのまま、下から側近の青年に小さなお尻を押してもらう格好でバッテリーパークなる公園へ身を乗り上げる。

彼女は続けて、小さな手を伸ばして件《くだん》の青年を引っ張り上げながら、

「ほら見ろ、撃たなくて正解だったろう。下手に刺激していたら『安全国の大事件』で処理されていたぞ。戦争捕虜に関する取り扱いなんていう次元ではなく、ただただ凶悪犯として射殺されていたところだな」

きゅきゅっ、という分厚いゴムで地面を嚙《か》むような音があった。

いつの間にか、何かがこちらへ近づいてきていた。おそらく特殊作戦用のゴムボートと同じ素材なのだろう。巨大な浮き輪にお尻をはめた女性が芝生の上を移動している。足回りに該当

するタイヤや履帯のようなものは見当たらない……が、少なくともこうして見る限り、カーリングのストーンにも似た滑らかな動きをしている。

『あらレイス。４１９。お久しぶりなの』

「やあメリー。またガワを変えたのか」

見た目はにこやかでありながら、レイス側にわずかな緊張が滲《にじ》む。仮に積極的自己否定が使われているとしたらこれまでの関係性は何の安全の担保にもならない。

相手は小麦色の肌に金髪をおかっぱにした、一四歳程度の少女だった。第二次性徴期特有となる起伏の緩やかな肢体を包むのは、まるでエステか医療用を彷彿《ほうふつ》とさせる真紅の油紙でできたツーピースの施術衣、なのか。それからタブレット端末……とは違うかもしれない。ノートサイズのゲーム機のようなものを両手で摑《つか》んでいる。

頭にはまるで野球帽を前後逆さに被《かぶ》っているようにも見えるが、違う。

あれはVR用の特殊ゴーグルを引っ掛けているのか。

『うん。車椅子も医療ベッドも芳《かんば》しくなかったの。とにかく背中で床ずれしちゃって。背骨を砕かれて一線を退いた身からすれば、地球の重力は拷問そのものだもん。後は文献との格闘なのっ。最終的には基本に立ち返る事にしたよ。８８１。ウォーターベッドというか、オイルダンパーというか、まあとにかくそんな感じ。こちらは浮き輪の中に特殊溶液を満たした上で、一定のパターンで細かく振動させているの』

メリー＝マティーニ＝エクストラドライ。

事前に説明された情報が正しければ、ニューヨーク警備担当のマティーニか。

本来の操縦士エリートの頭越しにマンハッタンを支配する者。とんでもない格好をしている割に男の目には慣れていないのか、海に浮かぶへイヴィア達ジャガイモ連中から集中砲火で視線を浴びると、カマキリみたいにきゅっと両手を胸の前で縮めてしまう。ちょっとおどおど気味で、何か意識を逸《そ》らすように彼女はこう続けた。

『足回りは鞭毛《べんもう》の構造を利用しているの。７９１。なーのっ。覚えているかな、植物に人間同様の素早い移動能力を付加すれば食物連鎖は土台からひっくり返るとの植物捕食者仮説を基に、ミドリムシの構造を研究していたイカれたチームがあったよね？』

「ああ、そもそもミドリムシは植物じゃねえだろという結論で落ち着いたアレか」

レイスは自分を見下ろす花のような防犯カメラへ視線を投げて、

「あっちもただの飾りではなく？」

防犯カメラの基本は相互監視だ。例えば四角い部屋の場合、対角線上にカメラを二台置く事で互いの死角をカバーする。ところが、屋外だともう少し分布は複雑になってくる。

浮き輪少女も得意げに頷《うなず》いて、

『他家受粉。風を使うにせよ虫や鳥を使うにせよ、花は花粉の届く範囲で繁茂していくものなの。つまり、互いをカバーするように設置するための参考例として大変役に立つのっ』

「……そこまでの徹底ぶりだと、ああ、げっぷが出るほど規格外な『マンハッタン000』の基礎理論もそういう事か」

『膨圧は偉大なのっ。動物研究の応用はブルマイト辺りが限界ね。これだけの巨体になると、従来の筋肉や骨格をベースとした参考例は使い物にならなくなるの。660。動物植物の垣根を越えて考えてみると分かりやすいかな。クジラよりもマンモスよりも、千年杉の方がはるかに大きな質量を自立させているもん』

この時点ですでにレイスは呆《あき》れたような表情だったが、メリーの方は止まらない。趣味の領域なのか男の目を意識から弾《はじ》き出《だ》したいのかは知らないが、これはいったん全部吐き出させないとダメだ。当の本人はまるで近所の公園で宝物を自慢する子供にも似て、褐色の少女は両手で摑《つか》んでいるゲーム機を高々と上げて笑顔で告げる。

『じゃじゃーん、ステッキVRなのっ。721。スマホもパソコンも我々北米圏の天下だけど、どうしてもゲーム機だけは「島国」に敵《かな》わないもん』

「おいおい、話がおかしくないか。ステッキとペーストVRはライバル同士だったろう?」

『だから無理矢理互換ソフト組んでバイパスしているの。いやあ、この一台にマンハッタンの機能を集約させるのは歯応えのある仕事だったもん。993。おかげで今、なかなかに充実しているの』

その影響力を示すようだった。

気がつけば、あれだけ周りにいた子供達が引率の先生の手によって、さりげなく遠ざけられていた。メリーはあの薄型モニタ一つでマンハッタン全てをモニタリングし、いつでも自由に一千万人の私生活を覗《のぞ》き見《み》できる訳か。本来のエリートはどうしている事やら。

ガチガチガチ、と金属同士が噛《か》み合《あ》うような音が追従する。

巨大な浮き輪にお尻をはめた少女の傍《そば》へ侍《はべ》る格好で、鋼と複合装甲でできた二メートルの四足獣が二、三機ほど闊歩《かっぽ》しているのだ。猛牛を模して作った、戦闘支援ロボットである。武器を運ばせ、盾に使い、索敵させて、獲物を遮蔽物《しゃへいぶつ》の裏から追い立て、時には大型バイク以上の勢いで直接吹っ飛ばす。こちらは分かりやすく、互いの胴を擦《こす》り合《あ》っていた。不要にサーバーなどとアクセスせずとも、動物的な行動や社会性を再現する事で連携を取っている。

こんなもの、いちいちコントローラで操作する必要すらないはずだ。

大雑把に標的指定すれば、後はプログラム制御で集団行動を取って最速で獲物を囲んで制圧作業に入るはずだ。牧羊犬が指示出しするまでもなく、サーバーいらずの無人兵器達は一つの目的を設定すれば現場で連携を取って勝手に戦果を挙げてくれる。全体を眺めるカウガールは、どうしてもという時だけ群れの行動に修正を加えていけば良い。

レイスは目線をわずかに上の方へ投げ、街灯の柱のてっぺんに備え付けられた、他家受粉の理屈を利用して分布図を決めたラッパに似た六枚花弁の花のような機材を捉えて、

「……相変わらず、やる事なす事いちいち手が込んでいるな」

『789。マンハッタンはニューヨークを構成する五つの区画の一つだけど、ここだけでも七〇万台以上の防犯カメラが存在するの。景観に気を配るのは当然だもん』

無論マンハッタンの耳目はそれだけではない。『信心組織』軍との激しい砲撃戦の渦中《かちゅう》であってもメリーはレイスや『正統王国』兵がマンハッタンのどこへ流れ着くかも正確に予測していたはずだ。人様の頭の上に無人偵察機を飛ばしておいて、事態を把握していなかったとは言わせない。

その上で、真紅の紙でできたツーピースの施術衣だけ身に纏《まと》う褐色少女は優しく尋ねた。

『それで、そちらのみんなは？　００２』

「ああ」

レイスは冷ややかなものだった。

そしてタイミングを失っていたヘイヴィア達は、まだこの段階に来ても陸に上がっていなかった。まさしく致命的であった。

「ちょいとした手土産《てみやげ》だよ。同世代のタラチュアを殺した下手人達だ」

何かを叫ぶ暇もなかった。

レイスは青年から受け取った大きめの弁当箱くらいの機材を気軽に海へ放り投げていた。A

ＥＤ。スタンガンと同様の高圧電流を使って止まった心臓へ刺激を与える医療機器を。

「ばっ……!?」

電源ランプは規則的に点滅し、家電《いえでん》のようなぐるぐるケーブルで繋《つな》がった二つの電極が空気の中を泳いでいた。その平べったい電極が海面に触れる。元からずぶ濡《ぬ》れのヘイヴィアには、分かっていてもできる事など何もなかった。

ばづんっ!!　という鈍い破裂音と共に、ジャガイモ達は一瞬で無力化された。

青く輝く海が、消える。全てが暗闇に落ちていく。

「……諸君は私を信用しなかったようだが、あれだけ殺す殺すと脅され続けた私がいつまでも愛想《あいそう》を保ち続けていられるとでも思ったのかね？　タラチュアが汚染した『情報同盟』整備艦隊も最悪、こちらから協力を申し出た『正統王国』も最悪。正直に言ってもううんざりだ。素直で実直なこの私が鞍替《くらが》えしたいと思うのは無理な話でもあるまい」

途切れ途切れの意識の中、ヘイヴィアはこちらを見下ろしてせせら笑う少女の声を耳にしたような気がした。

「私はどこまで行っても『情報同盟』だぞ。クウェンサーを撃った時から歯車がズレていたが、本来なら別段敵と味方で板挟みにされる理由などない。……メリー、信頼の証《あかし》としてこいつらは売り渡す。『マンハッタン０００』への乗車賃代わりという事でいかがかな？」

4

一〇分後の事だった。

「んおっ？　新発売のカエデキャラメルパフェってこういう事だったのか。『島国』とか関係なしにただのメープルシロップ漬けかよ⁉」

「殺す殺す殺す殺す殺す……」

裏切りの公園から映画やドラマでも有名なウォール街を抜けると、その先は漢字で埋め尽くされた異色の風景が広がっていた。いわゆる中華街というヤツだ。

そしてそんな東洋色に染まったチェーンの喫茶店。表に面したオープンカフェのテーブルにて、何故《なぜ》だかハメたレイスとハメられたヘイヴィアが同じ席に着いていた訳だ。お前達は出入り禁止だー！　と喫茶店のメイドさんから叫ばれた後に、近くのコンビニでばったり出くわしてしまったような居心地の悪さで満たされている。

『正統王国』の軍服を着たずぶ濡《ぬ》れのジャガイモ達が一ヶ所に固まっているのはバッグに潜り込む子猫よりは話題をさらえると判断されたのか、あっちこっちからスマホやケータイのカメラを向けられている。

頭からとりあえず雑にタオルを被《かぶ》ったまま、ずぶ濡《ぬ》れのレイス＝マティーニ＝ベルモットス

プレーもまたうんざりした調子で、

「……私だってこうなるとは思わなかったんだ、仕方がないだろう？　まさか売り渡した敵兵どもが武装だけ取り上げられて、そのまんま街中に放り出されるとはなあ」

「スピーちゃん！　このクソ野郎の口の封じ方を今すぐ教えてっ‼」

ヘイヴィアはちちんぷいぷいみたいに叫ぶが、テーブルの真ん中に置かれたボトル状のスピーカーは『まずは深呼吸だ、そんな日もあります』と大変クレバーな答えを返すだけだった。

何となく一ヶ所にまとめられている『正統王国』のジャガイモ達だったのだが、特に手錠やGPS付きの足枷《あしかせ》などはつけられていない。

必要ない、と思われているのだろう。

こちらを睨《にら》んでいるのは花に似た固定の防犯カメラだけではない。やはりどこにいようが珍しいのか、こうしている今も見知らぬ東洋人達が興味本位にケータイやスマホのカメラを向けていた。三六〇度絶え間なくレンズで狙われ続けているそのビジュアルはまるで……、

「動物園の珍獣扱いじゃねえか全員殺す……」

「ま、『情報を使った檻《おり》』なんだろう。マンハッタンには刑務所はないからな。代わりに、一つの座標でレイヤー状に人間を管理している訳だ」

道端の消火栓から噴水みたいな勢いで真上に水が噴き出していた。

本来ニューヨークは『島国』のホッカイドーと似たような緯度にある。中米海域の気候は慣

れていないようで、誰も彼も暑そうにしているのが印象的だった。だったら家の中でエアコンの恩恵を受けていれば良いものを、わざわざ消火栓で水浴びまでして、どいつもこいつも不快な表を歩いてSNSの話題作りに夢中なのだ。

「見た目はクールに、SNSで大はしゃぎ。これがニューヨーカーの基本だからな」

マンハッタンが動いたという衝撃の事実に対しても『私これくらいじゃ動じませんアピール』に余念がないセレブ達に呆《あき》れたような目を向け、レイスは四角い紙の容器からジャンクフード化されたミニ春巻きを指で摘《つま》んで小さな口に放り込んでいた。

彼女は片目を瞑《つぶ》って自分達の頭上にある花のような防犯カメラを指差しながら、

「高度に無駄な造りをした人間はプライドで死ねる生き物だ。自分から部屋に閉じこもるのは究極の自堕落だが、他人の手で閉じ込められれば刑務所の独房だろう。同じ座標のニューヨークで暮らしていても、どんなブランドやレッテルを貼り付けられているかで天国にも地獄にも見えてくるという管理法なのだろうな」

「てめっ、人様のケツを舐《な》めても五秒で忘れる本気のイカれ女か、自分が何したか分かってん……!!」

ヘイヴィアが激昂《げっこう》して椅子から腰を浮かそうとしたところで、ガッシャ!! というやたらと重たい金属音が響き渡った。

全長二メートル。そこらの大型バイクよりも重たい複合装甲の猛牛が、伏せていた状態からそっと身を起こしたのだ。

レイスは軽く両手を挙げ、片目を瞑《つぶ》って小悪魔のように舌を出し、

「ここは面積あたりのカメラの数なら世界最高密度の街だ、さっきの花の話は聞いていただろう。ニューヨーカーを参考にしてリテラシーを高めないと表のリアルも裏のネットも政府機関のノゾキをお見舞いされるぞ。ルールが分からない間くらい誤解を受けかねない行動は控えたらどうかね？　サーバー不要、簡易回路だけで連携を取るブルマイトに突撃されたら残りの余生をベッドで過ごす羽目になるぞ。どうせビッグデータのシミュレーションだのデータ野球理論だの色々使って、絶対逃げられない布陣で囲まれているだろうしな。死なない程度の兵器というのも一種のサディズムだ。フルボッコしても死なせずに済む訳だから、使用に際し躊躇《ちゅうちょ》もないだろうしな」

「得体のしれないブルマ野郎が……」

「多分減点法ならお前の残機は減ったぞ。ゲームオーバーまであと何機あるのやら」

規格外のオブジェクトへ上陸を果たしたへイヴィアやレイス達だが、こうして見る限りまともな生身の兵士が闊歩《かっぽ》している様子はない。行き交う人々は人種のサラダボウルと呼ばれる『安全国』のニューヨーカーばかり。人に代わって街を巡回し警備にあたっているのは、互いの胴体を緩めに擦《こす》り合《あ》っているブルマイトを中心とした無人機の群れだった。

当然のように、行き交う人々は数十人単位の敵国の兵を見ても気にする素振りもない。

デジタルな監視社会は不気味だが、同時にこうも思うものだ。対象は反政府ゲリラや敵国の兵士達、社会の大きな枠組みからハブられた少数派。従順に従う事が痛くもない腹を探られないようにする賢い手なのだと。

実際には顔も見えない誰かの指先一つでいつ誰が切り捨てられるか、何の保証もないのに。

「……この辺りは、どこまで行っても『情報同盟』か」

「ああそうかい立場がはっきり分かったようで何より銃を取り戻したらまず真っ先に敵兵のテメェのケツの穴に鉛弾をぶち込んでやるからなドちくしょう……」

ドーナツ状の大きな浮き輪をカーリングのストーンのように滑らせ、真紅の紙でできたツーピースの施術衣とゲーム機だけのメリー＝マティーニ＝エクストラドライがやってきた。ちょっとした坂でひっくり返ってしまいそうなものだが、にこやかに微笑《ほほえ》む褐色少女自身はぴたりと平衡を保ったままだ。サーバーいらずの簡易回路だけで駆動系を支えている無人兵器ともまた違う。ゲーム機同様、浮き輪も『マンハッタン０００』と連結した機材なのかもしれない。

マンハッタン全体をモニタリングしているであろう家庭用のゲーム機を両手で摑《つか》んで液体を詰めた浮き輪を自由自在に動かし、野球帽を前後逆さに被《かぶ》るように頭へＶＲゴーグルを引っ掛けた金髪おかっぱは、ジャガイモ達の視線を受けてびくついたように体を縮めながら、

『お待たせ、レイス。６５０。あら、珍しい組み合わせなのっ』

「これでも一応ヒヤヒヤしてはいるのだが」

『０２９。レイヤーが違うから大丈夫だもん、同じ座標にいても接触の機会はないよ。なーのっ、さあ行くの！』

地面に唾を吐いたヘイヴィアが中指を立てたところで、複合装甲の猛牛がテーブルを薙《な》ぎ倒《たお》す格好で突っ込んできた。どこがお手付きだったかいちいち数えるのも面倒だが、どうやら彼の残機はゼロになってしまったらしい。サーバーいらずのブルマイト達は、簡易回路だけでお行儀が理解できるようだった。

むさ苦しい男どもから離れると、浮き輪にお尻をはめた褐色少女はのびのびと羽を伸ばすような顔になった。単なる比喩《ひゆ》ではなく具体的に、硬く乾いたサナギから蝶《ちょう》の羽が伸びていくように、褐色の手足が解放されていくのが分かる。

……当然、レイスとしては自分の緊張を悟られてはならない訳だが。

『んーっ。どうかした、レイス？　２０２』

「いや……相変わらずその癖は抜けていないんだなと思って」

『記憶のタグ付けに過ぎないもん。７５１。大きな意味はないので、あまり気にしないように』

言葉の端々に三ケタの数字がついて回るのは、後で己の記憶を正確に思い出すための目印として適当に置いているものらしい、というのは聞いた事がある。数字はデタラメでオーケー、よほど直近でない限り、ダブってしまってももはやアンティークな響きさえ漂う二〇〇〇年問題みたいな『予期せぬ上書き』は発生しないらしい。

ニューヨーク警備担当という特に重要な位置づけにあるメリーだが、その奇抜さはレイス、ドロテア、アリサ、リカ、オルシア、ピラニリエ、タラチュアなど、他のマティーニシリーズと比べても突出している。

「ニューヨーク警備担当、か」

『ええ、それがなの？』

（……こいつは一体どこまで関わっている。あくまでも『情報同盟』全体の利益を考え、警備担当として『マンハッタン０００』をエリートごとキャピュレットに貸しているだけか。それとも積極的自己否定でも悪用されてキャピュレットの言う事なら何でも従う屈服状態にまで陥ったか……）

疑惑がないと言えば嘘《うそ》になるが、疑っている事に気づかれても得する事は何もない。

レイスは赤い紙の施術衣だけで浮き輪にお尻をはめたメリーへ胡乱《うろん》な目を向けて、

「……それにしてはすごい格好だな。相変わらずけったいな」

『一応、必要に迫られての事なんだけど、恥じる事は何もないもん。流行や常識の優劣なんぞＳＮＳで少々連続的に発言を並べれば簡単に左右できるの。美醜と健康、大体この二つに軸足を置いて、後は慈善と経済効果で味付けすればパーフェクトかな。５１５。何なら全裸にリボンを今年の流行にしても良いよ、イチゴとホイップクリームをビシッと決めないと村八分にされるセレブ社会を作ってみても構わないの』

冗談のような言葉だが、現に往来で柔肌を見せるメリーに対し、中華街の面々は特にスマホのレンズを向けてくる事もない。かえって色とりどりの私服の中で黒い軍服を着ているレイスの方が注目を集めているくらいだ。

……が、当のメリー本人が浮き輪にお尻をはめたまま、何やら顔を赤らめてゾクゾクと小刻みに振動を始めている。知らない間に不穏な空気が漂ってきた。

「……おい？」

『あら失礼。ふ、ふふ。誰も気づいていない、これだけの異常事態を前にしてもみんな平常運転で素通りしてしまうの。本当はありえない場所でありえない柔肌をさらしているのに、ふふふふ。だめ、これは記憶に残しては、０８１、０９９。ああ、ああ、本当にダメなのに。一体どこでバレるんだろ、誰がおかしいと気づいてくれるのかな、うふふふふふふ……』

もう黒い軍服の少女は口を小さな三角にして黙るしかなかった。

普通ではない事に気づかれない状況に特別な何かを見出《みいだ》すという事は、単純に真夜中にコート一枚で寂れた路上を闊歩《かっぽ》する変態オヤジとはベクトルが微妙に違うようだ。言ってみれば、観光客で満杯の海水浴場で、ビキニの形のボディペイントかまして堂々と人混みの中を歩き回るギリギリ感に近い、のかもしれない。

……ヘイヴィア達の視線を受けると妙な緊張感が漂っていたのもそういう事か。マンハッタン住人と違って余計な情報操作を受けない『正統王国』のジャガイモ達は、何の意識的なフィルターも挟まずにド直球で褐色少女の紙でできたツーピースの施術衣を眺めたはずなのだから。

「ストレスが……多い、職場なのだな……」

『はて、何の話なの？　121。んーっ』

浮き輪の上で手足を伸ばして変なポーズを取っているのは、ゲーム機の電波の入りがピンポイントで悪い場所だったからか。傍《はた》から見ていると柔肌を覆う真紅の油紙がいつ破けてしまうか気が気でない。意識のフィルターさえあれば無敵なのか。ある意味では自撮り気分かもしれないが、褐色の浮き輪少女は花に似た無数の防犯カメラで自分自身を常時チェックさせていた。互いの花粉が届く範囲がギリギリ重なる、他家受粉を参考にしたものだ。

『435。それにしても、よもやあなたが直接マンハッタンへやってくるとは』

「自ら報告義務を無視して通信途絶しておいて良く言う」

側近の青年を伴ったレイスもまた『正統王国』のジャガイモ達が巻き起こす乱闘騒ぎなど目もくれず、同じマティーニシリーズの少女とマンハッタンの街並みをそぞろ歩く。当然のように、『マンハッタン000』と直結していると思《おぼ》しき巨大な浮き輪に付き従う格好で、サーバーいらずで互いの胴体を擦《こす》り合《あ》うブルマイト達が三頭ほどついてきた。

こうして観察する限り、レイス側近の青年はメリーにとって対象外のようだった。無機質な視線を浴びても身を縮ませる事もない。

あれは人のもの、という意識でも働いているのかもしれないが。

浮き輪少女メリーは複合装甲の猛牛達へ視線を投げてこう告げた。

『物騒と感じるかもしれないけど、必要な配慮でもあるの。それにブルマイトには空気清浄器もつけてるもん。223。どうか身近に感じてほしいの』

「博識なようでいて愚かだな、屋外で使っても意味がないだろう……」

『ニューヨークを少々甘く見ているのレイス？　090。ここは世界一医療の発展した、その割には平均寿命がちっとも自慢のできない、呆《あき》れるほどに飽食の汚染地帯だもん』

ひとまず中華街を北へ抜けてソーホーへ。路上駐車を取り締まる制服警官のすぐ後ろをしれっと浮き輪が通過しながら、またしても褐色少女が振動を始めている。靴やカバンなどの高級ショップの巨大なウィンドウを横目で見ながら、レイスはこう切り出した。

「ピラニリエ＝マティーニ＝スモーキーの顚末《てんまつ》については？　私の推測では、積極的自己否定を使っていると考えているんだが」

『こほん。外部注力でマティーニシリーズを壊す方法、かな。ここはニューカリブ島近海なの。ラグナロクスクリプトの件を知っていなければ「マンハッタン000」をここまで持ち込まなかったの。381。ニューヨーク警備担当として、マンハッタン地区全体にストップをかけていたはずだもん』

「らぐなろく？」

『あら、大仰な名前については摑《つか》んでいなかったの。「信心組織」のネズミが「情報同盟」に潜り込んで私達の脆弱性《ぜいじゃくせい》について何やら調べていたようで。115。敢《あ》えて泳がせ、全貌《ぜんぼう》を把握するため通信の傍受に徹底していたけど、間違いだったかも。煙《けむ》に巻《ま》かれたおかげで後手に回ってしまったの』

「……率直に聞きたい。貴様はまだまともなマティーニか？」

『思うに、ピラニリエがあっさり染まったのはストッパーの影響力が小さかった事が起因していたの。991。他のマティーニと違い、彼女は何かと理由をつけて単独で動く事が多かったし』

ホームで羽を伸ばす感覚なのか、小さく笑って、ドーナツ状の浮き輪からはみ出した生脚をぶらぶらさせる褐色少女はレイスからよそへ視線を振った。

メリーが眺めているのは、レイスの側近となる青年だ。

『私としても羨《うらや》ましいの。544。私のは、背骨を砕かれたあの作戦でくたばってしまったので』

「追加の補充を断ったのは貴様の意思だろう」

『088。自分の話に置き換えてみれば良いのでは。すぐに代わりを用意できると言われて、あなたは素直に喜ぶの？』

突き放すように言ってから、自分で言った言葉の矛盾にメリーは緩く首を振った。

ノートサイズのゲーム機を使って操る巨大な浮き輪が横断歩道に差し掛かったタイミングで、

ぴったり歩行者信号が赤から青へ切り替わった。両手でゲーム機を掴《つか》み、分離した二つのコントローラを足の指で挟んでピーンと伸ばす謎ポーズを見る限り、やはり浮き輪少女が何かをやったのだろうか？

信号待ちしている大型トラックの荷台には、身を伏せたブルマイトがぎっしり詰め込まれていた。違法駐輪の回収にも、警備会社などで一度にダース単位で充電できる無線機の業務用ホルダーにも見える。移動式の電源車だ。

大きな交差点の真ん中で、三六〇度大勢の視界に入っているのに当たり前のものとして素通りされる施術衣少女はわずかに体を振動させながら、

『まあ、足りない寂しさを機械いじりで誤魔化している時点で私も似たり寄ったりかもしれないけど。７７７。代替物を用意するのと本質は何も変わらないというのに、なの』

「……、」

感傷に浸っている場合ではない。

『マンハッタン０００』は現に『情報同盟』本国を離れてここまでやってきた。そして本来の操縦士エリート含め、メリー＝マティーニ＝エクストラドライにはストッパーとなる相棒がいない。ピラニリエと同じく、暴走の危険が高いのは事実だ。あと少しで山頂だというところで雲行きが怪しくなってきた。積極的自己否定で山を下りる方向に傾いても、誰も励まして山頂を目指そうと言ってはくれないのだから。

持ち主の言が正しければ鞭毛《べんもう》の構造を人工的に組み込んだ浮き輪を滑らかに動かし、横断歩道を渡り切って、ゲーム機の画面へ目を落としたまま褐色少女は言い放つ。

『私の暴走を疑うの？　８９５』

「……他勢力からラグナロクスクリプトとやらでマティーニシリーズへ外部注力されている疑惑を晴らしたいなら、最低でも『マンハッタン０００』を取り扱う操縦士エリートをいったん座席から切り離すべきだ。それができると示す事で、お前の権限と正気の証明になる」

『２９０。悪いけど、それはできないの』

「何故《なぜ》？」

レイス＝マティーニ＝ベルモットスプレーの小さな体から緊張の圧が放たれた途端、いつでも傍《そば》にいる青年がさりげなく位置取りを変えた。辺りで電波を使わず互いの体を擦《こす》り合《あ》って連携の確認を取っているブルマイトが動いた時に備えた動きだ。

しかし現実ははるかに予測を上回った。

ゴゴンッ‼　と。

いきなり一等地の大地全体が大きく揺さぶられたのだ。

あまりのスケールのため、分かっていても頭からすっぽ抜けてしまう事がある。レイス達が今いるマンハッタンの街並みは、全部まとめて巨大なオブジェクトの真上にあるのだ。

ほんの少し、ちょっとした身じろぎ。

『安全国』で暮らす小さな子供のように短い悲鳴を上げて間近の青年にしがみついてしまった黒い軍服に金髪のレイスに対し、褐色少女はノートサイズのゲーム機を使って笑みの浮かぶ口元をそっと隠していた。

モニタリング、で留《とど》まらない。

メリーは自らの表情を整えると、改めて手元のゲーム機を軽く振って、

『前に言ったよね、これ一つにマンハッタンの機能を集約するのは歯応えのある仕事だった、と。なーのっ、私はニューヨーク警備担当のマティーニ。当然、中心地であるマンハッタンについても「全て」を掌握しているの。808。そう、世界最大クラスのオブジェクトとしての「マンハッタン000」含む「全て」を、なの』

「……まさか、お前……？」

愕然《がくぜん》とするレイスの目の前で、大きな浮き輪にお尻をはめたメリーはお腹《なか》の上にゲーム機本体を置くと、リモコンみたいな無線コントローラを二つ握り込んで、ビシバシと腰の入っていないパンチを軽く繰り出していた。

コントローラのジャイロなのか、複数の植物が互いの花粉散布域をカバーする他家受粉の理屈を参考にしてそこらじゅうに設置した花の防犯カメラで把握させているのか。一体どんな操

作方法かまでは知らないが、それだけでメリーの声の調子が明確に変わる。

気づかなかった。

今まではメリーの肉声に合わせて浮き輪の方からサラウンド機材のように音の振幅を重ねて、リアルタイムで加工を施していたのだ。

サポートを切ればこんなものだった。妙に一語一語をはっきりと区切る、機械よりも機械らしい肉声がこぼれてくる。

『ええ。きょうかプログラムは全て1とおりしゅうとくしているの。私はマティーニシリーズのじょれつ29位にして、どうじに「マンハッタン０００」のそうじゅうしエリートでもあるんだもん』

それができれば苦労しない、はずだ。

『情報同盟』全軍のオブジェクトを直接マティーニシリーズに管理させれば、そもそも敗軍や暴走部隊の尻拭《しりぬぐ》いをするレイスの仕事もなくなる、はずなのだ。

『ま、「ガトリング０３３」といっしょでＡＩとのれんどうがだいぜんていだけどね。わたしとキャピュレットは、互いのエラーをつぶし合って共存する。『情報同盟』全体のはなしはしらない。だけどニューヨークのたんとうエリアなら、オブジェクトとしての「マンハッタン０００」での中であれば、キャピュレットよりもわたしの方がイニシアチブをとれるの』

つ・ま・り、と。

その声色に機械を通し、再び褐色少女の言葉が安定していく。

『このオブジェクトは、私だけのもの。２１７。ＡＩネットワーク・キャピュレットには高速回線越しに貸しているだけなのっ。遠隔手術みたいにね』

「馬鹿馬鹿しい……。競合が怖くはないのか？」

自殺行為そのものの成果物を前に、レイスは唖然《あぜん》としていた。

対して。金髪おかっぱの浮き輪少女は薄型のゲーム機をひらひらと振って、

『ステッキＶＲ。……自前で互換ソフトを組んでバイパスしていると言ったよね？　５６７。必要なものは必要なだけ取り込むのが私の流儀なのっ』

文字通り、マンハッタンの全てを掌握し。

いっそニューヨークの一等地そのものと一体化まで成し遂げて。

道理でメリーが孤独から抜け出せない訳だ。

『ただ、マンハッタンには私が入っている、これ、この介助具の制御も込みになっていて。前にも言ったけど、地球の重力で二足歩行だなんて、背骨をやられた私にとって地獄の責め苦なの。７６５。まことに申し訳ないけど、兜《かぶと》を脱ぐのは遠慮させていただきたいの』

「……、」

向こうが拒否してしまえばどうにもならない。どっちみち、レイス側から何かを強要する事はできない。頑強過ぎるオブジェクトを行動不能に陥らせる方法の一つに、操縦士エリートを

集中的に狙う戦術もあるが……これで、おそらく仲違《なかたが》いや暗殺といった切り札も使えなくなる。

メリー＝マティーニ＝エクストラドライと対立を選ぶのは、そのまま『マンハッタン000』と正面切って戦うのと等しい状況に陥る。当然ながら、そんな道を選べば消し炭すら残らない。

できる範囲から足場を固めていくしかなさそうだ。

「そもそも『マンハッタン000』を何故《なぜ》ここまで動かした？」

『私の独断でここまでできるとでも？　915。マティーニとエリート、両刀使いの私であっても所詮《しょせん》は個人の力なの。限界はあるもん。基本的にはAIネットワーク・キャピュレットとの対話による結果よ。必要だと思ったから、手っ取り早い手足として「マンハッタン000」を貸し与えただけ。つまりレイス、あなたが考えている問題の本質は全くの正反対なのっ』

もちろん、メリーが積極的自己否定にやられていたらAIの間違ったエラー判断もそのまま流してしまうだろう。間違いを間違いと指摘してもらわなければ、キャピュレット側だって少しずつズレていく。だが違和感に眉をひそめ、レイスは思わず尋ねていた。

「それは、どういう……？」

『111。「マンハッタン000」に大きな問題があって暴走しているのではないもん。もちろん、チェック機構の私が壊れている訳でもないの』

『マンハッタン000』と連動しているのか、滑らかな動きでとんとんと巨大な浮き輪ごと小さく跳ねて石の階段を上りながら、メリーは核心に切り込んでいった。

『「マンハッタン000」を盤の上に持ってこなければならないほどの大きな問題が外にあると判断された。だから事態収拾のためキャピュレットは迅速にリクエストを出してきた。だから、私はこのオブジェクトを貸し与えた。901。そう考えた方が自然だと思うの』

「……ちょっと待て、それってまさか……」

『私はてっきりラグナロクスクリプトにより暴走したピラニリエを迅速にパージしろという話だと予測していたけど、単純にそういう訳でもなさそうなの。501』

発想が違った。

レイスの中で色々なものが組み変わっていく中、同じマティーニシリーズの褐色少女はこちらの瞳をじっと覗《のぞ》き込《こ》みながらこう尋ねてきた。

『なので、なーのっ、こちらからも質問しておきたいの。331。このニューカリブ島近海では何が起きていた？　この海には、一体どんな「怪物」が眠っているというの』

5

「へイヴィアさん、へイヴィアさん」

ミョンリが恐る恐る名前を呼んでくるのにもそれなり以上の理由があった。

おすわり、ふせ。

複合装甲でできた二メートル長の猛牛が、うつ伏せにぶっ倒れたヘイヴィアの真上でお行儀良く佇《たたず》んでいたからだった。サーバー不要であっても不良兵士をぶっ飛ばす優等生ちゃんらしい。まったく良くできている。

ヘイヴィアは完全に無力化され、潰《つぶ》れたカエルみたいな声を出すのが精一杯だ。

「……ミョンリ、このガラクタが腰を振り始める前に俺を引きずり出してくれ。聖母マリア様に胸を張れる人生を送ってきたとは言わねえが、いくら何でもこのまま機械に獣○されるなんてあんまりだとは思わねえか」

「えと、私達はこれからどうしましょう」

ミョンリはミョンリで一定以上のお耳汚しは自動的に遮断するフィルタリング機能を身に付けたのかもしれない。他のジャガイモ達も手を差し伸べてくれる気配もなかった。

ミョンリは花粉の散布域を相互カバーする他家受粉を参考に設置した、ラッパか花に似た防犯カメラに見下ろされてうんざりしながら、

「マンハッタンはニューカリブ島近海までやってきましたけど、今のところは来た『だけ』です。具体的にこれからどこかを攻撃する訳でもない。そうなると……私達って銃を取り返して何と戦えば良いんでしょう？」

「へらへら笑いやがってヤツのケツの味にでも興味があんのか、ここは敵国最大のオブジェクトだぞオイ⁉　本来の操縦士エリートは存在感ゼロ、頭のおかしいマティーニの管理下でキャ

ピュレットがハッスルして、電磁投擲動力炉砲《でんじとうてきどうりょくろほう》とかいうの使ってすでに警告抜きの先制攻撃も受けてんだろ!!」

「だから何も知らないでそこらを歩く人達を撃てと？　なんか、こう、標的が違いませんか？」

ミョンリは細い顎《あご》に手をやって、

「マティーニさん？　が手綱を握っているマンハッタンが攻撃したのは私達『正統王国』だったのか、ピラニリエに汚染された『情報同盟』だったのかも結構曖昧《あいまい》でしょ。勝手に整備艦隊へ潜り込んだのは私達の方ですし、そんな事実は知らなかったと言われたら、ただ身内の粛清に巻き込まれただけになっちゃいますけど……」

ぐう、とヘイヴィアの口から変な音が洩《も》れた。

そうなると、そもそも戦争行為自体が存在しなかった事になる。反撃の意義がなくなる。ヘイヴィア達『正統王国』からマンハッタンら『情報同盟』を攻撃する話になってしまうのだ。

あれだけ怖い恐ろしいと言われてきたマンハッタンだが、実際に乗り上げてみれば平和そのもの。確かにニューカリブ島近海までやってきたが、今すぐ超火力で『正統王国』軍を消し炭にしてしまう訳でもない。最初の一発でマンハッタンが誰と敵対し『どこを』攻撃したつもりだったのかも謎。ヘイヴィア達は手錠もなければ監獄に投じられる訳でもなく、ありふれた街の中にそのまんま解放されている。

これではどうしようもない。

戦争戦争と息巻いているジャガイモ達が馬鹿馬鹿しくなるような有り様だった。

何もないおかげで、ヘイヴィア達マッチョ軍団は戦う理由を奪われてしまった。地球全人類抹殺計画とかが進行していれば分かりやすかったのだ。あたかも過不足のない平和な街を、こちらからわざわざ引《ひ》っ掻《か》き回《まわ》して戦争を起こそうとしているようにすら見えてしまう。

完全管理社会。

情報によって人を縛る。

罪人を隔離する必要さえなくなったデジタル都市の恐ろしさ、その一端を、ヘイヴィアは改めて目の当たりにさせられる。ここを折られたら終わりだ。不良兵士は心の奥深くにある部分でそう考えていた。だから彼は必死になって『理由』を探していた。

「……俺はなぁなぁでずるずる流されて『情報同盟』に骨を埋める気はねえぞ。『貴族』の血を引く者として、ウィンチェル家を継がなくちゃならねえんだ」

「それナイスアイデアですけど……大使館と連絡を取り合っている最中で、無事に引き渡しを済ませるための準備中だ、とか言われたらどうします……？」

折れる。

実際にはそんな水面下の動きは何もなかったとしても、あのメリーとかいう責任者からそう言われたらヘイヴィア達は折れてしまう。はぐらかされ、引き延ばされている間に、それが常態化して心が倦《う》んでしまう。今のままでいいや、と。

誰だって、怖いのだ。

こんな途方もなく巨大な兵器の前に改めて放り出され、文句があるなら全力全開で戦おうかと提案されるのが怖くて怖くてたまらないのだ。だからミョンリ達は仮初《かりそ》めの平和にすがりついている。このまま戦う理由が見つからなければ戦わなくても良いのではないか。そんな結論を支持してもらいたがっている。

でもダメだ。

そもそも根本的に『情報同盟』の連中にとって、言葉とは信頼を乗せるものではないのだ。相手を意のままに操り利益を貪《むさぼ》るための、使い捨ての弾丸程度にしか考えていない。

思い知らされたはずだ。

あの船の甲板で、何もできずに友人を撃ち殺された時に。

「だっ……」

転がり落ちそうなミョンリ達その他大勢に向けて、ヘイヴィアが改めて口を開こうとした。

そこでそれは起きた。

ツッツゴン!!!!!!　と。

出来損ないの鐘を叩《たた》くような、鈍く不快な金属音があった。音源はうつ伏せで組み伏せられたヘイヴィアの真上。例の猛牛、ブルマイトの横っ腹だ。そこに親指大の穴が空き、手持ちの花火や発煙筒のような火花が噴き出している。

いいや、電子基板をどう傷つけたってこんな風にスパークは飛び散らない。

これは明らかに、回路を焼くために外から中へ埋め込まれた火薬類だ。

「狙撃っ、徹甲焼夷弾《てっこうしょういだん》か!?」

精密機器の内側から一際《ひときわ》大きな火花が炸裂《さくれつ》し、ブルマイトの全身から力が抜けた。横に倒れていかなければヘイヴィアはその重さに潰《つぶ》されてしまったかもしれない。

しかしあれだけ望んだ自由を手に入れても、ヘイヴィアの顔色は晴れなかった。

「誰がやった……?」

思わず呟《つぶや》くが、分かる者などいない。そもそもヘイヴィア達『正統王国』軍数十人はみんな同じ場所にいるのだ。一人だけ抜け出してビルの屋上で狙撃銃を構える事などできない。

それでも、周りにいる人達には関係なかった。

行き交う東洋人は真ん丸に目を見開き、多くの携帯電話やスマートフォンを突き付け、電子的なシャッター音を連発してくる。

ざわりとした殺気に包まれるのをヘイヴィア達は自覚した。

情報の檻《おり》に触発されたかのように、あちらこちらの角から付近を巡回していたブルマイト達が顔を出す。明らかにこれまでとはモードの異なる様子で、だ。サーバーなど使わずとも、簡易回路だけで仲間の犠牲を捉え連携して事態の収拾に当たる判断ができるようだ。

ただし根本が間違えている。ルールを破ったと誤認された。

今度は殺される。

「一体どこのバカがやったんだ、ちくしょうッ‼」

公的な防犯カメラだけで七〇万台、携帯電話やドライブレコーダーまで含めればどこまで膨らむか分からない。にも拘《かか》わらず、そんな基本の基本さえ誰にも答えられない。

誰かが石を投げた。

そして第二ラウンドが始まった。

6

自由と平和の街の色彩が、ガラリと切り替わる。

他家受粉だか何だか知らないが、大仰な理論で取り付けられた無数の防犯カメラは何の役にも立たなかった。冤罪《えんざい》一つ解決してくれない。

「ふざけんなふざけんなふざけんなクソが‼」

他人が投げた石であっても蜂の巣から噴き出してくる害虫どもには対処しなければならない。

とはいえ武器らしい武器を持たないヘイヴィア達の選択は一択だった。とにかく逃げないと死ぬ。数十人なんぞ一気にまとめて殺される。背中にのしかかっていたブルマイトは沈んだ。起き上がったヘイヴィアは中華街を走るしかない。

「にっ逃げるってどこへですか⁉　ここは二万メートル丸ごと『情報同盟』のオブジェクトの上なんですよ‼」

「答えを知りたきゃ膝に両手を置いてヤツにケツでも突きつけながらのんびり考えてろよ俺は走るッ‼」

中華街の角を曲がったところでいきなりありふれた銃口を突き付けられた。

「ッ⁉」

手首を摑《つか》んでひねり、そのまま襲撃者を背中から地面に叩《たた》きつけると、目を回しているのはそこらの大学生だった。

「何で民間人がこんなゴツいサブマシンガンなんか持ってやがるんだ⁉　『島国』のステッキだのポケマモだのより簡単に手に入っちまったぞ‼」

真上に向かってパンパン威嚇射撃を放つと、通りを歩いていた人々が一斉にしゃがみ込んだりテーブルやベンチの下へと潜っていった。降参のつもりなのか、まるでおひねりのように手持ちの銃器や弾倉がぽんぽん投げ込まれてくる。走りながら逃げているので全部受け取る暇はなかったが、マラソンの給水コーナーのような有り様だったのに気づけば『正統王国』兵全員にバラバラのメーカーの銃器が行き渡ってしまった。

「……ほんとにマジで北米のマーケットはどうなってんだ。戦場よりも銃の数多くねえか？」

「リボルバーに、ショットガンに、サブマシンガンに、これほんとに護身用なんですかね？

うええっ、軽機に狙撃銃まで……!?」

銃器はないよりあった方が心強いが、サーバー不要で高度な連携を取るブルマイトはそもそも盾の代わりにも使われる無人機だ。頭を撃っても胸を撃っても機械は死なない。『普通の銃弾』程度では話にならないだろう。よって、威力よりも素材の軽さを優先して逃げながら取捨選択を行っていく。

こちらが武装を強化しても、ブルマイトは止まらない。

「ああっもう!!」

ほとんど反射的にヘイヴィアはサブマシンガンを構えたが、どうにもならなかった。相手は機械。威嚇は通用しないし、実際に九ミリの弾丸を小刻みに連射しても分厚い装甲板によって弾《はじ》かれてしまう。周りで脅《おび》えて丸まっている民間人を見ると、むしろ跳弾が怖いくらいだ。

命を持たない。

壊れても構わない。

無人兵器を投入した戦争はここまでルールが変わるのか。

ツッッスパン!!　と、銃声よりも早く『銀の弾丸』が飛んできたのはその時だった。

分厚い装甲板を突き破り、内部の精密基板を高温で焼き尽くす、専用の徹甲焼夷弾《てっこうしょういだん》。どこそのビルの屋根から撃ち下ろされた狙撃弾が信号機を制御する変圧器をぶち抜き、大型トラックを突っ込ませてヘイヴィア達の命を狙ってきたのだ。

そう。

問題なのは、『銀の弾丸』は特にモンスターだけを狙ってはくれないところだ。

「危ねえなくそっ!! まったくひでえ乱交パーティだ、どこからイカ臭せえのを顔に頂戴するか分かったもんじゃねえ!!」

ちょっとした花壇を兼ねたコンクリートの車止めをハードルのように乗り越え、不良軍人を食いそびれたトラックがギリギリのところでひしゃげて動きを止める。一息ついている暇もない。正体不明の狙撃手は近くの公園の地面へ二、三発撃ち込み、別の所を守っていたブルマイト達をわざわざこちらへ呼びつけている。ネトゲで独立した敵をわざわざ引き付けてくるように。

「あのスナイパー、ついてきてますよ……？」

「ビルからビルの屋上でも跳んでんのか？　おいプラスチックでできてるその狙撃銃、遊ばせてんならこっちに投げろ！　根暗なノゾキ野郎を黙らせるのが最優先だ!!」

とはいえ、現実の狙撃は映画と違って下から見上げて分かるほど大きく身を乗り出して銃を構えてくれない。どうやらヘイヴィア達が走っている歩道脇に並ぶビルの群れ、その屋上を併走しているようだが、正確にどこにいるのかまでは把握できなかった。

花のような防犯カメラは無数に設置されているものの、人の流れを考えて配置設計されている。簡単に言えば、道を行き交う人々を監視するのが第一なので、大空を舞う影はおざなりにされがちなのだろう。

そうこうしている内に行く手を塞《ふさ》ぐように別のブルマイトが押しかけてきた。

「真正面から撃っても有効打になりませんって！」

「そっちじゃねえよ馬鹿ッ!!　メカの顔にぶっかける趣味はねえ!!」

ヘイヴィアは手にした狙撃銃のスコープは覗《のぞ》かず、道端にある消火栓を高初速のライフル弾でぶち抜いた。その重さに反して接地面積の少ない『動物型』は地面との摩擦を奪われると辛《つら》い。大型バイク並の重量を四つの小さな蹄《ひづめ》で管理しているのだから当然だ。

スリップして派手に転んだブルマイトへミョンリ達がさらに弾丸を叩《たた》き込《こ》んでいくが、こちらは装甲表面で火花が散るだけだ。無防備な相手に集中砲火を浴びせても効果がない。

「どう思う、あの狙撃手!!」

「どうって言われても絶対お友達にはなりたくないっていうかですね……!!」

「そうじゃねえ。単純に腕の話だ」

消火栓の奔流が窓拭き業務用洗剤のバケツを薙《な》ぎ倒《たお》したせいか、思った以上に滑ってブルマイトは起き上がれないようだ。身動きが取れなくなれば、簡易回路を使った動作によるコミュニケーションや連携も難しくなるらしい。つまり、他の機体に助けられる事もなかった。元々、ジャガイモ達も一ヶ所で拘泥《こうでい》している訳にはいかないのだ。ヘイヴィアとしては、戦線復帰もできず巨大なねずみ花火のようにその場でぐるぐる回り始めた複合装甲の塊の真上を舌打ちしながら飛び越えていくしかない。

「信号機ぶっ壊してトラック突っ込ませるとか、ブルマイトを刺激して襲わせるとか、何でいちいち片思いの文学少女みてえに迂回《うかい》してんだ？　直接俺らの頭をぶち抜きゃ済む話だろうが!!」

「えと、事故に見せかけるなり何なりしたいのでは？」

「使ってんのは徹甲焼夷弾《てっこうしょういだん》だぞ。そこらの銃砲店で取り扱ってる中古の薬莢《やっきょう》の詰め直しとは話が違う、街中で使用済みのゴムより目立つ弾ばら撒《ま》いておいて陰謀もクソもあるかっ」

正確な位置も摑《つか》めない狙撃手への牽制《けんせい》も含めて真上に向けて一定間隔で威嚇射撃を行っていく。サーバー不要で連携を取りながら追いすがるブルマイト相手にまともな銃弾は通用しない。散発的な銃声ですっかり人が消えたのを確認してから、ヘイヴィアは思い切って真上へ狙撃銃を撃ち込んだ。

クレーンのワイヤーが千切れ、複数の鉄骨が建設中のビルから次々と落下してくる。

「っ、直撃してもまだ動くかよ!?」

「最低でもパワードスーツ級の火力がないとどうにもなりませんって！　それよりさっきの狙撃手の話、結局何だって言うんですか？」

「狙撃は単純な距離や風向きの話だけじゃねえ。理系な部分は機械の補助で埋め合わせられるからな。むしろ文系、獲物の心の動きを読んで次の位置へ『弾道を置く』のが大変なんだ。その点、あいつの標的は常に読みやすいものばかりだった。死の恐怖を知らねえブルマイトにぴくりとも動かねえ変圧器。あれなら素直にスコープの中で十字線を重ねるだけで良い」

現実として、この上ないほどへイヴィア達は追い詰められている。

しかしその上で、彼は大胆な仮説を打ち出した。

「ヤツの狙撃はせいぜい素人童貞《しろうとどうてい》止まりだ。俺らを直接イカせる自信がねえから、狙いやすい無機物目標ばかり撃ち抜いてやがるんだ」

そうなると襲撃犯の本来の得意分野は何なのか。

徹甲焼夷弾《てっこうしょういだん》による攻撃は狙撃というより極めて小規模の爆破に近い。ブルマイトのようなガジェットの仕組みを暴《あば》くのが上手《うま》い。敵味方を問わず定石を無視した戦術で場を混乱させ、本来の実力以上の戦果を挙げる。

……そういえばへイヴィアの良く知る『誰か』は、アラスカ方面で取り残されたお姫様を助けるため、機材の補助を受けた状態でおっかなびっくり狙撃に挑戦した事もあったか。

（冗談だよな……？　そりゃあ生きてる方が嬉《うれ》しいが、こういう出方じゃねえだろうな⁉）

ガッチン、と。

太い金属のツメが噛《か》むような音が響き渡ってきた。

逃げながら後ろを振り返ってヘイヴィアはギョッとする。複合装甲でできた猛牛達がいつの間にかリュックか乗馬用の鞍《くら》のようなアタッチメントをつけていたのだ。中身については軽機関銃にグレネード、それからクーラーボックスにも似た小型コンテナ状弾倉を繋《つな》げた一式。頑丈さだけが取り柄のはずのゾンビが、クレバーに銃まで向けてきたような理不尽さだった。

「ふざけんなちくしょ……‼」

地下鉄の案内板が視界の端をよぎったのはその時だった。

開けた地上の街並みで水平射撃されたらおしまいだ。『正統王国』兵はもちろん、屋内退避した無関係な民間人まで巻き添えを喰《く》らう。一般のガラスやコンクリートの塊くらい、重機関銃で使う親指より太い鉛弾なら発泡スチロールのように砕いてしまうからだ。ヘイヴィアは身振りで指示し、ジャガイモ達は一斉に下りの階段へと飛び込んでいく。

「これで何とかなると思います⁉」

「知るかよサポセンにでも電話しろ‼　少なくとも屋根伝いの狙撃手からは距離を置けるだろ。地下に潜れば平面の地図だけじゃ頼りにならなくなる。そもそも東西南北もなく自由にぐるぐる回るマンハッタンの上だ、ヤツらが現在地を見失って迷子になってくれりゃあ良いんだが……」

戦争は基本的に命の取り合いだ。

命を持たない無人兵器相手には、戦い方そのものを変えていくしかない。

騒ぎを聞きつけて射出式のスタンガンを取り出そうとした善良な駅員さんに本物の銃口を向けて押し戻しつつ、ヘイヴィア達は大混乱の切符売り場を走って自動改札を飛び越える。

直後に真後ろからさらなる狂騒の怒号や絶叫があった。

ヘイヴィアは舌打ちして、

「あぁくそっやっぱりダメか⁉　マイクロ波かサブミリ波でも利用してやがるのか⁉」

「勝手に納得してないで説明してくださいよっ、そもそも『情報同盟』の無人兵器は簡易回路だけで自律行動を取れるからサーバーとアクセスしないんじゃありませんでしたっけ⁉」

いちいちそんな事やってる暇はない。追い着かれれば死ぬのだ。

こんな所にまで花にも似た防犯カメラはきっちりついていた。つまりこちらの居場所はマティーニ側から把握されている。こうなると彼らジャガイモ達にできる選択肢は限られる。このまま走って別の出口から地上へ出てもどん詰まり。ホームに向かってもドラマのように都合良く発車寸前の電車に飛び込めるとも思えない。

「言っても暇持て余した若奥様が不倫相手に送りつけるつもりだった自撮りで誤爆する程度の一般規格、無線ＬＡＮのお仲間だろ。ジャミングは⁉」

「機材がありませんよバカ‼　この注文バカ！　だからそもそも何で電波障害にこだわってんですかっ。モニタリング用のカメラが切れたって平気な顔して飛びかかってくるでしょ！」

思考時間は一〇秒もない。それだけあれば人間の足でも一〇〇メートル程度の構内なら突き抜けてしまうからだ。

　ヘイヴィアは舌打ちして、

「手が空いてるヤツ、そこらにある消火器をかき集められるだけかき集めろ!!」

「ヘイヴィアさん？」

「向かうのは下、ホーム側だ!!　急げよ追い着かれちまったら意味がねえ!!」

　階段を駆け下りるというよりも半ば飛び降りる格好で『正統王国』兵達は地下鉄ホームへ飛び込んでいく。やはり都合良く列車が滑り込んでくる事はなかった。上りも下りも空っぽのホームで、電車待ちをしていた大学生や主婦達が大量の銃器を見るなりギョッとして身を伏せていく。

「どうするんですかトンネルにでも飛び込みますか⁉」

「機械相手に長い直線で鬼ごっこしてどうすんだ。それより消火器貸せ、あるだけ全部!!」

　ヘイヴィアは赤い金属容器をひったくるように掴《つか》むと、そのホースを意外な所へ向けた。

　ホームからさらに下。線路のある辺りだ。

「地下鉄の場合は上じゃなくて下に電気を流す事があるからな」

「だからどうしたんです」

「東西南北関係なくぐるぐる回るマンハッタンの上で、猛牛野郎達はどうやって自分や目的地を把握してる？　おそらく答えは電波じゃねえかな」

「いやだって、さっきも言いましたけど基本的に無人兵器はオフラインでサクサク動くんじゃありませんでしたっけ」

「別に軍用帯域である必要はねえんだよ。テレビ、ラジオ、ケータイ、扱う電波は何でも良い。電波だって波である以上はドップラー効果が起きるからな。そこらを飛び交ってる電波を読み取れば、マンハッタンの野郎がどう動いているかは把握できるはずだ。それを元に無人機どもは仮想コンパスで自分の位置を確かめてる。レイスの野郎は無人兵器の理想形は潜水艦っつってたよな。受け身の受信だけなら敵に居場所を辿《たど》られる恐れもねえんだ！」

そうなると、だ。

「地下に潜っても普通にブルマイト達が迷子状態にならなかったのは、分厚いコンクリをマイクロ波なりサブミリ波なりの放送電波が貫いてるからだ。電波ドップラーにジャミングを仕掛けてグチャグチャにしちまえば、無人兵器どもは位置情報が分からなくなって動けなくなるはずだ！　コロナ放電で行くぞ。普段は干渉しないよう距離を取っている第三軌条だの何だのも、近くに不純物を置けば話だって変わってくる！」

ババシュッッッ!!　と炭酸飲料よりもド派手な音が撒《ま》き散《ち》らされた。

泡のタイプの消火器から液状の薬剤がホームの向こうへと放り出されていく。

直後に階段の方で騒ぎがあった。大型バイクよりも巨大な、銃砲アタッチメント装備の四足ブルマイト達がホームへと雪崩《なだ》れ込《こ》んできたのだ。

ミョンリ達はとっさにショットガンやサブマシンガンの銃口を向ける。

しかし引き金にかかった指が動く事はなかった。

がくんっ!! と。

いきなり力を失ったブルマイト達が階段でバランスを崩し、そのまま転がってきたからだ。

倒れた無人機はもう動かない。

それでもしばしの間、ミョンリ達は銃口を向けたままだった。

「止まったん……ですか？」

「コロナ放電はスタンガンみてえにバチバチ音を鳴らす訳じゃねえから分かりにくいかもしれねえけどな。国家機密から壊れたマッサージ器まで何でもかんでも地下に埋めたがるニューヨークで電線探すのにゃ苦労させられたが、列車クラスの電源レールなら電波ドップラーを潰《つぶ》すジャミングの代わりになんだろ」

電波障害の渦中《かちゅう》であれば、素人《しろうと》のケータイやスマホレベルで写真を撮られても送信先とは繋《つな》がらないはずだ。つまり、『無自覚の覗《のぞ》き見《み》』の線は気にしなくて良い。ヘイヴィアは狙撃銃を使ってホームに直接設置された防犯カメラを次々に撃ち抜いていく。

オブジェクトさえ出てこなければ基本的にデキる子なのだ。

「さてようやく『死角』ができたぞ、それじゃ適当に衣服を変えてずらかろうぜ。地下駐車場や陸橋の下で車を替えるようなもんだ」

と、その時だった。

ばづんっ!!　と。

太い音と共に、唐突に窓のない地下鉄ホームが濃密な暗闇に包まれてしまった。

『乗客の皆様にはご迷惑をおかけして真に申し訳ございません。諸般のトラブル処理のため、駅構内への電力供給をカットしております。照明、空調、通信、及び各種サービスは順次回復していきますので、転倒事故防止のため、駅員からの退避誘導指示がない限りはそのままの状態でお待ちください……』

その唐突な黒一色は、まるでテレビゲームの電源を落とすようだった。

余計なアナウンスを耳にしながら想像を巡らせ、そしてヘイヴィアは叫んだ。

「やべっ!!　電源落とされたらコロナ放電も止まっちまう!!」

鼻をつままれても分からないほどの闇の中、ガキガキガキン、という金属音の連なりがあった。当然ながら、機械の目は人間よりも可視領域が広い。停電状態でもお構いなしだ。地下鉄を支える第三軌条に電気を与えず、先にそこらを飛び交う電波を利用した電波ドップラーが回復してしまえば、後はブルマイトの独壇場だ。

すぐ隣でミョンリが短い悲鳴を上げていた。

「ひっ⁉」

「ダメだ闇雲に撃つな‼　この暗闇じゃ民間人の立ち位置が分からねえ‼」

「ならどうするんですか、向こうは暗視ゴーグル並に補整して正確に撃ち込んでくるんですよ⁉」

軍用規格ではなく、そこらの人々から適当に奪った市販品の銃火器には各種のカメラやセンサーが付随していなかったのも問題だった。

やはりヘイヴィア＝ウィンチェルはクウェンサー＝バーボタージュにはなれなかった。

直後に猛烈な勢いで質量の塊が殺到してきた。

7

その時、ヘイヴィアには暗闇の中で何が起きたか分からなかった。

結果から言えば、ブルマイト達から蜂の巣にされる事はなかった。とにかくヘイヴィアは後ろから誰かの掌《てのひら》で口と利き手《きて》の手首を封じられ、そのままどこかに連れて行かれる。途中、銃声らしきものはなかった。第三者はサイレンサーやフラッシュハイダーで音や光を殺しているのではない。そうしたものも含めて、発砲の形跡は全くなかったのだ。

にも拘《かか》わらず、現実としてブルマイト達は追撃してこない。

分厚い鉄扉《てつぴ》を二枚潜ると、闇に慣れた目に猛烈な光が突き刺さってきた。

しばらく視界も戻らない。

「行軍モードではなく戦闘モード時のブルマイトはカメラを使った映像分析よりもマイクロ波を使った対人レーダーや歩行パターン解析で標的を選ぶ方が得意なのですよ」

さらりとした女性の声があった。

掌《てのひら》を使ってヘイヴィアの口と利《き》き手《て》を封じている誰かのものだ。

「コロナ放電を使った疑似ジャミングに効果があったのは、電波ドップラーの封殺と共に自律判断の根拠となるそうした電磁波スキャンを妨害できたからです。着眼点は悪くありませんが、正規レーダー装備までは封殺できなかったようで」

「ぶはっ！」

ようやくヘイヴィアは解放された。

視界が徐々に戻ってきたのも手伝い、他のジャガイモ達と一緒に目を白黒させながら状況の把握に努める。まずここは等間隔にオレンジ色の鉱山用ランプがぶら下がった、石造りの狭いトンネル。彼の口を塞《ふさ》いでいたのは長い銀髪に褐色肌が特徴的な、『情報同盟』指揮官クラスの軍服を纏《まと》う何者か。その周囲に侍《はべ》る兵士達も、いずれも『情報同盟』のものだ。

目が慣れてしまえばこんなものか。

むしろ頼りなく感じられる程度の明かりの下で、長い銀髪に褐色の美女はこう自己紹介してきた。笑顔を作る事に慣れているオトナの顔と声だった。

「レンディ＝ファロリートです。階級は中佐」

「……誰のナニを握ったかも分かんねえその手と握手する気はねえぞ。テメェら『情報同盟』の駒として使い倒されるのはもう真っ平だ。大体、あのブルマイトはそっちの無人兵器じゃねえのかよ」

「本当にマティーニと連携が取れていれば、こんな『隙間』に潜るとでも？　あれが我々の管理下にあるなら、最初から標的設定から自分自身を除外すれば済む話です」

レンディと名乗った褐色美人は呆《あき》れたように言ったが、ヘイヴィアやミョンリにはそもそもこの暗い地下道が何なのかも理解できていない。

だが、ここにはあの花のような防犯カメラや、猛牛に似せたブルマイトはない。マンハッタンの全てをモニタリングするメリー＝マティーニ＝エクストラドライの目はないのだ。たったそれだけで開けた街中よりも暗い地下道の方がよっぽど解放感があった。……ひょっとすると、ヘイヴィアは自分で自分をマンハッタンの敵だと認めているだけかもしれないが。

「どこを取っても秘密しかねえのかこの街は……」

「地下鉄道。……と言っても単純な鉄道路線の事ではありませんよ。南北戦争以前の古き時代に、多くの奴隷達を密《ひそ》やかに助けて安全な国外へ逃がす組織やその脱出経路をモチーフとした自由空間です。具体的な概要としては、監視社会に疲れた特権階級が各種工事の図面をいじく

って作り上げた『隙間』という訳ですね。利用するのは主にこのマンハッタンにあるコロンビア統合大学の優等生か、そのOBやOGであるウォール街第一線の証券マンや弁護士達。……逆に言えば表層部分にこんなものを掘っても痛覚が反応しない辺り、よっぽど『マンハッタン000』は海中方向へ分厚い構造のようですが」

「け、結局何がどうなってもマンハッタンのスペック自慢にしか繋《つな》がらないんですか。助かったのか助かっていないのか分からなくなってきましたよ……？」

やはり問題となるのはそのスケール。

啞然《あぜん》とするミョンリにレンディもまた頷《うなず》いて、

「もっとも、『情報同盟』は情報の管理状況でもって上が下を制する勢力です。私達が騙《だま》し切《き》れていると思っている事が上層部には筒抜けとなっているリスクもゼロではありません。根本的に、絶対の安全地帯などないと考えてください」

もう言葉もなかった。

状況は相変わらず見えない。しかし『情報同盟』も一枚岩ではないようだ。誘われるままにブルマイトをけしかけてヘイヴィア達を始末しようとした通常手続きと、そんなジャガイモ達を拾って『監視の外』へ退避させた特例扱いの二つの勢力が存在する。

レンディは自分の細い顎《あご》に手をやって、

「我々もまた『マンハッタン000』の動向……この場合はもはや軍属さえもハードウェアを

気にしなくなりつつあるＡＩネットワーク・キャピュレットと常に対話を繰り返すマティーニ双方の動きに注視し、全体でブレーキを掛ける必要性を感じていました。人工知能は正しくても、点検役のマティーニがズレた答えばかり返してしまえば判断能力に狂いが生じるでしょうからね。ブレーキのための手立てにも心当たりはありますが、切り札だけではゲームを回せません。切り札を使う場面まで持《も》ち堪《こた》えるため、『普通のカード』を一定以上揃《そろ》えなくてはならなかった訳でして」

「ご丁寧に人の話を無視していただいてどうもどうも、銀髪褐色お姉様からおかげさまの放置プレイでこちらはムスコがすっかりギンギンですう。大体あの狙撃手は？　今の話だけ聞くと、自作自演でテメェらが俺らを地下鉄駅まで追い立てたって考えるのが自然じゃねえのか」

「……そうだったら良かったのですが」

しかし、レンディの言葉は予想外なものだった。

イエスかノーか、タヌキとキツネの化かし合いだとしても、どちらかがやってくると思っていたのだ。

「『アレ』については私達も判断がつきかねる状況です。よって、答えられないとしか」

褐色美人は肩をすくめ。

そして言った。

「ただでさえ『マンハッタン000』を巡って『情報同盟』が真っ二つになっている間に、さらに別の問題が入り込んでしまったようなのですよ。全く異なる勢力の誰かが」

8

そして高層ビルの屋根の上にいた『誰か』もまた、ぴたりと足を止めていた。

複数の植物が互いの花粉の散布域を相互カバーする理屈を参考に設置された、花のような防犯カメラからわずか七〇センチの位置だが、ラッパやメガホンに似た視野の裏側に回ってしまえばこんなものだ。

マンハッタンはニューヨークの中でも土地の限られた超過密地帯である。建物それ自体の密度は新宿《しんじゅく》や香港《ホンコン》を超える。ビルの屋上から屋上へ、と聞くとさぞかし超人めいた動きのように思えるかもしれないが、実際は度胸さえあれば常人の筋力でも普通にできるレベルの問題でしかない。地上一メートルと一千メートルで同じように綱渡りをできる精神さえあれば。

ヘイヴィア達『正統王国』のジャガイモが飛び込んだ地下鉄駅の出入口は四ヶ所。細身の『誰か』はその全てを見渡せる一角に陣取っていたが、やがて小さく息を吐いた。構えを解き、コンクリートの縁《へり》の部分へ斜めにセミオート式の狙撃銃を立てかける。カメラやセンサーでゴッテゴテに固められた品よりも、まずは地上の様子が第一だ。

ひとまず感情面は横に置いて、状況を冷静に分析する。

……どうやら取り逃がしたようだ。あの分だとどこかに『穴』があったかもしれない。

ブゥ、ン‼　と、蚊やハエよりも不快な羽音が響いたのはその時だった。

コの字のアームで地球儀の代わりに一抱えほどの巨大な独楽《こま》でも挟んでいるような機材だった。いわゆるジャイロに近いが、どこか違う。サーバー不要、簡易回路だけで駆動系を自ら学習する、二重反転ローターで空を舞う無人偵察ドローンだ。

今、武装を向けられているかは関係ない。位置情報さえ送信されてしまえば遠方から精密誘導ミサイルでも特殊部隊でもけしかけ放題のはずだ。

しかし『誰か』の表情に焦《あせ》りはない。

その細い腰に手を当てると、サイズの合っていないウェストポーチから取り出した何かを一つ一つ己の顔にくっつけていく。鼻、眉、唇に、今回は念のため左右の頬も。まるで『島国』の福笑いか、ジョークグッズの鼻メガネでも掛けているようだった。

ただしそれが生皮を剝《は》いで手に入れた、見知らぬ若者の部品でなければ、だが。

グロテスクを極めたモンタージュだが、どうしても瞳の部分は隠せない。こちらについては金色の前髪を使って目線を隠す事で対処する。

「いえーい、ぴーすぴーす」

たったそれだけで顔認識に失敗したのか。両手でVサインを作る『誰か』の真正面にいたドローンは対象を見失ったように屋上へ着陸すると、そのまま独楽《こま》の動きで華奢《きやしや》な人影の周囲を二度三度とくるくる回り、右往左往の果てに再びどこかへ飛び去ってしまった。

まるで一度脱いだシャツを着直すような、冷たく湿った感触が顔全体を覆うが、『誰か』が気にする素振りもない。

既存の定石を崩して本来あるべき戦果を上回る。

そのためなら『クリーンな戦争』では思いもよらないような事でも、躊躇《ちゆうちよ》なく実行する。

……顔については最も少ない上唇が三つ、指紋については一〇本指で八セット。頻繁に付け替えなくてはならないのは分かるが、港湾警備の連中だけじゃそろそろ心許《こころもと》なくなってきた頃合いか。適当に下へ降りて『補充』が必要かもしれない。

『誰か』がマンハッタンへ潜入したのも、基本的には同じ方法だった。

そもそもニューカリブ島近海には『正統王国』『情報同盟』問わず、おびただしい数の死体が回収もされず浮かんでいた。そこへオリンピアドームの一件で『信心組織』まで混ざっている訳だ。『誰か』としては適当な人間を回収して肌を切り取り、着ぐるみのように全身を覆ってしまえば準備完了。後は死体のふりをしてマンハッタンの警戒海域を背泳ぎの要領で仰向けに海を漂い、潮の流れを利用してマンハッタンの港湾部へ流れ着けば良い。

当然生身の人間が見ればふやけた皮膚を着た不審者など一発で違和感を覚えるが、懐《ふところ》まで潜り込んでしまった後ならどうとでもなる。たかが港湾警備ごとき、狩りのゲームでドラゴンを仕留めるよりも簡単に始末をつけて『剝《は》ぎ取《と》り』に移れる。

……ヘイヴィア達『正統王国』側が存外お上品に周りへ配慮していたのも予想外だった。規格外の美味《おい》しいオブジェクトが目の前にあるのだ。チームワークが第一なのに。『情報同盟』をきちんと潰《つぶ》すためには、もう少し見境なく派手に暴れて無駄に注目を集めておいて欲しかった、というのが本音である。

失敗は失敗だ、事実を受け止めなくては始まらない。カメラやセンサーだらけの狙撃銃から、別の得物《えもの》へと速やかに持ち替えていく。

むしろ、こちらの方が本領だ。

「いえすっ、『ハンドアックス』」

『誰か』は粘土状のプラスチック爆弾が詰まったバックパックを背負い直し、ボールペンのような電気信管を手の中でくるくる回す。

この状況で純正品を手に入れるのには苦労した。その分だけ元は取りたい。

9

『地下鉄道』。そこは狭い狭い隙間のような場所だった。

それでもようやくヘイヴィア達『正統王国』のジャガイモ達はそっと息を吐く。

「……先ほども説明しましたが、私達も『マンハッタン０００』を取り巻く環境に関しては

『暴走』という見方をしています。キャピュレット自身が純粋であっても、点検役のマティー
ニがズレた答えばかり返せば自分の正しさが見えなくなるでしょうしね」
銀髪褐色のレンディ＝ファロリートは圧迫感を与える地下道を先導しながらそう切り出した。
本来なら敵国の兵に背中を見せ、短いスカートに包まれたお尻を振るような格好で歩いている
のもある種の信頼の儀式なのか。

「積極的自己否定？　ですか。とにかく信用度の低下したマティーニシリーズ、メリーとコン
タクトを試してもおそらく有益な結果にはならず、いたずらにこちらの位置情報を伝えてしま
うだけでしょう。一方で、操縦士エリートの存在感は希薄、マティーニはキャピュレットとの
対話で互いの意見を潰《つぶ》し合《あ》うようにしてエラーを弾《はじ》きながら『マンハッタン000』を掌握し
ているはずです。私達の手でキャピュレットを黙らせてしまえば、マティーニ単独で『マンハ
ッタン000』を支配できるかどうかはかなり怪しくなってきます」

「こんだけ馬鹿デカいマンハッタンをクッキーみたいに割れってんじゃねえだろうな。あるい
はどこにあるかも分からねえオブジェクトの最深部にでもこっそり潜り込んでエリートを殺せ
って？　俺らはババァがタンスの奥に隠し持ってるオモチャじゃねえんだぞ」

「そこまで無謀な事は考えていませんよ」

何度も直角に折れる通路を歩いていくと、やがて開けた空間へ出た。
ちょっとした市民プールくらいの大きさだろうか。ヘイヴィアやミョンリの軍服とはまた違

う、黒服の男女が数十人ほど、床に座り込んだり壁に寄り掛かったりしている。どうやって乗り付けたのか、防弾仕様の四駆まで何台か停《と》まっていた。

レンディは黒服の部下？　から何かしらの紙袋を受け取ると、それをヘイヴィアの方へそのまま回してきた。

「何だこりゃ？」

「ニューヨーク名物ですよ」

「……追加の銃じゃねえよな？」

「ニューヨークについてどんな偏見をお持ちになったかは考えたくもありませんね」

呆《あき》れたように言って褐色の美人は紙袋の中からバナナスムージーやサラダと半ば一体化したようなサーモンベーグルなどを取り出した。色は毒々しい水色。贅沢《ぜいたく》にもデザート枠まであるのか、ピンク色のカップケーキまで用意してある。なんというか、流石《さすが》は『情報同盟』。ＳＮＳ映えが最優先といったラインナップだった。

しかしなお微妙な顔を崩さない『正統王国』のジャガイモ達を見て、ついにレンディは自分からベーグルを一口頬張った。向こうの毒見を眺めてから、ようやくヘイヴィアやミョンリ達は各々《おのおの》配給された食事を受け取っていく。

「ちくしょう、敵から渡されたもんなのにきちんと美味《うま》くてヘルシーだぞ」

「あそこの人達って変に医者へ頼り切りになって薬漬けにならなければ無敵なんでしょうね」

全員の注目を集めながら、レンディは『正統王国』のジャガイモ達を引き連れて四駆へ向かう。後部座席、スモークガラスに向けて手の甲で小さくノックして、そして告げた。

「使える人材を回収してきました。どうやら片割れが足りないようですが」

『……そうですか、おほほ』

こいつ……？　と眉をひそめたのはヘイヴィアだった。

顔は見えないし、声もインターフォンを通しているのであてにならない。ひょっとしたら車の中には誰もおらず、ネットを介して全然違う所から声を当てているのかもしれない。

それでもバナナスムージーのストローから口を離した不良兵士はこう呟《つぶや》いていた。

「まさか、『ラッシュ』のエリートか……？」

「『ガトリング０３３』です」

やはり情報についてはうるさいのか、レンディはいちいち短く訂正したのち、

「この子の機体で試験運用が進められてきたジュリエットというシステムがあります。実際のところ、『情報同盟』全体を管理するＡＩネットワーク・キャピュレットは『ガトリング０３３』、そちらで言う『ラッシュ』と関連の深いジュリエットを拡張し、膨大なビッグデータの塊であるロミオから派生した統合データベース・モンタギューと接続したものです」

「キャピュレットにモンタギュー。シェイクスピアの二大名家か」

「とはいえ、あくまでもプロジェクトネームです。実際に一基対一基の関係かどうかは甚だ疑

問ですが。あっちもこっちも自称有識者ばっかりで、本当の本当にキャピュレットの外観を知る者など何人いるか分かりませんし」

と、銀髪褐色のレンディは一応の注釈を入れた上で、

「ちなみに、開発を強いられた研究チームは両者が繋《つな》がり巨大なシステムが完成すれば悲劇しかないと考えていたようですがね。ともあれ、同じ家でくくられるジュリエットとキャピュレットには互換性があります。つまり、この子が全力を出せば介入できる。マティーニ達は数千人単位で『情報同盟』のセクションを小分けして対話を繰り返しているようですが、あの子はAIネットワーク全体に対し一人でそれが可能です。普段慣れ親しんできた操縦システムと全く同じ感覚で、巨大なAIネットワーク・キャピュレット全体を相手取れるはずなのです」

レンディはゆっくりと息を吐いた。

「今はとにかくキャピュレットと『マンハッタン000』を切り離します。マティーニがニューヨーク警備担当としてどこまで食い込んでいるか未知数ですが、実体なきキャピュレットのサポートなしであれだけ巨大なハードウェアを支配しきれるとも思えませんし」

「料理上手の若奥様だって、オール電化の家が丸ごと停電しちまえばどうにもならねえと？」

「頼りにしていたレシピサイトが閉鎖した、の方が近いもしれません。無事に『マンハッタン000』を止められれば、世界中で広がりつつある混乱に歯止めをかけられるはずなのです」

「ほんとにそうならこんな暗い地下の隙間でちぢれ毛みてえにうずくまってる訳ねえだろ。く

そったれの『情報同盟』が、一体何を腹に抱えてやがる」

「色々ありまして……」

と、これればかりはレンディ＝ファロリートも純粋に困ったような顔で息を吐いていた。

「今でこそ世界最大クラスのオブジェクトとしての本性をさらけ出した『マンハッタン000』ですが、本件発生以前は誰でも自由に出入りできるニューヨークの一等地だった事はご存知でしょう。つまり、『安全国』の民間人がいても不思議な話ではありません」

「それが？」

「……本件発生と前後して、あの子の父親が消息を絶ちました」

レンディはベーグルを頬張るのに余念がないヘイヴィア達の方を振り返り、防弾四駆の側面に背中を預けた。

分厚い扉はインターフォンを使わなければ外の肉声を通す事もない。

「我々もできる範囲で捜索していますが、できる範囲での話です。未《いま》だ合流は果たせず、おかげであの子のコンディションは最悪の一言。こちらについては軍医と戦場カウンセラーのお墨付きとなります。今のままアタックしてもまともな成果にはならないでしょう」

「……、」

全部が全部規律で統率された軍の中で馬鹿馬鹿しい、と思うだろうか。しかし実際、狙撃や爆弾処理など特殊作戦の選抜では、精神面などコンディションも判断材料の一つとして機能している。個人の比重が極めて大きい操縦士エリートならなおさらだろう。

「……あの子はアイドルとエリートの両刀でどれだけハードスケジュールを強いられても、何も知らない父親のロイス氏からモーニングコールを受ければ一発で飛び起きるくらい懐《なつ》いていますからね」

レンディはわずかに目を細め、首を横に振った。

「ともあれ、無理に強要しても望む結果は出せません。まずはどうにかして、この父親を回収する必要があります。もちろん無事な状態で」

「お涙頂戴は結構だが、俺様のナニの硬さは何にも変わりませんけど？　こんだけ高層ビルが密集したマンハッタンでたった一人を捜せって？　マンハッタンの上にゃあ一時滞在込みで一千万人が乗っかってんじゃなかったか」

「おおよその目星はついていますよ。できる範囲で捜索は続けていたと言ったでしょう」

レンディもレンディで重たい息を吐いて、

「あの子の父親は本件発生時、元々は北側のセントラルパークで消息を絶っています。『マンハッタン000』稼働《かどうじ》時に起きた混乱も決してゼロではありません。怪我人《けがにん》というほどではありませんが、例えば日帰りで仕事や観光に来た多くの人達は寝泊まりする場所がなく孤立し、ホテルなどの宿泊施設も軒並みパンク状態ですからね。そうした人達を臨時で収容するため、大型公共施設が無料開放されているようです」

レンディが片手を挙げると、黒服の一人がノートサイズのタブレット端末を放り投げてきた。当然ながら、余計な通信はカットしているだろう。

「ロイス氏の写真はこちらになります。我々も真っ先に携帯電話等を使った連絡は試しました。位置情報検索も込みで不明。曲がりなりにもジャーナリストがこの状況で自ら電源を切るとは思えません。おそらくモバイルは第三者の手で没収されています」

「マティーニシリーズの陰謀……だけとも限らねえか。中年オヤジのスマホなんてゴロツキ目線じゃちょっとした金の延べ棒扱いだ、火事場泥棒なんぞどこにでもいそうなもんだしな」

「第一容疑の座までは揺るぎませんが」

銀髪褐色、フローレイティアとはまた違う、丁寧だが冷たい感じの声で女性指揮官は続ける。

「ロイス氏と直接コンタクトは不可能である以上、マニュアルを読み解いて人の流れを推測するしかありません。セントラルパークよりさらに先、アップタウン地区。本来なら北西に位置するモーニングサイドハイツのランドマーク。アイビーリーグの一角であるコロンビア統合大学です。同エリア一帯で孤立した一般人はこちらに収容される手はずになっています」

「そこからエリートの父親を引っ張り出して感動のご対面？」

「ええ。本来セントラルパーク北端と接しているのはハーレムとなりますが、場所によっては治安が万全とは言えませんので。街のルールに疎《うと》い部外者を大量流入させる展開はほぼありえません。あの子の父親が無事ならば、おそらく他の大勢と一緒にモーニングサイドハイツの大学構内へ収容されているでしょう」

「ほぼに、おそらくときたか……。その辺のガキが悶々《もんもん》と思い描く女の股よりあやふやなもんにテメェの命を預けろってか？」

「できる範囲で捜索、です。……実際に足を運ぶとなると、私達が今いる『地下鉄道』だけではルート構築できません。危険な地上へ出て、どこにハードウェアがあるかなど気にも留めずＡＩネットワーク・キャピュレットと対話を続けて互いの意見を潰《つぶ》し合《あ》うようにして手綱を握るマティーニシリーズから捕捉された状態で、マンハッタンの街中を強行突破するしかありません」

　実際に多くの無人機と一戦交えて逃げ回ったヘイヴィア達からすれば、その言葉に込められた『重さ』もずしりと伝わってくるというものだ。

　挙げ句、

「……先ほども言った通り、今この『マンハッタン０００』には敵味方の他に、全く行動基準の読めない第三者が潜んでいます。すでに狙撃銃と徹甲焼夷弾《てっこうしょういだん》を使ってブルマイト達をけしかけられたあなた方にもお分かりのはず。道中、何が起こるかはリスク管理できない状況にあります」

10

不思議な気分だった。

「んー……」

黒塗りの車内で自分の上着に手を掛けながら、豪快な縦ロールのおほほは首を傾《かし》げていた。

街歩き用の私服から体にぴったり張り付くオブジェクト操縦用の特殊スーツに着替える途中なのだが、当然ながらガラスを一枚隔ててすぐ向こうには多くの人の目がある。

とはいえスモーク仕様なので、こちらからは丸見えだが向こうからは何も分からないはずだ。そうと知識で知っていても、ツーピースの施術衣や柔肌を露《あら》わにする段階では錯覚に等しい架空の視線がちくちくと刺さってくるような気がした。

本当に見えていないんだろうか。

見えているけど見えていないふりをしてくれている、とかではなく？

「しゅくず、ですわね」

一方通行の情報伝達。上は下の情報を掌握しているが、下は上に覗《のぞ》き見《み》されている可能性すら考えない。これが『情報同盟』の真髄であった。この場合、スモーク仕様のガラスによっておほほが群衆を眺めているのか、そういうフリで群衆がおほほを眺めているのか、それは当事者よりも一つ上の目線でジャッジしている上位の権力者にしか分からない。そしてその権力者もまた、さらに一つ上の目線で監視されている。それがずーっと続いていく。

益体《やくたい》もない話だった。

常識的に考えれば、ストレートにただのスモークガラスという話で落ち着くに決まっている。華奢《きゃしゃ》な少女は息を吐くと、ファンが見たら驚くかもしれない、意外と子供っぽい下着も取っ払って、自分専用に拵《こしら》えられたオーダーメイドの特殊スーツの袖に腕を通していく。操縦士エリートによって下着をつけるかどうかも変わってくるようだが、おほほの場合は一糸まとわぬ状態から特殊スーツを身に着ける。このスーツ自体にどんな役割を負わせているか、そのイメージによっても変わるのだろう。おほほの場合、上着でも下着でもなく、水着に近いポジションで処理している。そう考えると下着をつけるのは違和感にしかならない。

「よっと」

しっかり首元まで包む形で、少女は完全に特殊スーツを装着。ただしそうなっても、おほほのボディラインは華奢《きゃしゃ》な肋骨《ろっこつ》の一本一本までそのまま丁寧に浮かび上がっていた。

ジュリエットとキャピュレット。

両者の開発経緯からなる操縦体系の互換性。

（……『ガトリング０３３』そのものがクローズアップされないのはけっこうしゃくですけれど、まあ良いでしょう。このぶんやなら、私以上の人材はいないでしょうし）

『正統王国』が深く関わっているという事は、あの少年も来ているのだろうか。

少数と言っても数十人だ。どこに誰がいるか、正確なところまでは把握しきれない。

そうだったら良いなと、そんな風に思ってしまう自分までは否定しきれなかった。

「おほほ。今日は私がしゅえん、私がスポットライトの下のヒロインですわ！」

11

『疲れたのならいつでも言ってほしいの。こちらは地球の重力から解き放たれた身なの。二本足で歩く疲労とは無縁なので、加減が分からないの。６３６。こういう時のために無人タクシーを拡充させてあるし、ニューヨークの地下鉄も大分浄化したものなのっ』

「……その浮き輪でタクシーや列車に乗り込む気か？」

『悪く……ないかも。９８４。こちらを介助してくださるドライバーさんや駅員さんを、足の指をくいくいしながら眺めるのも。そうすれば魔法は解けるのかな。違和感に気づいていただけるかもしれない。なーのっ、ふふふふふ』

うっかりミスだ。思慮の足りない一言により、おっとりムードで変態性を覆い隠している誰かさんに何か嚙《か》み締《し》めさせてしまった。これでエリートも兼ねているのだから恐ろしい。

レイスやメリー、マティーニの怪物達がそんな風に言い合っているのは、セントラルパークに差し掛かったところだった。

　本来なら超高層ビルが建ち並ぶマンハッタンにおいて、それらの街並みを長方形に切り取ったように広がる、全長四キロ近くに及ぶ巨大な緑の公園のはずだった。

　見る影もなかった。

　地面中央へ縦一直線に切れ目を入れ、両開きの扉のように跳ね上げたようだ。しかも金属質の四角い大穴からせり出しているのは、斜めに傾いた巨塔。アサルトライフルの下にグレネードランチャーを取りつけるように、大小二つの砲身が縦に寄り添っている。

　黒い軍服の少女は深刻そうに目を細め、

「電磁投擲動力炉砲《でんじとうてきどうりょくろほう》、か」

『非常に分かりやすいよね？　439。実際、「マンハッタン000」には四四種の主砲システムが導入されているけど、皆さんこれ一つに注目してくれるもん。強烈な逆光の裏に何があるか、誰一人想像すらされないようなのっ』

　これしかできない、一点突破のオブジェクトであってくれ。そういう願望も視野を狭《せば》めているのかもしれない。

　ゲーム機と『マンハッタン000』を直結させたメリーは自分のお尻を収めた大きな浮き輪を動かし、がばりと大きく開いたセントラルパークのすぐ脇を勝手知ったる調子で進んでいく。

　アップタウン地区、アッパーイーストサイド、マディソン街。花のような防犯カメラの密度も高いこの場所は、ちょっとしたバッグや子供服の値段が美術品に匹敵する超高級街だ。これまでとは違ったラグジュアリーな空気に何を刺激されたのか、真紅の紙で作ったツーピースの施術衣を纏《まと》う褐色少女は必死に唇を引き結んだままじんわり振動している。ビルの列を一本挟んですぐ真横に跳ね上げられたセントラルパークがそびえているため、日照権もクソもなくなっていた。向こうは『壁』に合わせて貯水湖や博物館も垂直に張り付いているので、もはやシュールな屋外芸術のようになっているはずだ。

手持ち無沙汰なのか感触が気持ち良いのか、ゲーム機の両サイドにあるアナログスティックを親指の腹でぐりぐりしながら、

『そうそう、そうよレイス。世界中を飛び回るあなたに質問をしたいの。948。ロイスというジャーナリストを存じている？』

「そいつがどうした」

『095。今こちらで回収しているの』

「……報道関係に手を出したのか？　だとしたら情報戦にしても下策としか評価しようがないぞ」

『ほうどうっかんけい……！　ああ、ああ、非常に甘美な響きなのっ。707。ネット関係の暴露流出とはまた違った、フォーマル特有のキケンな響きが止まりませんもの。うふふふふ』

規格外のオブジェクトに計算を任せているのか、浮き輪ごと軽めに跳ねた紙の施術衣の褐色

少女を、レイスはどこか冷淡な目で観察していた。

ハードウェアがどこにいくつあるかもあやふやなＡＩネットワークの考えが正しくても、監視役のこいつが壊れていたら意味がない。

今はもういないピラニリエの言葉の中にあった、マティーニシリーズを壊す方法がレイスの脳裏でちらつく。メリーとは旧知だが、積極的自己破壊でも使ってピラニリエを狂わせたラグナロクスクリプトの存在が不気味な圧を放っているのも事実。今この瞬間に全幅の信頼を置けるかと言われれば首を縦には振りづらい。

何しろ、レイスは自分自身さえ信用できないのだから。

『ちなみにこちらも好きでやった訳ではないもん。セントラルパークを開けた時、運悪く切れ目の部分にいたようなのっ。７７９。ぶっちゃけ機密区画……主砲の格納スペースに落っこちたの。あくまでキャットウォークの上でしたので、さほど高さはなかったようだけど』

「……、」

何とも言えないレイスの微妙な顔を見て、真紅の紙でできたツーピースの施術衣だけ纏《まと》うメリーもまたゆっくりと息を吐いていた。自分も通った道だと言わんばかりに。彼女はゲーム画面に熱い吐息を吹きつけてから自分の胸元を覆う油紙で画面を軽く拭《ぬぐ》うと、タブレット端末の進化系とも言えるゲーム機の画面をこちらに向けてくる。

『ちなみにこんなヒゲのおっさんなのっ。１５３。正直に言うと私のタイプではないもん。好みでない人に暴かれてしまうというのもっ、それはそれで悪くはないシチュなの……っ』

「いい加減にしないと嫌いになるぞ」

画面に映っているのは動画ファイルか。

家族を大切にするあまり自分の人生をケアできていない、いかにもあくせく働いてきちんと納税して、たまのボーナスや有給休暇まで上の人間が用意した連休で使い切って大渋滞に巻き込まれてしまうような、どこにでもいる中年男性が落ち着きのない顔であちこち見回している。

『家族と連絡させてくれ。頼む、私は記者だ。そちらのルールもある程度は理解しているつもりだ。秘密は守る、余計な事は言わない、何ならモニタリングした状態でも構わない。私が無事だという一言をあの子に伝えたいんだ。「信心組織」辺りの調査禁止伝説を追い駆けたネットライターの末路じゃないんだ、何もここまでやる必要はないだろう。頼むよ、セントラルパークで待ち合わせというのはあの子の方からの提案だった。このまま消息不明が続くと自分で自分を追い詰めかねない。私はこの通り無事なんだ、こんなに意味のない傷つけ方はないだろう？　私に父親としての務めを果たさせてくれ』

もちろん見た目の印象だけで人を判断するほど、『情報同盟』の天才達は情に厚く愚かではない。同じ画面の中には、呼吸、脈拍、発汗から眼球や表情筋の動かし方まで、事細かな数値が併記されている。

結果、データを読み取ったレイスはもう神妙な顔になるしかなかった。

「……何だ、困ったな。思いっきり善人じゃねえか。緊張下にあるとはいえこの程度で血圧は上が二二〇か、悪玉コレステロールが心配だな」

一応は過去の学歴職歴から預金データ、ネット検索や通販の履歴、ＳＮＳや掲示板の発言まで全て網羅されているが、こちらについても完全な白。いっそ二重生活用の別アカウントではないかと勘繰りたくなるほど何もない。

『誰にとっても不幸だったの。これが羊の皮を被《かぶ》った狼《おおかみ》で、見捨てる理由が一個でもあれば拘留するなり射殺するなりもできたのだけど、ここまでまんま真人間だと助けざるを得ないもん。６００。処分保留で一般避難所送りとなるの、軍は民を守るために存在する組織だし』

褐色少女もまた、重たいため息をついてそんな風に言っている。

……一見（珍妙な趣味の部分を除けば）まともな良識を持っているように見えるが、現実として彼女はニューヨーク警備担当のマティーニにして操縦士エリート、つまり同じ『情報同盟』の整備艦隊に向けて電磁投擲動力炉砲《でんじとうてきどうりょくろほう》を放った張本人だ。ラグナロクスクリプトの存在がある。積極的自己否定によって、安全な選択肢から全力で逆に舵《かじ》を切っている可能性もある。軽率に判断するのは危険である。

ピラニリエ戦の時は、キャピュレットは防犯カメラやメール盗聴を嫌う住人だらけだったニューヨークの存在そのものが『見えなく』なっていた。人工知能自身が純粋であっても、チェック機構のマティーニシリーズが一斉に狂った対話を行った場合、キャピュレットの方が自分の正しさをぐらつかせる恐れもある。

　レイスは冷静に観察し、冷静である事実すら淡い笑みで覆い隠しながら、

「ただの一般避難扱いに繰り下げなら何が問題だと？」

『それ以前に胃潰瘍《いかいよう》かピロリ菌で勝手にくたばりそうだから何とかしないと。しかしそちらでも心当たりがないとなると、ロイス氏の言う家族とやらに頼るしかなさそうなのっ。657』

「子供か。このマンハッタンにいるのか？」

『100。ストレス値を下げるにはね。それに驚くかも。なーのっ、「島国」流で言えば、とんびが鷹《たか》を生んだといったところなのっ』

「？」

『第二世代「ガトリング033」、その操縦士エリートとなるの。710』

「……ジュリエットの？」

　レイスの声のトーンが一段低く落ちる。

　大きな浮き輪にお尻をはめたメリーもまた、首を縦に振って目を細める。

『キャピュレットの開発経緯とも対応した、なの。我々マティーニシリーズとは別のかくどかもAIネットワークに切り込めるはず。掛け値なしの善人で、しかも重要人物とのパイプあり。こちらは拘束保護を続ける建前も持続できないもん。890。これが「不慮の事故」にでも遭ったら大変な騒ぎとなるの』

12

「……へえ」

13

マンハッタンの地下。都市構造の隙間を縫う格好で張り巡らされた『地下鉄道』にも限界があった。

金属製シャッターのすぐ脇、潜水艦のような分厚い鉄扉《てつび》の前で、ヘイヴィア＝ウィンチェルは呻《うめ》き声《ごえ》を上げていた。

「最悪だ、クソ。世界ってのはマスかいてふて寝してる間に平和になってくれねえもんなのか」

これに対して感情の波を動かさずに答えたのは銀髪褐色のレンディ＝ファロリートだ。

「四大勢力の一角が完全に折れた場合、地球全土を巻き込むコントロール不能の戦争に転がり落ちていきますよ。逃げ場があるという考えを捨てる事ですね」

ガキ、ガキ、ゴキン、という太い金属音がいくつも混ざり合うような音まで近づいてきた。扉の横に張り付いたヘイヴィアやミョンリが怪訝《けげん》な顔をして音源の方へ視線を投げると、長い髪を豪快な縦ロールにしたGカップのナイスバディが歩いてくるところだった。

『情報同盟』軍の操縦士エリートにしてトップアイドル、なのだが、

「デカい。なんかメチャクチャデカくねえかっ⁉　よ、四メートルに届きそうだぞ、素で立ったまんまダンクシュートできそうなんだけど‼」

『おほほ。これでも一応ぶんるいはパワードスーツですのよ』

「ぱわ……」

ミョンリが呆気《あっけ》に取られて絶句していると、横から銀髪褐色のレンディが補足を入れてくる。

「『情報同盟』のロボットショーで展示された、実用度外視のコンセプトマシンです。使いどころはほとんどないのですが、倉庫で寝かせておくだけで毎年一定の保守点検予算をもぎ取れるので、我が部隊でも『金のなる木』として重宝していますよ」

とんでもねえ大人の事情が嚙《か》んでやがった。

「に、二丁拳銃みたいに振り回している馬鹿デカいの、あれ、何なんでしょう。兵器っていうより剝《む》き出《だ》しの実験器具っぽい香りがしますけど」

「トラックで持ち運んで砲座で固定する連速ビーム砲だろ。元々は対地対空問わずの暗殺用。レーザービーム満載のオブジェクトだけ避けて針路を決めてるＶＩＰ専用機だの防弾車だのを不意打ちで蒸発させるために開発されてるとかいう。結局動力炉がねえと出力不足に陥るとかって話だったが」

「ひええ。や、やっぱり『ラッシュ』を意識しているんですかね」

「武器の問題かよ。あんなデカブツ使ったら素の握り拳で戦車のハッチをぶち抜けるぞ……」

スケール感はとことん間違えているものの、あくまでもバランス比率的には完全なる人型、Gカップアイドルだ。実際のバストサイズはどうあれバランス比率は変わらないのでGカップはGカップなのだ！　しかも手入れの都合か、近くを通るとほのかにシャンプーやコンディショナーのような花の匂いまで漂ってくる。やはりアイドルは香水ではなく石鹼《せっけん》の香りらしい。

そして二メートルに届かないヘイヴィアに対し四メートルに届くGカップが隣に立つと、どうしてもローアングルが止まらない。彼は掌《てのひら》で作り物の尻をぺしぺし叩《たた》きながら、

「お、おお。何だこの不思議な感じ、きちんと柔らかいのが逆に不気味だな。もはや圧を感じるぞこのお尻。生き埋めにされそうな恐怖感……」

『1どめは「じこ」ということでゆるしますが、2回目からは「じあん」とみなしてキックしますわよ。おほほ、サラブレッドのように』

敵国のアイドルに夢中になっている場合ではなかった。金玉が縮んでしまってはどうにもならない。何しろ建設用の鉄骨二刀流どころのインパクトではない、本来ならトラックで持ち運んで地面に杭《くい》で固定する馬鹿デカい最新兵器を手持ちのまんま右と左で一門ずつ振り回しているのだ。あんなゴツい握力で金玉握り込まれたらもうこの世の終わりである。

ミョンリもミョンリで、強化ガラスの実験器具の上から無理矢理複合装甲で覆ったような連

速ビーム砲の砲身に圧倒されながら、

「そ、そのまんまじゃないですか。あなた達だって『情報同盟』本隊から動きを隠さなくちゃならない立場なんじゃあ……？」

「木を隠すなら森です。メリー側の情報収集能力は優れているので、逆手に取ればよいのです。こちらをご覧ください。ちらり」

「メイドイン……Nauyoke？」

「ビミョーにニューヨークとスペルがズレてるっ。値札んトコにも一九九・九ドルって書いてあるよ！　搭乗兵器がそんな安い訳ねえだろ持ち主が次々事故死する呪いの中古車か⁉」

よもやこんなものが本物だとは誰も思うまい、という事なのだろうか。『情報同盟』のセンスはちょっと信じがたい。

「や、やっぱり等身大に限る。何でも良いから『情報同盟』製のVRゴーグルくれよ。俺は自分の世界に閉じこもってナニをしごいているから勝手に世界でも救っててくれ」

どっちみち、手漕《てこ》ぎのボートに飛び乗ってマンハッタンを離れたところで、適度に距離が開けた途端に千差万別な砲撃を受けて蒸発するだけだ。へイヴィアやミョンリら『正統王国』のジャガイモとしても、マンハッタンの問題にケリをつけなければ生還できない。

「『情報同盟』の指サインや足運びなんか知った事じゃねえ。俺らは俺らの流儀で勝手にやる。足だけは引っ張るな」

「盾か囮《おとり》の代わりになっていただければ、後は何でも構いません」

「分かったもう黙れむちむち指揮官。おら乗り込むぞ、ミョンリ」

当然のように呼吸など合わせなかった。

最低限のスリーカウントすらなく、『正統王国』と『情報同盟』はバラバラに動き出した。


ドバン!! と。

ジャガイモ達を詰め込んだ三〇メートル 一二トンの黄色いスクールバスが分厚い金属製のシャッターを濡《ぬ》れた紙のようにぶち破る。


久しぶりの突き刺すような陽差《ひざ》しに、地下に慣れたヘイヴィア達の視界がわずかに眩《くら》む。

ミッドタウン地区、ミッドタウンウェスト。

「ああもう、やってきちまったぜブロードウェイ!!」

「どうせなら夜に来て夜景を見たかったですね」

滑走路のように大きな通りに辺り一面を埋め尽くす電飾看板や巨大なモニタ。左右両側は世界有数の劇場が網羅されていた。言うまでもなく演劇界や映画界の憧れの頂点である。一斉に花のようなラッパのような防犯カメラがこちらを把握する。多くの目線が集まる。ぎちっと空気が固まるのにも似た圧迫感をヘイヴィアは確かに感じていた。ギャギャギャリ!! というタイヤの悲鳴と共に無理矢理巨体を回し、哀れな一般車を死なない程度に軽く吹っ飛ばしながら、いよいよスクールバスが三台ほど、マンハッタン最大のメインストリートへ合流していく。

同じ大型車両に乗っていたレンディが小さく囁《ささや》くように告げた。

「捕捉されました」

「ブルマイト如《ごと》き今はもうカワイイもんだ、こっちはガキどもの登下校を見守る一二トンのケツデカママンだぞ‼」

交差点のど真ん中に岩のような塊がいくつも置いてあった。四足を折り畳んでうずくまる複合装甲の猛牛、ブルマイトだ。サーバーいらずの簡易回路だけで柔軟な行動を取れる無人兵器。普通の四駆くらいなら正面衝突されてもびくともしないバリケード役になっただろうが、黄色いスクールバスは撥《は》ね飛《と》ばすと言うより身を乗り上げて押《お》し潰《つぶ》した。ヘイヴィア達は一瞬だけ重力を忘れ、そして恐るべき衝撃と共に交差点を突き抜けていく。

「ブルマイトを越えた事で警戒レベルが上昇。頭上に警戒してください」

「ならこっちもそろそろ隠し球を出さねえとな。行くぞミョンリ！」

その時。

何か巨大な影が頭上へ覆《おお》い被《かぶ》さってきた。あれは……何だ？　幅広の両刃の剣にも似たシルエット。ロケットエンジンでも積んでいるようだ。逆に速度が出過ぎてこちらを追い抜いてしまわないよう、四角い傘のようなものまで開いている。

いまいち現実感を摑《つか》めないジャガイモ達に代わって、レンディが叫んでいた。

「スマートメテオ。都市空爆用の無人航空機です！　注意‼」

あれもまたハチやアリのように現場判断だけで連携を取れるのか。一時滞在込みで一千万人が行き交うマンハッタンの最大人口密集地帯、タイムズスクエアの渦中《かちゅう》であってもお構いなし。幅広の両刃剣のようなボディの腹を開け、ＧＰＳと尾翼の動きで誤差三〇センチまで迫る精密誘導爆弾を空高くから解き放っていく。

直後だった。

シュドッ‼　と火薬の力を使って黄色いスクールバスの尻が内側から切り飛ばされた。そして剣を鞘《さや》から抜くように、一回り小さな大型トラックが高速走行中のスクールバスから道路へ滑り出る。

勢い良くスクールバスが吹き飛ばされ、炎を噴く巨大な塊が横転して車道をゴロゴロと跳ね回ったが、ジャガイモ達を乗せた大型トラックは危なげなく脱皮した残骸を避けていく。

「やっぱ完全自動運転ってのはおっかねえな！　スマホ一つでやりたい放題じゃねえか‼」

「ドロテアの戦車使った計画、早めに潰《つぶ》しておいて正解でしたねえ」

さていい加減にマンハッタンの人達もパニックに陥ったか。

あるいは映画の撮影とでも思われたか。

最大級の大通り、ブロードウェイをなぞる形でミッドタウンウェストを抜けたヘイヴィア達は、セントラルパークの真横、アッパーウェストサイドへ飛び込んでいく。

あまりにも巨大な砲身について一言言いたいが、頭上からリアルタイムで命を狙われている今はその暇もない。

「次が来ます」

「ミョンリ！　もう一枚だ、目の肥えたニューヨーカーどもはガーターベルトくらいじゃ興奮しねえってさ‼」

運転席に誰もいない大型トラックの荷台の扉が切り飛ばされ、今度は黒塗りの防弾四駆が数台道路に飛び出す。身代わりを使うたびに命の残機は減っていくし装甲も薄くなっていくが、代わりに身軽で小回りが利《き》くようになっていく。

ここは巣窟《そうくつ》だ。サーバーがなくとも簡易回路だけでアリやハチのような社会性で連携を取り合う無人機、その全て破壊して脅威を取り除くなどと考えてはキリがなくなる。

倒さなくても先へ進める方法を考えるべきだ。

「次でラストですよ！」

「素《す》っ裸《ぱだか》になってからが本番だぜ」

防弾四駆の最後部、荷物積み込み用の扉を真上へ跳ね上げ、ヘイヴィアやミョンリはオフロード用の軽量バイクにまたがったまま高速で流れる路面へ飛び込んでいく。

今度の今度こそ、一枚の装甲板もない。

生身で切り裂くような暴風を浴びていく。

しかし車よりバイクの方が自動運転の導入は遅れているのも事実。これなら不意打ちのサイバー攻撃でいきなり乗っ取られる心配は除外できる。

「何だっ、ブルマイトの他に別のがいるぞ。何だあの折り畳み傘のオバケみてえなのは⁉」

『認識的には間違っていません。ガンナーバット。畳んでおけばリレーのバトン程度に収まる、本来であれば個人携行のグレネード砲の派生形です。放り投げると自動で翼を広げて自律飛行し、外部端末からの操作によって敵兵の頭上を取り、内蔵された爆発物を三つまで任意のタイミングで撃ち込めます。命中精度は中の下ですが、白燐手榴弾《はくりんしゅりゅうだん》相当の弾体で大雑把に破壊を撒《ま》き散《ち》らします。主に、遮蔽《しゃへい》の裏に隠れる敵兵を爆発と煙で炙《あぶ》り出《だ》すための、質より量で押し切るサポート兵器ですね』

そういえばレイス辺りがオリンピアドームで、自分で転がる手榴弾《しゅりゅうだん》を使っていたか。サーバーなどなくとも簡易回路だけで虫の駆動系を真似《まね》て最適の行動を取る。『情報同盟』の無人兵器。何にしてもピンを抜いてパイナップル型を石ころみたいに放り投げている己が哀《かな》しくなる電子装備だ。……反面、向こうも向こうで電磁パルスやマイクロ波攻撃に弱そうな側面もあるが。

「人口密集地で白燐《はくりん》とかナメてんのか一個も嬉《うれ》しい要素がねえぞ。じゃああっちのでっかい独楽《こま》は⁉」

『そちらはマルチジャイロです。空中・陸上共用の偵察ドローンとなります。目立った武装はありませんがスタンボムを搭載しています。半径三メートル以内に入ると八〇万ボルトの高圧電流を撒《ま》き散《ち》らしますのでご注意を。必ずしもサーバーアクセスする必要はないため、自分から散布しても問題ないのです。人体に有害である他、車両を制御する電子系程度なら故障させかねません』

淡々とした説明でヘイヴィアの金玉が確実に縮んだ。それ以前に二輪にまたがった状況で気を失ったら即死コース間違いなしだ。

タイヤも履帯もないくせに、独楽《こま》の回転だけでオフロードバイクへ体当たりを仕掛けようとする無人兵器を意識しながら、必死になってヘイヴィアは考える。

いくらマンハッタンが規格外のオブジェクトと言っても、ニューヨークという巨大な街の一区画でしかない。『地下鉄道』を飛び出して合流したタイムズスクエアからコロンビア統合大学まではざっと見積もって一〇キロあれば良い方だ。交通法規を無視して爆走すれば五分とかからず突入できる。

『民間人を収容するコロンビア統合大学の構内は交戦禁止エリアに指定されています。可及的速やかに目的地へ突っ込む事が一番の安全策であるはずです』

「それよりおほほの野郎はどうなった⁉　あのずんぐりケツデカスーツに見合ったバイクでも開発してんのか‼」

『ずんぐりでもケツデカでもありませんわ！　ほ、ほほっ、おほほほほほ‼　全体のバランスでものを考えなさい、みごとなおうごんひでしょう⁉』

『そもそもあなたが知る必要と権限はありません。忘れがちかもしれませんが、あの子の存在そのものが我が隊全体の守るべき機密事項ですので』

無線電波を拾う格好で耳に引っ掛けたインカムからおほほの絶叫やレンディ＝ファロリートの冷淡な声が聞こえた時には、すでにヘイヴィアやミョンリ達のオフロードバイクは問題の大学敷地内《しきちない》へ飛び込んでいた。

真後ろ、ギリギリ敷地《しきち》の外へ垂直に爆弾が落ちて、ヘイヴィアは奥歯を噛《か》み締《し》めた。サーバーいらずだの簡易回路だのが考えなしにやりやがった。

「オーカー、ネクス……ッ‼」

「バランスを保って！　転がって挽肉《ひきにく》になりたいんですか⁉」

併走しながら肉声で叫ぶミョンリもまた、後続の味方が吹っ飛ばされた事には気づいているはずだ。しかし彼らに死者を蘇生《そせい》させる回復魔法は使えない。

わざわざ四角い傘まで開いて速度を調整し、常にこちらの頭上を押さえていた幅広の両刃剣、スマートメテオが大学の上空へ踏み込むのを嫌って身をよじるのを確認しつつ、丁寧に刈り取られた芝生の上をオフロードバイクで爆走するヘイヴィアだったが、

「ッ⁉」

いきなりの衝撃。

こちらのオフロードバイクの前輪を地面に落としたホールケーキのように押《お》し潰《つぶ》してきたのは、

（ブル、マイト……ッ!?）

息を呑《の》む暇もなかった。

宙に投げ出されたヘイヴィアは身を丸めて衝撃を殺し、芝生の上を何度も転がる。そうしている間にも、四足で芝生を踏み締めた複合装甲の塊が、正確にこちらを捕捉し直す。サーバー不要、簡易回路だけで自ら学ぶ猛牛が柔らかい人体を砕くべく勢い良く駆け出してくる。

無人機は死を恐れない。

真正面から九ミリの弾丸を何百発撃ち込んでもその動きを止められない。

「ツッツ!?」

ヘイヴィアは起き上がる手間も惜しんで（マンハッタン住人からかっぱらった）サブマシンガンを構える。これは顔の前にボールが飛んできたら思わず顔を庇《かば》ってしまうような、反射的な動きに近い。理性の部分が叫んでいる。このまま撃っても無駄だと。

考えを改めるしかない。

多くの無人機を投入した今回の戦争はルールが違うのだ。

（『基本』を全部捨てろ、生き残るために考えろ、後生大事に銃と残弾を抱えて挽肉《ひきにく》にされちゃ意味がねえんだっ、こんな時、こういう時あのクソ馬鹿野郎ならどうするっ）

「んおおおおおおおおおおおッ!!」

正体不明の絶叫によって、まずは意識から振り切った。

迫り来る複合装甲の塊相手にヘイヴィアはたすき掛けで引っ掛けていたサブマシンガンを取っ払うと、肩掛け用のベルトを摑《つか》んで原始人のように振り回した。恐怖を抑え込み、真正面を見据え、ブルマイトの前脚目がけて虎の子の銃器をカウボーイの投げ縄っぽく投げつける。戦場の兵士にとって銃器は命綱、という基本を捨てなければできない選択肢だ。

闘牛で有名な牛は速度も重さもピカイチだが、乗馬競技のお上品な馬と違ってハードルなど障害物を乗り越える力は著しく低い。ブルマイトが自分の膝より高い位置を回転しながら飛ぶサブマシンガンを避けられず、前脚に激突してからは早かった。

スリングベルトが機械の脚に絡《から》まり、四脚の一つが折れたテーブルのように巨重の塊全体が前のめりに沈む。

自分自身の速度と重さが仇《あだ》となり、あっという間に制御不能へ陥る。半ば転がる大岩のような勢いでへたり込んだヘイヴィアの下へと突っ込んでくる。

「あっぶね!!」

まだ起き上がる事もできていなかった不良軍人が、半ば横へ転がるようにして何とかして避けた。ブルマイトが全ての脚で大地を踏み締めていたら、接触の一ミリ前まで微調整を繰り返してヘイヴィアを追い続けていただろう。

（ひでえ状況だ。自分で丸めたティッシュの中身にキスするような気分だぜ……）

やったか。

交通事故と同じだ。人の手で馬鹿デカいトラックは破壊できないが、トラック自身が派手に事故を起こせばぐしゃぐしゃにひしゃげる。こちらは虎の子のサブマシンガンを失ったのだ。せめてそれくらいの成果は欲しいが、

「……くそ」

思わずへイヴィアは呻《うめ》いていた。

芝生を直線的に抉《えぐ》り取《と》ったその先で、複合装甲の塊がむくりと起き上がったのだ。機械の四肢で大地を踏み締め、改めて着実に、非効率な筋肉の塊を叩《たた》き潰《つぶ》すべく。

今度の今度こそ打つ手なし。

（どうすんだっ⁉　次はブーツの靴紐《くつひも》かっ、何ならズボンのベルト外して自慢のナニでも振り回すか⁉）

しかし、その時だった。

変化があったのだ。

ビジュアッツッ‼　と。

焼けた鉄板に水をぶっかけるような蒸発音と共に、よそから半分溶けた巨大な独楽《こま》のようなものが飛んできた。現在進行形で空中分解しているのはマルチジャイロか。内蔵兵器のスタン

ボムが誤作動でも起こしたのか、八〇万ボルトの高圧電流が撒《ま》き散《ち》らされてブルマイトの電子系を焼いていく。こうなればサーバー不要もインセクトコロニー理論も関係ない。

「うォあああああああッ⁉」

消防車の放水のような直線一本というよりは、細かい光の連射といった方が近い。破壊される方も装甲板が握り拳大で抉《えぐ》られ、その数が増えていき、あっという間に全体が溶けて吹き飛ばされるといった、蜂の巣のもっとひどい版であった。絶対あんな死に方はしたくない。

連速ビーム。

対空兵器の代名詞であるレーザーと違って横からでも目で見えるのが、むしろ逆にまともな恐怖心を刺激してくれる。素直に救援とも思えない。オレンジ色に溶けた装甲の飛沫《しぶき》が顔のすぐ横を突き抜け、ヘイヴィアは慌てて身を伏せた。

オフロードバイクより遅れてやってきたのは、自称メイドインNauyoke、四メートルのナイスバディであった。ちゃんと歩行に合わせて違和感なくおっぱいの揺れが同期している。技術者の血と涙の結晶であった。

『おほほ、自らのこううんとしょうりのめがみにかんしゃをなさい』

ヘイヴィアは強化ガラスの実験器具の上から無理矢理装甲板で覆ったような砲身へ目をやって、うんざりしたような声を出す。

「パワードスーツに対地対空問わずの暗殺用試作ビーム兵器……。結局最後はテクノロジーかよ」

『当たりまえでしょう、せんそうを何だとおもっているのです？』

こちらが汗だくの泥まみれでその辺転がりながら命を繋《つな》いでいるのに、規格外のおっぱい揺らしながら左右の手でそれぞれ摑《つか》んだ巨大な連速ビーム砲をアクション映画の二丁拳銃みたいにばら撒《ま》くだけで片付けてくださった。そもそも空中から常に無人機で狙われ続けたあのマンハッタンの街並みで、のんびり遅れて駆け付けられた時点で住んでいる世界が違い過ぎる。

危険しかないはずなのに、わざわざオフロードバイクをUターンさせて引き返してきたミョンリが唖然《あぜん》とした声色で呟《つぶや》いていた。……いいや、友情パワーというよりも近くに寄らないと無秩序にばら撒《ま》かれる、大変未来感満載なビーム兵器の流れ弾が怖いだけかもしれないが。

「……コロンビア統合大学の敷地内《しきちない》は交戦禁止設定じゃなかったんですか⁉」

そこらじゅうにある花のような防犯カメラは沈黙したままだ。冤罪《えんざい》は解決してくれないし身内のルール違反は素通りだし、クオリティは最悪の一言である。何だもう高学歴女子大生のノゾキくらいしかやる事がないのか。

「いや、待て。この細かい傷、見覚えがあるぞ」

死んだ虫のようにひっくり返ったブルマイトを見ながら、ヘイヴィアは呻《うめ》いていた。

「こいつ、チャイナタウンで俺に殺到してきた機体の一つだ。この傷は間違いねえ、クレバー過ぎる俺の目は誤魔化《ごまか》せねえぞ」

さらに連速ビーム砲の掃射でこちらへ近づこうとするブルマイトやマルチジャイロを次々撃破していきながら、四メートルの縦ロールが首を傾《かし》げるような仕草をした。遮蔽《しゃへい》や起伏の乏しい開けた場所では左右二門の連速ビーム砲は破格だ。

『とつぜん言われても分かりませんけれど』

「そういう事があったんです。……『情報同盟』からその一言を引き出せたのは勝利の証《あかし》かもしれませんが」

ダウンタウン地区の中華街とアップタウン地区のコロンビア統合大学は正反対に位置する。マンハッタン中が無人機だらけだとすると、わざわざあの機体がここまでやってくる合理性は何もない。

だとすると、誰かがこの場へ引き連れてきた可能性がある。

ピラニリエ同様に疑惑のマティーニである、積極的自己否定とやらにやられているかもしれない大きな浮き輪にお尻をはめた褐色少女。

そして、

「……ミョンリ、それからアイドル野郎も。引き金に指を掛けとけ」

「えっ？」

ダメになったサブマシンガンの代わりに、ヘイヴィアは腰から同じ弾を使い回せる拳銃を引き抜いた。まったく裕福なマンハッタンはモノが溢《あふ》れている。

人を殺すのに困らない。

「ヤツが来てる。レイス＝マティーニ＝ベルモットスプレー!!」

14

「フランク。戦闘準備だ」

　そしてコロンビア統合大学本館二階の通路で、黒い軍服の金髪少女はそんな風に呟《つぶや》いていた。

レイス＝マティーニ＝ベルモットスプレーの目線は窓の外に広がる庭園で固定されている。

『ふふ、うふふ、うふふふふふふふ。世界に名だたる名門、アイビーリーグの一角に、こんなちょっと指が引っかかったら破れてしまう格好で、大☆潜☆入!!　008、774、868、229!　タグ、タグ、もっとタグう!!　学校の廊下って冷たく拒絶するような感じがたまらないかも。あはあはは狂ってる狂っているの今日も世界は絶好調なのおっ……!!』

「メリー、撃たせても良いか?」

『うえっぷげふんげふんっ!　808。失礼、真面目にやるもん』

　こちらはそこらじゅうにある花のような防犯カメラの映像を重視しているのか、特殊作戦用ゴムボートと同じ素材で作った大きな浮き輪にお尻をはめた褐色少女が手元のゲーム機を眺め、伸ばしていた羽を縮めるように四肢を折り畳み始めた。部外者が近づいている、という情報を前にして、彼女の人見知りな部分が顔を出したのかもしれない。

『438。本題だけどレイス。襲撃自体は感知しているけどいくつか疑問もあるの、気をつけた方が良いの』

「ニューヨーク警備担当とは思えない台詞《せりふ》だな」

いちいち言葉の端が剣呑《けんのん》になるのは、やはりレイス自身ラグナロクスクリプトの『疑惑』を払拭《ふっしょく》できていないからか。自分を見るのは難しい。一方、浮き輪の上で四肢を畳んでサナギや胎児のようになっているメリーは（あくまでも表面上見える範囲では）真面目モードだ。

放熱が気になるのか、薄型のゲーム機を団扇《うちわ》や扇子のようにパタパタ振りながら、

『これだけ見ていても状況を追い切れないもん。孤立状態にある「正統王国」の残党だけでここまで動けるとは思えないの。319。どこか、身内が背中を押していると見るべきなの』

「装備も充実、内部情報も筒抜けか……」

『050。その上でコロンビア統合大学を狙う理由が見えないもん。世界最大級のオブジェクトとしての「マンハッタン000」にダメージを与えるなら他に候補があるはずなのっ。ここは、何もないから民間人の避難場所として割り当てられたの。私を直接狙ってきたか。あるいはレイス、そっちに心当たりは？』

「さあな」

ひらひらと手を振るレイスは、呆《あき》れたように息を吐いていた。

「……だが、ものついでで殺される程度の理由は抱えている自覚がある。凶悪にして一途《いちず》な『敵』は現実問題として安全な潜伏期を捨て、多数の無人機に追われながらここまで来た。自ら進んで命を危険にさらしている以上、伊達《だて》や酔狂ではないだろう。言葉による平和的な話し合いが通じるとは思えない」

『なるほどなのっ。591』

四肢を畳み、柔らかそうな褐色の太股《ふともも》とお腹《なか》でゲーム機本体を挟んだメリーは、リモコン状のコントローラを軽く振った。魔法の杖の動きに応じ、辺りに侍《はべ》っていたブルマイトの一機がレイスに寄り添う。お腹《なか》まわりの複合装甲が外れると、人の手で取り扱う武器弾薬がどっさり出てきた。

レイスはかえって眉をひそめ、

「一体何のつもりだ？」

『レイス、あなたは放っておくと勝手に必要なものを組み立ててしまうの。ここは学校だもん、様々な工作室があるから自宅のガレージよりは自由研究にも精が出るはず。171。こちらから武器を提供するので、把握できる範囲の武装で丸く収めてくれると助かるの。リスクシミュレートの面から言っても、なのっ』

「助かるが、不測の事態が発生した際は私が勝手に銃器を強奪した事にしておけ」

『残念ながら私はそこまで恥知らずではないの、レイス。903』

黒い軍服の少女がパチンと指を鳴らすと、控えていた青年が食事の許可を受けた番犬のように前へ出て、武器弾薬の山を吟味し始めた。

「メリー、お前はどうする?」

『背骨をやられた私に銃撃の反動へ身をさらせと言うの? 749。いつも通り、面倒な実戦は無人兵器に任せるもん』

「多分それじゃダメだ」

護身用の小さな拳銃を手に取りながら、レイスは切って捨てていた。

「今度の『敵』には通じない」

15

ビジュアア‼ という焼けた鉄板に水をぶっかけるような蒸発音が連続した。
出処《でどころ》はもちろん『情報同盟』のおほほが搭乗している四メートルアイドルだ。強化ガラスでできた実験器具の上から強引に複合装甲で覆ったような、歪《いびつ》な砲身。本来ならトラックで運んで地面に鉄の杭《くい》を打ち込んで固定して運用する巨大な連速ビーム砲を、機械でできた左右のアームでそれぞれ摑《つか》んで振り回している。一般(?)のアサルトライフルくらいなら弾《はじ》く構造のブルマイト達も、流石《さすが》に砲撃陣地そのものが二足歩行で歩いてくるようなパワードスーツ相手では想定通りの『狩り』を行えないようだ。当然、八〇万ボルトの高圧電流を溜《た》め込《こ》んだ巨大な独楽《こま》、マルチジャイロの方も芳《かんば》しくない。

無人兵器の装甲板が握り拳くらいの大きさで抉《えぐ》り取《と》られ、その数が増えていき、あっという間に飴細工《あめざいく》のように溶けて吹き飛ばされていく。

ただでさえ大学構内は直線通路が多く、角を曲がる場合などは複合装甲の塊であるブルマイトの巨体では通るのがやっと。フットワークを活《い》かして遮蔽《しゃへい》から遮蔽《しゃへい》へ身を隠しつつ標的へ肉薄する、といった軽快な動きとは相性が悪い。左右二門の光の連射を避けきれない。

『やはりせんそうの主役はエリートですわね、おほほ！』

「それより頭の高さに気を配れよ。大変セレブなNauyokeアイドルの頭で天井だの蛍光灯だのゴリゴリ削り取られていくのってすげえビジュアルだぞ⁉」

この辺りはやはりオブジェクトの時代に生まれた操縦士エリートの論理か。

天井が低すぎて斜めに傾いた縦ロール頭を擦《こす》りつけているパワードスーツの独壇場だ。個人の創意工夫よりも、技術や資源に裏打ちされた真正面からの大火力で脅威を排除する。遮蔽《しゃへい》になど隠れない、攻撃は最大の防御というシンプルな理屈が戦場を支配していく。

『わざわざ自分からたすうのみんかんじんを1かしょにあつめておいて、その中にせんとうきどうのむじんきをとき放つとは……』

「下手に時間を与えるとあの外道《げどう》ども、人質としての使い方を思いつくぞ。暇を持て余した若奥様が複合装甲で作ったロデオマシンへ縛り付けられる前にとっととケリをつけようぜ」

『？　今回はいやにあくいてきですわね。おほほ、「正統王国」のてきたいきょういくのたまものかしら』

とはいえヘイヴィア達としても、対マティーニ戦だけを考えれば良い訳でもない。第一優先はもちろんおほほの父親、ロイスをコロンビア統合大学から連れ出す事だ。

大学は中高と違って学生達はフリーな側面が大きいが、その分、身に降りかかるリスクも多いのだろう。そこらの掲示板にベタベタ貼りつけられた色褪《いろあ》せた張り紙には、行方不明者の情報を求めるものもあった。中には『戦争国』に取材旅行（という名目で何をしに行ったのやら）へ出かけたまま、全員丸ごと連絡が途絶えた報道サークルなどもあるようだ。

「これが終わりゃあほんとにマンハッタンだのキャピュレットだのを止めるためにその一〇本指を動かしてくれんだろうな⁉」

『おほほ。……というか私としては今すぐやってやりたいくらいなんですけれど、ぐんいやカウンセラーからそうでで止められてしまうんですのよね』

「自分の心を自分で何とかできるのは山奥に住んでいる仙人くらいのものですよ」

『……ちょっと、このこくさいてきパーフェクトアイドルをいつまでたってもちちおやばなれができないファザコンみたいに言うのはごへいがありましてよ』

「オイなんか今また一個属性が乗らなかったか。アイドルにエリートに巨乳にファザコンに、このアイスは何段重ねなんだよ」

アイドルもマルチな展開が求められる時代なのかもしれない。

実際に手近な講義室を覗《のぞ》き込《こ》んでみると、怯《おび》えた顔で両手を挙げる学生が二、三人いるだけだった。どうやら一帯から集められた民間人が寝泊まりする避難所は講堂なり体育館なり、どこか大きな施設を丸ごと割り当てているらしい。

『……さいしょからそちらへ向かっていればよろしかったですわね、おほほ』

「そちらって具体的にどこですか。一つ一つ回っていくしかないのでは？」

口で言うのは簡単だが、コロンビア統合大学は文系理系を問わず数十の学部学科を抱え込み、教員生徒を合わせて二万人以上が在籍する巨大教育機関だ。広大な敷地内《しきちない》にある校舎や関連施設の数も、軽く見積もって両手の指では足りない。今はおほほの連速ビーム砲が効果を発揮しているが、楽観できる状況でもない。そもそもおほほが振り回しているのは本来なら対地対空問わずの暗殺用試作品、大口径高威力の砲の例に洩《も》れず至近まで肉薄されると弱い。複雑に入り組んだ屋内環境は、ブルマイトと同じくパワードスーツの巨体にとっても動きやすい環境とは言《い》い難《がた》いのだ。

簡易回路で自ら連携を取るブルマイトがいきなり飛び出してきたら、それだけで状況はひっくり返りかねない。命を持たない無人機の利点を活《い》かし、対戦車仕様の化学砲弾でも抱えていたら最悪だ。何にしても、ウロウロ迷っている場合ではない。

ヘイヴィアは少し考え、

「……まず学食へ向かうぞ。これだけ多くの民間人を抱え込んでんなら、食糧事情に必ず直面する。大量のメシをどこへ運ぶのか、厨房《ちゅうぼう》にメモ一枚でもあれば迷宮大学をノーヒントで総当たりする必要もなくなるはずだ」

「ヘイヴィアさんってオブジェクトさえ出てこなければ基本パーフェクトなんですよね」

『おほほ、オブジェクトのじだいにはかつやくのきかいはなさそうですけれど』

言ってはおきますが俺は全部根に持つからな！　と叫ぶヘイヴィアを軽く放置。方針が決まって渡り廊下を進むと、別の校舎へ入った途端に直線通路で複合装甲の塊と遭遇した。例のブルマイトだが、斜めに傾いた頭で天井のパネルを削りつつクセか何かのように左右の連速ビーム砲を二丁拳銃っぽく向けた四メートルの縦ロールの動きが、そこで怪訝《けげん》そうに止まる。

ぴったり奇麗に二列縦隊を作っていたのだ。

単に詰まって渋滞を起こしているのとは違う。明らかに最初から計算して今の布陣を作っている。そして息を合わせて列車のように突っ込んできた。

『このっ!!』

慌てておほほが規格外のおっぱい揺らしながら二門の連速ビーム砲を放つが、当然ながら凄《すさ》まじい閃光《せんこう》の連射を受けるのは先頭だけ。握り拳大の溶けた穴が次々数を増やし、溶けた飴細《あめざい》工《く》と見紛《みまが》うほどに潰《つぶ》れて盾役を全うすると、その後ろにいた同型のブルマイトが次の先頭を引き受ける。後はその繰り返し。横殴りのビーム兵器の雨で全機蜂の巣にされる前に、たった一つでもパワードスーツの懐《ふところ》へ潜り込めば無人機達の勝利となる。

無人兵器は死を恐れない。

荷物運びやバリケードとしての機能を実装されたブルマイトは、自分自身を盾にする事にも躊躇《ちゅうちょ》しない。サーバーいらずで連携を取る怪物達は味方の残骸を踏み越え、自分も同じように踏《ふ》み潰《つぶ》されると分かっていても、何の迷いもなく先頭へ躍り出る。

「ヤバいヤバいヤバい‼」

「どっどうするんですかあんな未来なビーム兵器の掃射でダメなら私達のショットガンや拳銃じゃ加勢したってどうにもなりませんよッ⁉」

そして嘆いても事態は好転しないのだ。

こちらもやはり、無人兵器に慈悲や良心の呵責《かしゃく》は期待できない。

「にゃろっ‼」

ヘイヴィアは廊下の壁一面に置かれた縦長のロッカーへ拳銃弾を叩《たた》き込《こ》んで鍵を壊すと、着替えなり携帯電話なり映画の映像ディスクなり、学生の私物をとにかく廊下の床一面にばら撒《ま》いた。

「何でも良いッ、ミョンリとにかくバラバラに吹っ飛ばせえ‼」

ショットガンがすぐそこの床目がけて火を噴いた。細かい粒のような鉛弾が複数同時に飛び出し、まだまだ使える私物を一瞬でスクラップに変える。強引に引き千切られた残骸は細かい破片となって空中へ舞い上げられた。

大量の金属片の乱舞は、電磁波や赤外線などのやり取りを阻害する効果を生む。

安全神話のオブジェクトと比べれば装甲越しでもまだまだ恐怖がにじり寄るのか、間近に迫る脅威に分厚いパワードスーツごとへたり込んだらしく、おほほの連速ビーム砲の蒸発にも似た照射音が消えていた。しかし、それとは別に激しい音が炸裂《さくれつ》する。サーバーなど使わずとも正確に連携を取って一塊の列車のように動いていたブルマイト達が、立て続けに玉突き事故を起こしてしまったのだ。

何をするでもなく勝手に自滅していったブルマイト達を眺め、功労者のミョンリがおどおどしながら質問してきた。

「なっ、何が起きたんですか？」

「普通の潜水艦モードとは調子が違ったろ。自動制御で渋滞を起こさずスイスイ進むって事は、赤外線かレーダーで車間距離をコントロールしてんじゃね。そいつをチャフで乱せば勝手に大事故を連発してくれる。おらっ、おほほ！　いつまで寝てんだもう終わった‼」

『む、むぐぐ……これはおみぐるしいところを』

ややあって震えるような動きと共に、今の今まで乙女っぽくへたり込んでいた四メートルの殺人兵器が再び起き上がった。ずんっ、という鈍い音と共に早速大きな頭が天井の蛍光灯を砕いている。

『それにしても、こんなイタズラ1つでそうくずれとは……。やっぱり、かんぜんじどううんてんはまだまだ早すぎるオモチャかもしれませんわね、おほほ』

「サッカー選手だの飛行機のパイロットだのの目にレーザー浴びせるイタズラあったろ。あれを高速道路またぐ陸橋の上から車載レンズ目がけて使ったらどうなると思うよ？　メリットの話ばっかりで何の議論もしてねえのな、おっかねえ」

最初から命を持たない無人兵器相手では、通常のナイフや鉛弾は思ったように効果を発揮しない。磁力、塩水、強酸、高温、錆《さ》び、羽虫の混入……ともあれ、専用のロジックが別枠で必要になりそうだ。

ブルマイト同士が無線で連携を取り合っているのなら、通信が途絶した事も伝わっているはずだ。よって、敵を奇麗に全滅させて一安心はありえない。次から次へと増援がやってくる前に、ヘイヴィア達はとっとと学食へ潜り込む。

何事も静かに進めたいのにいきなり轟音《ごうおん》が炸裂《さくれつ》した。身を縮めるヘイヴィアやミョンリの見ている先で、四メートルのおほほがドジッ娘メイドみたいにデコを打っている。

『ごっ？』

「ドア潜る時は気をつけろよ、天井すら頭で擦《こす》ってんだから！」

厨房側《ちゅうぼうがわ》にある巨大な銀色の冷蔵庫。その扉には元の色が分からなくなるくらい、べたべたと大量のメモが貼ってあった。

「あったあったありました。第一から第三体育館、大量の配膳記録です。ここからだと北東の位置に固まっていますね」

「三つだけ？　ここら一帯の街の連中みんな集めてんだろ」

「体育館って言ってもバスケやホッケーの国際大会の会場に選ばれるくらいの巨大施設ですよ？　一つ一つで収容上限何万人だと思っているんですか」

……その分だと場所を特定しても群衆の中から目的の人物一人を探し当てるのにまた苦労させられそうだが、ひとまず一歩だけでも前進したとポジティブに考えるしかない。

『おとうさま……』

「オイ枯れ専アイドル。全世界の加齢臭持ちに夢を与える暇があったら仕事しろ」

『ひっ人のおやをゆびさしてかれているとかかれいしゅうだとかとんだ言いがかりはよしてもらいましょうかッ!!』

「もしもし最初に否定すべき箇所が間違っていますよ。ファザーでコンプレックスな部分はもはや否定せずですか!?」

そんな風に言い合っていた時だった。

厨房《ちゅうぼう》の出入口の辺りから何かが転がってきた。ヘアスプレーほどの大きさの円筒容器の正体は、ピンと安全レバーを取り外した手榴弾《しゅりゅうだん》であった。

「ちょっ⁉」

疑問を挟む時間もなかった。

直後にいきなり厨房《ちゆうぼう》が吹っ飛んだ。

16

爆風や衝撃波の煽《あお》りを受けたのはヘイヴィア達だけではなかった。

設計図面や花のような防犯カメラのサポートを受けて攻撃を仕掛けた側のレイス達もまた、壁の建材の細かい破片を頭に被《かぶ》ったまま両手で痛む耳を押さえて顔をしかめていた。

「フランク！　非殺傷のフラッシュバンと言っただろう⁉」

『れいーす、彼に罪はないのでは。フラッシュバンは爆発に伴う殺傷能力を極限まで削っただけで、容器自体は普通に破裂するの。映画やドラマに出てくるほど安全な兵器ではないもん。110。そして忘れたの、厨房《ちゆうぼう》ならガス関係の配管を傷つける可能性だってあるのに』

17

間近で猛烈なガス爆発が発生したが、ヘイヴィア達にとって幸運はいくつかあった。

一つ、軍事的に設計された手榴弾《しゅりゅうだん》や地雷と違って、細かい鉄球などで殺傷効果を高めた爆風ではなかった事。

二つ、こちらには対人用グレネード程度なら真正面から受けてもびくともしない四メートルのパワードスーツが控えていた事。

つまりとっさに人の上へ覆《おお》い被《かぶ》さるように魅惑の巨女アイドルが動くだけで、ヘイヴィアやミョンリは即席のシェルターへ逃げ込む格好になった。

「むぐぐ。きちんとおっぱい揺れてたからちょっとは期待してたのに、重い、ひたすら重い‼ もうこうなっちゃうとただの吊《つ》り天井《てんじょう》トラップだよ馬鹿野郎っ、パンパンに水張った分厚いビニールシートで苦しめられている気分しかしねえ‼」

『一応身をていしてアイドルでエリートな私がてきぐんのザコ兵士を庇《かば》ったはずなのですけれど、ちっともかんどうてきなかおりが出ませんわね。おほほ』

この程度の打撃では四メートルの縦ロールは特殊スーツの脱衣クラッシュすら発生しないらしい。完全無傷。彼らは適当に言い合いながらも、おほほは機械よりも正確な動きで腕を跳ね上げていた。手にした右の連速ビーム砲を容赦なく投擲元《とうてきもと》へと突きつける。

ビーム兵器そのものの初速よりも、重要なのは腕の振りだ。

短い閃光《せんこう》の連射に追い立てられるようにして粉塵《ふんじん》の向こうでいくつかの影が逃げ、さらにおほほがトドメを刺そうとしたところで、爆発によって砲身の歪《ゆが》んだ連速ビーム砲が手の中で吹き飛んだ。やられたのはコンデンサ辺りか。元々強化ガラスの実験器具の上から装甲で覆ったような一品だ。本人よりも傍《はた》で見ていたヘイヴィア達の方が身を縮ませる。

「試作品め！　検尿のボトルを手の中で破裂させやがって危ねえなもう‼」

「掌《てのひら》って一番関節が多くて脆弱《ぜいじゃく》な部分ですよね？　鎧職人《よろいしょくにん》もここを見れば腕前が分かるって話ですし。それを、握り込んだまま暴発させても無傷で収めるっていうんですか……」

特にコメントもなかった。左の砲に切り替えるも、こちらも作動しない。四メートルの縦ロールは使い物にならなくなった二門の連速ビーム砲の残骸を投げつけていた。元々、トラックで運んで地面に杭《くい》を打って運用する据え置きの砲なのだ。バーベルの棒の部分よりは重たい金属塊を機械の腕の力に任せて投擲《とうてき》すれば、それだけで十分以上に殺傷能力が発生する。

「レイス……」

それは、非効率の極みだったのかもしれない。

戦場でわざわざ自分の位置や状態を敵側に教える愚行でしかなかったのかもしれない。今は暴走の起点かもしれないメリーを真っ先に取り押さえるべきだったのかもしれない。

だがヘイヴィアは叫んでいた。

「レイス＝マティーニ＝ベルモットスプレー!!」

「勤勉なる復讐者《ふくしゅうしゃ》め。何をしているかは知らんが、これだけ派手な騒ぎを起こしておいてこちらが一切動かないとでも？　何人大学に入り込んでこようがやるべき事は同じだ。脅威は一つ一つ取り除かせていただくよ」

壁もドアも爆発で吹っ飛んだ。辺りは粉塵《ふんじん》まみれで視界もままならない。これまで頭にあった遮蔽《しゃへい》や射線の図式は全て崩れている。ヘイヴィアの考えつく確実な手は一つしかなかった。

「前に出ろおほほ。テメェが確実な盾役だっ！」

『おほほ、インテリジェンスがドローンなみにたいかしていますわね。まっ先にAIからしごとをうばわれてさかうらみするにんげんですわ』

当然のように文句の嵐だが、おほほも状況については理解しているのだろう。大きな頭で天井を削りつつ、きちんと歩行と同期しておっぱいを揺らす仕様で、ヘイヴィアやミョンリよりも先んじて粉塵《ふんじん》の奥へ一歩踏み込む。

ドガンッ!!　と。

金属同士をかち合わせるような重たい音が響き渡ったのは直後だった。

『おっ……？』

胸のど真ん中に、一発。目の前のパワードスーツの背中がぐらつく。そのままヘイヴィア達の方へ尻もちをついてくる。危うく味方の巨尻に押《お》し潰《つぶ》されそうになったジャガイモ達はギリギリでそれぞれ左右へ逃れる。何かとんでもないものを撃ち込まれた。ミョンリは思わず倒れ込んだおほほへ手を差し伸べようとしたが、ヘイヴィアは違った。網の目のようにセルロースナノファイバーを織り込んだ疑似保湿性シリコンや分厚い複合装甲で全身くまなく覆ったおほほに外から介助できる事は何もない。それより先に発射元をどうにかしなければ続く二発目三発目を撃ち込まれ、確実な解体作業を止められなくなる。

だが身を低くして粉塵《ふんじん》の奥へ突っ込むヘイヴィアの、その顎《あご》よりさらに下。懐《ふところ》深《ぶか》くへ何者かが飛び込んできた。黒い軍服に長い金髪の、小柄な影。向こうも向こうで同じように駆け出してきたのだ。

「レイ……っ」

叫ぶ暇もなく、右のこめかみに重たい衝撃が走り抜けた。

レイス＝マティーニ＝ベルモットスプレーの右の手でも左の手でもない。それとは全く別に動いていた側近の青年が、巨大な対物ライフルのストックでヘイヴィアのこめかみを殴打《おうだ》したのだ。グレネード砲を改造したバケモノマグナム同様の、一撃必殺の大物主義。しかし反動の大き過ぎる銃は至近距離で外すとリカバリーが難しくなる。分かる。分かるが、保険に走って一発で確実に殺せなかったのは間違いだ。

（ぐっ）

視界がぐらつき、倒れていく体を制御できない。しかしそれとは別に、独立した生き物のようにヘイヴィアの腕が動く。至近にいたレイスの薄い胸ぐらを摑《つか》み、体重の移動に任せて強引に引き倒した。ごろごろと通路の床を転がり、上になったヘイヴィアがレイスの胸の真ん中に拳銃を押し付け、レイスがヘイヴィアの顎《あご》を押し上げるようにやはり護身用の小さな拳銃の銃口を突き付けていく。

ヘイヴィアの顔に恐怖はなかった。

その顔は怒りの一色で埋め尽くされていた。

「……どうしたレイス、人様の命を奪って食《く》い繋《つな》いだ悪運もここまでかよ?」

「私を撃つか」

「交渉の余地なんかあると思うかイカれ女。夢にまで見たたぎるシチュだぜ。積極的自己否定がどうのこうのなんて関係ねえっ、テメェがやった事は忘れてねえぞッ!!」

「だが生憎《あいにく》と、貴様の相手に終始しているほどこちらも暇ではないのでな。メリー」

直後だった。

完全にマウントポジションを固めていたはずなのに、ヘイヴィアの体が真上へ跳ね上げられた。東洋の『島国』に伝わる巴《ともえ》投《な》げとも違う。強い衝撃が背中を突き抜け、呼吸困難に陥る。旅客機で乱気流に巻き込まれたように、ヘイヴィアの背中は地球の重力を無視して天井へ叩《たた》きつけられたのだ。

あんな格好なのにジャガイモの目線が気になるのか、巨大な浮き輪の上で四肢を畳んで胎児のようにきゅっと身を縮めている褐色少女、メリー＝マティーニ＝エクストラドライが、口元を薄型のゲーム機で隠すようにして、半ば涙目でびくびくしながら補足を入れてきた。

『667。わ、忘れたの。なーのっ、ここは巨大なオブジェクトの上、ジャイロコントロールによってへいこうを保つまちなみを少々ゆらすだけでこのとおりだもん』

「ちくしょ……この野郎エリートなのかッ⁉」

『「マンハッタン000」は、わたしのもの。キャピュレットにはかしているだけなの』

再び重力を思い出したのを確認し、ヘイヴィアはとっさに拳銃から手を離した。マンガや映画の中では抜き身の剣や安全装置を外した銃を握り込んだまま地面へ派手に叩《たた》きつけられるシーンは良くあるが、実際にやれば激突の衝撃で自分の腹や太股《ふともも》を貫きかねない。手持ちの武器のキープにこだわり過ぎて事故でハラキリするのは、軍事教本にも載っている典型的なミスである。

「……がッ‼」

受け身を取ったとは言っても通路の天井、三メートル以上の高さから垂直落下だ。人間が行う足払いや一本背負いとは全身を突き抜ける衝撃が違う。殺し切れずに床の上で呻《うめ》くヘイヴィアに、レイスは数メートルの至近からオモチャのような護身用拳銃を向け直した。

小さな悪魔が笑って告げる。

「チェック。常識の枠から抜け出せない哀れな復讐者《ふくしゅうしゃ》よ。オブジェクトが絡《から》むと負《ま》け戦《いくさ》の香りが漂うのは相変わらずか」

「て、め」

「まあ、クウェンサーがいなければこんなものか。もっとも、向こうも向こうでとても手放しで褒められたような工兵ではなかったが」

「テメエッッッ!!!!!!」

激昂《げっこう》して、呼吸困難に陥った体を無理矢理酷使して身を起こすヘイヴィア。

その胸のど真ん中に、容赦なく九ミリの弾丸が突き刺さった。

手を伸ばしても届かない程度の至近から銃撃された不良軍人の体が真後ろへ転がる。ただでさえ詰まり気味だった呼吸が乱れに乱れ、意識が明滅する。軍用ライトや携帯端末を詰めたポケットがなければそのまま肋骨《ろっこつ》を砕かれ、内臓まで貫かれていたところだ。

しかしそれとは別に、ヘイヴィアは絶叫する余裕もなくなっていた。

「頭を上げるな」

レイス＝マティーニ＝ベルモットスプレーがそっと囁《ささや》いていた。

何かが壁に突き刺さっていた。窓の外から、一発。手持ちの花火や発煙筒にも似た火花が噴き出している。それは装甲を撃ち抜き、内部の電子回路や燃料タンクを焼損させる事で軍用車両や無人兵器へ確実なダメージを与える徹甲焼夷弾《てっこうしょういだん》である。

レイスが護身用拳銃を利用して突き飛ばすようにヘイヴィアを転ばせていなければ、そのまま側頭部をぶち抜かれていた弾道だった。

「だから言っただろう、貴様の相手に終始しているほどこちらも暇ではないと。我々が最初から検知していた脅威は向こうの、第三者だ。正直に言って貴様達の動向はどうでも良い」

「何の真似《まね》だ……。てかありゃ誰だ⁉　このイカれた乱交パーティにゃ一体何人が一つのベッドに飛び込んでやがる⁉」

「知らんよ。『情報同盟』流に言わせてもらえば、だからこそ最大限に恐ろしい存在、ってヤツかもしれんがな」

18

「チッ」

安定性を高めるため、敢《あ》えて金属を多用してある程度の重さを確保した狙撃銃のスコープから目を離しつつ、かの存在は小さく舌打ちしていた。やはり物と人では狙う感覚が違う。これだけ機材が溢《あふ》れる時代でもスナイパーという専門職が絶滅しない訳だ。どんなにサポートを受けていても標的の気紛《きまぐ》れな動きを追い切れない。

……向こうに対物持ってる人物がいるようだ。射線を逆算されて撃ち合いになったらこちらが力負けする。単純な有効射程はもちろん、あの破壊力だと壁も信用できなくなるだろう。

元々狙撃は得意な方ではなかった。様々なカメラやセンサー、内蔵プログラムの支援を受けてそれなりに形を整えてきたつもりだが、本職に勝てるとも思えない。オートフォーカスや手ブレ防止機能で簡単に写真を撮れる時代になっても、本職のカメラマンがなくならないのと同じだ。

相手の土俵に合わせて不慣れな戦いに挑むなど愚の骨頂。

向こうをこちらの土俵に引きずり込んでこそ、番狂わせのチャンスがやってくる。

「さあて、それじゃあ『ハンドアックス』で行きますか」

19

ズン!! ドン!! と校舎全体がいきなり不規則に揺さぶられた。

狙撃の可能性があるので安易に窓辺には近づけないが、柱の陰から外を覗《のぞ》いてみる限り、複数の土埃《つちぼこり》が綿菓子のように膨らんでいるのが見て取れる。

「ばくはつっ?」

「無駄だ。フランクも構える必要はない。これだけカメラやセンサーが普及した時代に、まさか何の化学的効果もないただの土埃《つちぼこり》を狙撃除《そげきよ》けに使うとも思えん。あっちは陽動で、どこか別の裏口から侵入してくる腹なのだろう」

レイスも忌々《いまいま》しそうな表情だが、その説明は感情から切り離されているようだった。

「下手すると適当に脅した民間人を走らせているかもしれん。土埃《つちぼこり》の中に影が見えるからと言って誰彼構わず撃ち込むんじゃないぞ」

「チッ。頭のおかしいイカれ女が、人類の良識代表みてえな口振りしやがって偉そうに」

「無理して今私と戦うか？　二方向から同時にやられる十字砲火を味わいたくなければ、今は本音くらい胸にしまっておけよジェントルマン」

さりげなく外道《げどう》のミョンリが味方のはずのヘイヴィアへしれっと銃口を向けて暴走を抑えつつ、あくまでも小動物っぽく呟《つぶや》いていた。

「や、ヤツの狙いは、何なんですか……？」

『さあなの？　３８０』

脅《おび》えたようなミョンリの言葉に、褐色の浮き輪少女は身を縮めながら短く答えた。ニューヨーク警備担当があらゆるセキュリティシステムを駆使してもこの結果というのだから、言葉に込められた重さが違う。……当然ながらピラニリエ状態、積極的自己否定の暴走ナシで、言っている事が事実なら、ではあるが。何から何まで全部嘘《うそ》、の可能性ももちろんある。

黒い軍服の少女も窓から撃たれない位置をキープしつつ肩をすくめて、

「そもそも正体も分からん人間のバックボーンなど摑《つか》めるものか。ただ爆発時の音紋をオフライン検索にかけてみる限り、あれは『正統王国』で採用されているプラスチック爆弾、『ハンドアックス』だ。むしろそちらに心当たりは？」

その言葉に、ヘイヴィア＝ウィンチェルのこめかみが不規則に蠕動《ぜんどう》した。

プラスチック爆弾。

ハンドアックス。

「……何だって？」

「簡易検索だから精度はいまいちだが、爆破地点の土でも採取して炭素、硫黄、窒素系など化学成分を分析すればよりはっきりするだろう。生憎《あいにく》とそこまでの時間は取れそうにないがな」

『555。ちなみになのっ』

真紅の紙でできたツーピースの施術衣だけ纏《まと》った褐色少女が、自前の巨大な浮き輪にお尻をはめた呑気《のんき》な状態で口を挟んできた。先ほどと比べて手足が巨大な浮き輪の外まで伸びているという事は、単純に刺激に慣れたのか、警戒を解いて懐《なつ》き始《はじ》めているのか。

『戦略的な観点からすれば、世界最大級のオブジェクトとしての「マンハッタン000」を掌握するために、コロンビア統合大学を襲う理由は全くないもん。200。機体の強制停止または乗っ取りを画策している訳ではないと思うの。キャピュレットにアレを貸している私を狙ったのかもしれないけど、私がエリートも兼ねている事まで摑《つか》んでいる人物は少ないし』

「なら他に何があるってんだ」

「質問に質問を返して申し訳ないが、お前達がここまで来た理由は？」

ヘイヴィアは意図して無表情を貫いたが、ミョンリの方が思わずパワードスーツ、四メートルの縦ロールの方へ視線を投げてしまった。斜めに傾いた頭で天井のパネルや蛍光灯をゴリゴリ削っている巨大な少女がこう呟《つぶや》く。

『……おとう、さま？』

「ふん。そのトンチキなパワードスーツのせいで素顔は見えんが、どうやら中身はストレートにご本人様か」

レイスは整った鼻から小さく息を吐いて、

「ま、メリーとの交渉を諦《あきら》めた場合、『マンハッタン000』を握る片割れ、キャピュレット側を狙うのが当然か。キャピュレットとジュリエットの開発経緯や互換性を考えれば、『ガトリング033』の操縦士エリートを利用してマンハッタンの制御を横から乗っ取ろうとするのも道理だな。点検役のマティーニシリーズとは違った切り口でAIネットワークに迫れるだろうし。この分だと、襲撃者の目的は『マンハッタン000』の破壊だな。それも自分の手で機体を沈めるのではなく、内部の人間……つまり私達とお前達を仲違《なかたが》いさせて自滅させるのが狙いだろう」

「シラフの妄想で勝手に絶頂できる高学歴の皆様には申し訳ありませんがね、流石《さすが》にちょっと飛躍し過ぎじゃあねえのか。俺らがわやくちゃ騒ぎを起こした程度で、こんだけ馬鹿デカい殺《さつ》戮兵器《りくへいき》の塊が大爆発を起こすこたねえだろ」

「そのコンセプトマシンの中身が私達の思っている通りの人物なら、特に過小評価でもないだろう。何しろジュリエットの実験結果はリアルタイムでキャピュレットを強化し続けているのだ。単なる監視役の私達よりも、さらに近い。私達マティーニシリーズ数千人と一人で戦えるかもしれんのだぞ。『ガトリング０３３』に実装されているジュリエットと極めて親和性の高い操縦士エリートが全力全開でＡＩネットワーク・キャピュレットの脆弱性《ぜいじゃくせい》を突き崩そうとすれば、『マンハッタン０００』含む『情報同盟』全体にとっての脅威になりかねん。ハードウェアやネットワークの全体構成が分からないという事は、オンラインの優劣が全てだ。不利になったからと言って、電源ケーブルを引っこ抜いて緊急停止なんて雑な選択はできない訳だしな」

レイスは半ば呆《あき》れたような調子で、

「まったくオブジェクトの時代の弊害だな、特定の人物一人に対する重要性に極端な偏りが生じている。そちらにとっても要《かなめ》となる存在だからこそ、個人のパフォーマンスに気を配って父親の回収に来たのではないかね？」

「……、」

ピラニリエやタラチュアと同じだ。マティーニシリーズの良心良識はどうあれ、計算ができない訳ではない。性根の部分は全く信用ならないが、状況分析の面だけなら言っている事自体に間違いはなさそうだった。

ではその前提で思考を巡らせよう。

今この状況に最も大きな混乱をもたらすには何をすれば良いか。

マティーニシリーズの管理下で安全を担保されているはずの避難所で、おほほの父親を殺してしまえば良い。もはや直接の実行犯などどうでも良い。マティーニシリーズに落ち度はなかったか、それは『情報同盟』全体の意志によるものではないのか。怒りと憎悪《ぞうお》と疑心暗鬼でおほほが塗《ぬ》り潰《つぶ》されてしまえば、おほほの持っている技術の全ては『情報同盟』のキャピュレットを通じ、常に人工知能と対話して互いの意見を潰《つぶ》し合《あ》う格好で動かしているマンハッタンを暴走に導くかもしれない。

一番恐ろしいのは、手持ちの火力の量でも実際にその手を汚して殺した人数の多さでもない。いつかの『島国』で開国を目指したサムライやどこかの世界的ミュージシャン。たった一度の凶刃《きょうじん》や凶弾が何の落ち度もない人に牙《きば》を剝《む》いた時、計り知れない衝撃が生まれてしまう事がある。今、盤上に身を乗り出した顔の見えない誰かは、それを偶発ではなく意図して起こそうとしているのだ。

大きなシステムに支えられた上で、個人が戦争の勝敗を決定づける。

そんな、ただでさえ歪《ゆが》んだ時代にさらなる逆転現象を起こすべく。

「……冗談じゃねえ。じゃあ正真正銘、狙いはおほほの父親か⁉」

「でっ、でも、その人もこの広大な大学のどこに標的がいるかは分かっていないんですよね。

なら猶予はありますよ。私達だってこうして学食の厨房《ちゅうぼう》まで来て、食料品の搬入ルートから避難所を割り出そうとしたんですから」

ミョンリの言葉に、レイスは異を唱えた。

狂人は狂人なりに何かを犠牲に捧《ささ》げて頭の冴《さ》えを手に入れているのか。気弱な少女の発言は状況分析と呼ぶには希望的観測の部分が大き過ぎる事に気づいているからだろう。

「どうだかな。ルールを忘れた狩人《かりゅうど》の得意技が爆弾なら、無差別的な爆発で全施設を一つずつ吹き飛ばしていけば目標達成できる訳だし……いや。さっきの陽動の爆発も作戦の一環か。自分が安全に構内へ侵入すると同時、こちらの反応を窺《うかが》う意図もあったんだろう」

『どういうこと、ですの？』

「人口密集度で言えば避難所が最大だ。適当な騒ぎを起こせば一番反応も大きく出るはずだろう。ソナーを放って相手の位置を探すようなもんさ。どこでも良いから爆発を起こして、声の大きな場所を特定し、改めて襲う。この図式なら安心できんぞ」

『なーのっ。つまり鍵となるのは子供の悲鳴なのっ。497』

大きな浮き輪にお尻をはめたまま、真紅の施術衣だけ纏《まと》うメリーがもはや気軽な調子で補足を入れてきた。最初にジャガイモ達と出会った頃より随分とくつろいでいる。対人関係の速度が速い。放っておいたら今度は倦怠期《けんたいき》に入りかねないのではないか。

浮き輪のメリーは薄型ゲーム機の画面に熱い吐息を吹きつけ、紙の胸元で拭《ぬぐ》いながら、

『大学は中学高校と比べれば多様な年齢層の人間が行き交うものだけど、それでも一部の飛び級を除けば小さな子供はほとんどいないもん。１１９。突然の爆発に驚いた子供が一〇〇人一〇〇〇人と泣《な》き喚《わめ》いて大騒ぎを起こせば、そこが部外者の集まる避難所だとすぐに分かるの』

どんっ!!　と再び太い爆発音が響き、大学通路の床が小刻みに振動した。

その場にいた全員で顔を見合わせる。

「……ここまで状況が揃《そろ》っているのに気にするなってなあ、恋人のスマホの中に浮気《うわき》の跡を見つけたのにそのまんま放っておくより無理な話だよなあ」

「それ以前に、たとえ全くの筋違いだろうが、現実に第三者がプラスチック爆弾を手に持って民間人のひしめく避難所へ向かっているなら、理由はどうあれ食い止めなくてはならない」

「ああ、そうだな。そいつが大正解だ」

ヘイヴィアは拳銃のグリップを握り直した。

そしてその銃口を躊躇《ちゅうちょ》なくレイスに向けた。

「だがそれとこれとは話が全く別だ」

パンパパン!!　と立て続けに至近距離から乾いた銃声が炸裂《さくれつ》した。

引き金の動きにはあまりに躊躇《ためら》いがなく、すぐ隣にいたミョンリが何もできずに思わず見送ってしまったほどだった。

そして黒い軍服に長い金髪の少女の前に、側近の青年が立《た》ち塞《ふさ》がっていた。

巨大な対物ライフルを盾の代わりにして、安っぽい九ミリの弾丸を無理矢理に押さえ込んでいる。

「少しは満足できたか？」

いきなり狙われた当のレイス本人は、眉一つ動かしていなかった。

元来のマティーニシリーズとはこうなのか、何かしら外から細工されてそうなったのか。

「お前のおかげで貴重な得物《えもの》を一丁失った。戦力の埋め合わせはそちらで頼むよ」

20

長い年月を経て歴史を刻んできた大学は、複雑怪奇に増改築を繰り返していく内に自然と迷宮化していくものだ。第一から第三の体育館は比較的敷地《しきち》の端の方に寄せられていたが、周りが人工林ばかりなので表に面した出入口が分かりにくく、二階部分から繋《つな》がった渡り廊下の方が有名になっているくらいだった。

体育館と言っても開閉会のセレモニー含め国際大会にそのまま使えるほどだ。一辺五〇メートル超の正方形の敷地《しきち》を持つその体育館は、もはやちょっとしたスタジアムくらいある。

「ひ、一つあたり五万人は入っているはずですよ。これだけでちょっとした街のスケールです。いったん実行犯が潜り込んだらたった一人を見つけ出すのは至難じゃないですか」

「メリー。ご自慢のカメラの方は？」

黒い軍服の少女が尋ねると、真紅の紙でできたツーピースの施術衣を纏《まと》う浮き輪少女はご自慢のゲーム機を両手を使って胸の辺りで抱き抱えながら、

『上から見下ろすカメラには一つ弱点があるの。極端な人口密集状態だもん。人間が人間を隠す壁になってしまうという訳なのっ。マンハッタンの地下鉄でも、通勤ラッシュ時の痴漢問題対策は急務となっているの』

「そんなに難しい話でもねえだろ」

どういうつもりか知らないが、レイスやメリーはブルマイトやマルチジャイロなどの無人機を使ってヘイヴィア達を攻撃するのをやめたようだ。そうなると移動について苦しめられる心配はなくなる。

……もっとも、元の素質か積極的自己否定で壊されたのかも含めて、マティーニシリーズの言動を馬鹿正直に信用して良いのか。その根本の部分で疑問は尽きないのだが。

「テメェらの言った通り、体育館の中は大勢の人間でひしめいてる。そんな密集地帯で爆発を起こしたって効果的に爆風が広がるとは思えねえ。紙切れだって何百枚も束ねれば防弾ジャケットの代わりになるだろ。人肉だって同じだよ、折り重なると爆風を抑える壁になっちまう。

一度に全員を殺すつもりなら、平場の床に爆弾を置くはずがねえ」

「そ、それなら……？」

答えを聞きたいのか聞きたくないのか……聞いておかないと逆に不安になるのか。ミョンリの声に対し、ヘイヴィアは片目を瞑《つぶ》って真上を指差した。

「天井。くす玉みてえに爆弾ぶら下げて均等に破片の雨を降り注がせりゃあ、人の壁は機能しなくなる」

『おあつらえ向きなのっ。177。天井は細い鉄骨をジャングルジムみたいに組み合わせて強度を高めているもん。人間にとっては頼れる足場になるけど、ブルマイトのような四足の無人兵器には活用できないの』

『私のおとうさまを、ころす……。そんな、それだけで、1どに5万人ものひとたちを……？』

「無理して正義感をパブリックに寄せる必要はない」

レイスがさらりと言ってのけた。

「お前にとってはひとまず五万人の他人よりも一人の家族だろう。足し算引き算だけが人間関係の全てではない。それは、別に人間として間違った感情ではないはずだ」

オブラートが一切なく人の心を鋭く抉《えぐ》り取《と》る言葉は、知能指数の高いシリアルキラーのそれと似ていたかもしれない。含蓄があるように見えて、深く考えれば考えるほど自家生産の毒に頭をやられていくだけだ。

と、その時だった。

大きな浮き輪にお尻をはめた褐色少女、メリーが手にしたゲーム機から単調な電子音が鳴り響いた。彼女は自分の胸元でも覗《のぞ》き込《こ》むような格好で、両手で抱いていた薄型画面へそっと目線を落とす。

『１１４。ロイス氏のケータイより発信あり。通話のようなのっ』

「ああ、拘束解いて一般避難送りにしたからスマホが手元に戻ったのか、面倒臭い」

レイスがうんざりしたように言う中、浮き輪少女がさらに報告を続ける。

『行き先については心当たりがあるのでは？　２５１』

『……、』

四メートルの縦ロールが、身じろぎのような震えを発した。

分厚い装甲板の中で、少女は何をどうしているだろうか。

「出るなよ」

レイスが鋭く釘《くぎ》を刺した。

「顔の見えない第三者も標的ロイスの機器に張り付いて情報を探っている恐れはゼロではない。私達がここにいる事を相手に知られて得する事は何もないぞ」

分かっていた。

そんな事は分かっていた。

いつまでもいつまでも鳴り響く単調な電子音は、ロイスが娘を心配する心をそのまま映しているようだった。おほほの方もまた、歯噛《はが》みでもしているようだった。やがて、留守番電話用の自動音声に切り替わると、メリーの手の中にあったゲーム機から単調な電子音が消える。

震える声で、おほほは呟《つぶや》いた。

『よかった……』

ミョンリは何か言おうとして、結局何も出ないようだった。

『生きてくれていて、本当によかった……』

噛《か》み締《し》めるようなその言葉に、ヘイヴィアは調子が崩されたように小さく息を吐いた。復讐者《ふくしゅうしゃ》としての純度を保ちたいのに、思ったようにいかない。そんな顔で彼は警告を放つ。

「おい、生存報告だけで気を抜くなよ。きちんと助け出すまでが遠足だぜ」

『分かっていますわ。ほ、おほほ。もちろん、あなたなんかに言われなくても』

改めて、であった。

大きな浮き輪にお尻をはめたまま、ジャガイモ達の不躾《ぶしつけ》な視線に慣れてしまったメリーが褐色の足をばたつかせてこう語る。

『発信源は二番体育館。よほど穿《うが》った見方をしない限り、ロイス氏はそこにいるの。しかしこれは私達にしか知りえない情報なのっ。125。体育館は三つ、一棟ごとに五万人以上が収容されているもん。さて、私達ではなく襲撃犯の側が正確にロイス氏の居場所を探る方法はあるの？』

「さっき襲撃犯はロイスのケータイに張り付いてるかもって話してなかったか？　まあ、可能性の話は置いておいて、中年オヤジの『正しい』位置情報はひとまず横に置け。一番侵入しやすいトコはどこだ？」

『なーのっ。551。ど真ん中、二番体育館。屋根の上のメンテナンスハッチから直接天井の鉄骨へ侵入できるの。下から登るよりはずっと楽ができるはずだもん』

「ならそこだ」

『らっ、らくかどうかで決めるのですかっ？　ほ、おほほ、おとうさまがねらわれているというはなしはどこへ行ったのです⁉』

「股の食い込みが目の前いっぱいに飛び込んできてすごいから距離感を調整してくれ。大体忘れたのかよ、一棟あたり五万人以上ひしめいてんだろ。直接被害はなくたって、すぐ隣の体育館でとんでもない被害が出ているなんて話が飛んできたらどうなる？　広い敷地《しきち》の、同じ施設。次は自分達だ、上の指示通りに黙ってここにいたらやられる。出口は狭いんだ、将棋倒しの連発で二次被害三次被害があっという間に何万人と膨らんでいくぞ」

『……、』

「冬場の養鶏場でよ、ニワトリ達が寒さをしのぐためみんなで一ヶ所に集まると、真ん中辺りのグループが圧死する事があるらしい。少なくともそいつよりは悲惨な展開になる」

方針は決まった。

もちろん一番、三番体育館にも気を配るが、最優先は二番体育館。

ライブ会場などを思い浮かべれば分かると思うが、何万人もの人間が出入りするだけで一五分から三〇分はかかる。今から全員を退避させる時間はないし、余計な動きを見せれば襲撃犯は行動計画を前倒しして爆破に走る可能性も考えられる。

その上で、操縦士エリートにしてニューヨーク警備担当のメリー＝マティーニ＝エクストラドライはもはや何の感慨もないようだった。バッテリー残量が気になり始めたのか、薄型ゲーム機に手回し発電機を取りつけてジャコジャコ回しながら、

『私と、そちらのパワードスーツは細い鉄骨の上ではほぼ活動できないの。９９７。混乱防止の観点から考えれば、民間人が大勢いる床から上へ向けて撃ち上げるのも得策とは言《い》い難《がた》いもん』

「分かってる。『情報同盟』だろうが何だろうが、地べたに張り付いてんのは『安全国』の人間だ。血の海の中で淡々と撃って作戦完了させるほどデジタルじゃねえよ。テメェ可愛《かわい》さに民間人を処刑したどっかの馬鹿とは違ってな」

『その上で提案するの。二番体育館は最も侵入の容易な構造をしているけど、私達にとっても利点はあるもん。６５６。メンテナンスハッチで天井の鉄骨と平場の屋根が連結しているので。あなた達は襲撃犯にトドメを刺す必要はないの。とにかくヤツを追い立て、上の屋根まで逃が

せば良いもん』

「……何だって？」

『平場の屋根ならこの私やそちらのコンセプトマシンが十分な力を発揮するもん。そちらの報告では屋根から屋根へ移る程度に身軽と推測されるの、高確率で生身の人間なのっ。正面火力で我々が押し負かされる展開はほぼないの。１７６。できれば屋根を抜いて直接撃ってやりたいくらいだけど、そうなると床の民間人に弾が当たりかねないもん』

「冗談だろ浮き輪野郎、テメェが最前線に出る？　前に、背骨がどうのこうのの話をしてなかったか？」

『２０２。なら試しに撃ってみるの』

大きな浮き輪にお尻をはめ、真紅の紙の施術衣とゲーム機だけしか装備していない褐色少女があっさりと言ってきた。状況を理解しているのかしていないのか、なんか改めて凝視された事で小刻みに振動を始めている。

「マジで言ってんのか……？　良心なんぞ部屋の隅で丸まってるちぢれ毛ほどもねえ。正直に言って、俺はマティーニと名のつくクソ野郎どもに手心を加える理由を探す方が難しいくらいだぞ」

『だからこそだもん、何を言っても信じないの。０８１。こういう時は経験で学ばせるに限るの』

直後、ヘイヴィアはその辺のペットボトルに防音材代わりの分厚いもこもこマフラーをしこたま巻きつけ、それを拳銃の銃口に押し当てて躊躇《ちゅうちょ》なく引き金を引いた。

ババスッ!! というくぐもった発砲音が解き放たれたが、驚きの顔を浮かべたのはメリーやレイスではなかった。

大きな浮き輪にお尻をはめ、手も足も床から浮いたメリー＝マティーニ＝エクストラドライ。まともに体が動くとも思えない。遮蔽《しゃへい》になるものも何もない。なのに遊園地のコーヒーカップのように浮き輪がくるりと一回転した時には、都合三発もの鉛弾を奇麗に回避していたのだ。

『大丈夫？　444。サイレンサーの配慮は助かるけど、耳に聞こえる音と実際に手首へ返る衝撃の間に落差があると、気が緩んで手を傷めるという話を聞いた事があるの』

それほど速い動きとは思えない。

しかし、ただの偶然で片付けるほど真っ当な結果ではありえない。

『655。タネを明かすと、足場の「マンハッタン000」そのものをわずかに傾斜させたの。先ほどと違って、当人に自覚のできないレベルで、なのっ』

そっと息を吐き、薄型ゲーム機のLとRのトリガーで浮き輪を右に左に回転させながらメリーはそう言ったものだった。

『私は世界最大級のオブジェクトと常に一体化しているもん。まずは私が最優先。キャピュレットにだって、貸しているだけ。「マンハッタン000」を動かす可動部の中身も、この浮き輪に詰めた液体も本質的には同じものなのっ。７１３。なーのっ、あなたは食虫植物についての知識はある？』

「しょくちゅう、しょくぶつ？」

『ハエトリグサのように、植物であるにも拘《かか》わらず素早く動く種があるの。あれは細胞の間を行き交う液体の挙動、膨圧で実現しているものなのっ。実は、機械的に再現するのはさほど難しくもないもん。従来のモーターやクランクを多用する可動部よりも並列管理が容易だし。４０９。同時に、これだけの巨重で自壊しないようバランス計算に使う意味での、量子コンピュータの触媒としても活用させていただいているの。レーザー式、ジョセフソン接合素子、量子ドットの他に、液体を使うＮＭＲ法によって量子ビットを管理する方法はすでにご存じの通りなの。その辺のマンガや小説でも出てくるくらいだもん』

量子コンピュータはＤＮＡコンピュータと双璧を為《な》す、非ノイマン式の大規模演算装置の代表格だ。レイスの実母のがん細胞を使ったアナスタシアプロセッサ以外を選択している辺りは『情報同盟』の中でも色々あるのかもしれないが、今重要視するのはそこではない。

『本当に、何の意味もなくこんな格好をしているとでも？　浮き輪の形をしたデバイスと体表を接触させる事でコントロールの起点を作っているもん。３３３。平たく言えば、私の血液中にもスパコンと同じ液体が流れているという訳なのっ。ゲーム機だけでは足りない部分を補うために』

最初から、弾道は予測されていた。

少女はマンハッタンと一つになっている。

『完全な計算に、フィールドそのものを自在に操る物理的干渉力が加わっているの。それに、マンハッタン市街を警備する全ての無人機を手駒にできるもん。144。ここまでやっても、まだ戦力として不足だと？』

植物由来のオブジェクトに、草食動物を模した無人機。サーバーいらずで人工生物だの群知能だのを使った簡易回路も含め、マンハッタンはまるで機械でできた惑星のようだ。

レイスはレイスで、特に驚きもせず確認事項を潰《つぶ》す口振りで横槍《よこやり》を入れてきた。

「だが避難所に紛れ込んだ特定の誰かを撃ち抜くには、『マンハッタン000』は大き過ぎるはずだ。結局ブルマイトを中心とした無人機編制になりそうだが、治安維持用のレギュレーションで事足りるのかね？」

『冗談。この子達の最大の利点は、戦争で使うと各種条約を盾にして怒られるような戦術なの。つまり疑似的な生体濃縮』

浮き輪少女はくるりと薄型画面を回してこちらへ見せつけた。グラフが空気中の何を示しているかは、ちょっと考えたくない。

『魚や貝が海水に溶け込んだプランクトンなどの毒素を腹の中で溜《た》め込《こ》むアレだけど、無人機なら限界知らずとなるもん。致死量を考える必要がないから。そして大元の毒素だけなら世界のどこにでもあるの。このマンハッタンだけで排ガスや汚水を中心にどれだけの汚染物質が渦巻いていると思っているの。致死量の何万分の一に過ぎないから大丈夫です、クリーンそのものなんです。883。だったら何万倍かに濃縮してやればコストゼロで立派な殺人兵器の出来上がりとなるもん。人間如《にんげんごと》き、針の一刺しで命を奪えるの。普段はやらないだけで、なのっ』

「なるほど。空気清浄器搭載というズレた話は、そういう装備に繋《つな》がっていく訳か」

実際問題、戦争条約で禁じられているホローポイント弾に街中の警官やゴロツキがホイホイ手を出している、というのは有名な与太話だ。人道・非人道の線引きなんぞ誰かの都合で結構簡単に変わってしまう。

鼻で息を吐いたヘイヴィアは念のためあと二発ほど撃ち込んでみたが、結果は変わらなかった。くるくると浮き輪ごと回るメリーを見て、これ以上は弾の無駄になると判断する。即席のサイレンサーも壊れてしまえば、襲撃犯や民間人に余計な混乱をもたらす。

「死にに行くなら勝手にしやがれ。ただし現場で大して柔らかそうにも見えねえテメェのケツを両手で支えるつもりはねえぞ」

『なら、こちらは最大限にケアしてあげるもん。111。悪意持つ者にとって一番の衝撃は、真っ当な良識に基づく無償の行動なのっ』

マティーニシリーズは全員こうなのか。こいつも大したタヌキだ。

体育館と言っても屋内スタジアムに匹敵するスケールだ。高さは四階建ての校舎ほど。外壁に備え付けられた金属製の非常階段から直接登る事になる。

平場、という言葉がぴったり当てはまる、傾斜の全くない平坦《へいたん》な屋根。

すでに襲撃犯はここに来ているのか、これからやってくるのか。痕跡などからは判断がつかないが、足踏みしている余裕はない。

「『いる』ものとみなして行動するぞ。ミョンリついてこい」

「は、はいっ」

「私達はどうする？」

黒い軍服に長い金髪のレイスが尋ねたが、ヘイヴィアは鼻で笑っただけだった。

「ヘラヘラ笑いやがってケツからぶち込まれてぇのか。テメェが元々狂っているか、外から積極的自己否定とやらで壊されたかは関係ねえ。言われるままに『味方』を処刑したクソ野郎に背中を預けるつもりはねえよ」

「……」

「今はどうあれ、元の所属はどうあれ、少なくともあの日あの時だけはクウェンサーはテメェを味方だと考えて、その身を挺《てい》してマンハッタンの攻撃から庇《かば》った。それをテメェは撃ったんだよ。正面から、目も逸《そ》らさずに。あんなの戦争ですらねえ。事実は何も変わらねえぞ。忘れるな、理由は善悪を塗り替えてくれる訳じゃあねえ」

それっきりだった。

傍《はた》で聞いているミョンリの方がおろおろしているくらいだったが、レイスもそれ以上は拘泥《こうでい》しない。一人ぼっちの少女を置いて、ヘイヴィアもヘイヴィアで平場の屋根に取り付けられた四角い跳ね上げ式の扉をゆっくりと開けて奥へと潜り込んでいく。

複数の鉄骨が入り組んだ、巨大なジャングルジムのような構造だった。

当然ながら安定した床など何もない。足を滑らせれば四階建てから地上まで真っ逆さま。しかも段々に組まれた二階席、三階席の他に床一面のフィールドコートも多くの人がひしめいていた。足を延ばして寝転がるくらいのスペースは一人一人に確保されているようだが、落ちれば誰かに激突するのは避けられない。

「真下を確認です」

そっと、ミョンリがそんな風に言ってきた。

呆《あき》れるくらい人の頭がたくさんある階下。そんな中で、その他大勢と一緒になってスマホを操作している人影があった。他から浮いて見えたのは、一心不乱にSNS用の文字を打ち込んでいるのではなく、何度も何度も短い動作を繰り返しているからだろう。

「ロイスか」

「もう何回目なんでしょうね。きっと今でも、娘さんに向けて通話を試みているんでしょう」

当然ながら、娘の方が拒否している状況では繋《つな》がるものも繋《つな》がらない。同じ大学の敷地内《しきちない》にいるのに、たったの一言すらも通じない。

しかしどれだけ冷たい拒絶で打ちのめされても、ロイスの方に苛立《いらだ》ったような素振りはない。精密機器の画面を額に押し当て、両目を瞑《つぶ》って、何かを願うようにしながら、再び同じ行為を繰り返していく。そこにはただただ家族の無事を願う父親しかいなかった。

ミョンリが神妙な声で言っていた。

「……ここだけは、助けないとダメですよね。四大勢力の話なんて抜きにして」

「あいつの父親だけ特別扱いする訳にもいかねえぞ。やるからには全員助ける。爆風を直接浴びるかどうかは関係ねえ。どこで爆発が起きたってパニックと将棋倒しは避けられねえよ。ヨコヅナだらけの水泳大会よりも悲惨な事になる、一度始まったら何万人死ぬか分かったもんじゃねえぞ」

実際に踏み込んでみれば、思った以上に歩きにくい。元々の鉄骨には無数のリベットが打ち込まれて細かい凹凸がたくさんあるし、等間隔で並ぶハロゲンランプに電力を供給するため、そこかしこに親指よりも太い電源ケーブルが走り回っている。

それでも。

それでも、だ。

ヘイヴィアは影を見た。同じ高さの目線に存在する、人の形をした影。不安定な鉄骨の上でうずくまり、細い指を動かして何かの準備をしている動きには見覚えがあった。懐《なつ》かしさすら感じられた。いつも彼の隣で悪だくみをして、世界最強の超大型兵器へ生身で対抗するため信じられない場所へプラスチック爆弾の『ハンドアックス』を仕掛けていく、あの姿にそっくりだった。

考えた。

ああ、全く考えなかったと言えば嘘《うそ》になるとも。

レイス＝マティーニ＝ベルモットスプレーはヘイヴィアの目の前でクウェンサーを撃った。だけど、海に落ちたその死体がどうなったか、最後まで見届けた訳ではない。だから、もしかしたら。あるいは、ひょっとしたら。実はクウェンサー＝バーボタージュはまだ生きていて、ヘイヴィアも知らない裏の裏の裏の作戦にでも従事しているのではないか、と。

だから。

だから。

だから。

歯を食いしばり、それでもダメだった。ありのままの驚愕《きょうがく》を、ただただヘイヴィアは喉の奥から搾り出していた。

たった一つの名前の形で。

「すくるど……サイレントサード⁉」

そこにいたのは操縦士エリート用のぴっちりとした特殊スーツを違和感なく纏《まと》う、長い金髪をツインテールにまとめた小柄で未成熟な少女。

同時に、『信心組織』が抱え込んだ最大最悪のシリアルキラー。

似ても、似つかなかった。

21

唐突だって?

当然だ。それは絶対に検索してはならない一つの名前。誰でも編集できるネット百科事典の編集者が次々削除される文面に対し意固地になって、軍の手で封印されたマダガスカルレポートの情報公開を推し進めようとした結果、不自然極まりない鉄道事故で不慮の死を遂げるほどのタブーなのだ。

何の前触れもなかったって？

それもまた、思い出さない方が正解だ。マダガスカルレポートにあるクウェンサーとヘイヴィアがかち合った極大の戦争犯罪、猟奇事件については絶対に振り返るべきではないのだから。明るく、楽しく、ハッピーに生きていくためには邪魔にしかならない記憶なのだから。

スクルド＝サイレントサード。

『信心組織』の第二世代、『トリニティスタイル』。正式名称『ノルン』を操る三人の操縦士エリートの堂々たる一角にして、その立場を利用して各地の戦場で次々と犠牲者を毒牙《どくが》に掛けていったシリアルキラー。

あの一件もまた、クウェンサーの爆弾によってケリをつけたはずだった。

だが、こうして今、当の殺人鬼が刃物や銃器、そしてオブジェクトを捨ててでも爆弾を手にしている。

それが何を意味しているか。

分かってしまったからこそ、ヘイヴィア＝ウィンチェルの表情はぐちゃぐちゃに歪《ゆが》んだ。

22

「お久しぶりね、ヘイヴィア。そっちの女の子はナニちゃんだったかしら？」

にこやかな笑顔だった。

それそのままであれば、見る者の保護欲を煽《あお》りに煽《あお》る屈託のない少女の笑顔。明るい緑色の特殊スーツは起伏の乏しい華奢《きゃしゃ》なボディラインにぴったりと吸い付き、天女の羽衣にも似た大きなリボンの飾りが場違いな華やかさまで演出している。年下の可愛《かわい》らしさと年上の艶《なま》めかしさを同居させる、その蠱惑《こわく》。しかしだからこそ多くの者が騙《だま》され、緊張を緩め、隙を与えて、最後には貪《むさぼ》り食《く》われていった。

「でもざんねん、1ばん会いたかったのはクウェンサーだったのに。ほら見てよ、『ハンドアックス』！　わざわざじゅんせいひんをそろえるのにくろうさせられたんだー。やっぱりおひろめするならハンパなものじゃ申しわけがないものね」

「……なにを、してやがる？」

分かっている。目の前に誰がいるかは分かっている。

だが自分の目で見たものを信じられない顔で、ヘイヴィアは叫んでいた。

「一体どうして『信心組織』はテメェみてえなのを檻《おり》から出しやがった⁉　この世界にゃイカ

れ女しかいねえのかっ!!」

「あいとぞうはふくざつにからみ合うのよヘイヴィア君。わたしがこうしてバクハをあいするようになったように。あっははは！　まるでこれじゃあステレオタイプよね、さつじんきのはいけいをおっていったらかれらもまた幼いころにひどいぎゃくたいをうけていたのです。言ってみればこのじけんにはひがいしゃしかいなかったのでしたーてきな？　ははっははは!!」

うろたえるミョンリの前で、ヘイヴィアは迷わず拳銃からナイフへ持ち替えた。これもまた勤勉で真面目なニューヨーカーからいただいた『護身用』の一つ。刃渡り四〇センチを超える大振りなサバイバルナイフだが、別に余裕を見せている訳ではない。

敵のメインは爆弾だ。

至近まで近づいてしまえば自分を巻き込むため、扱いにくくなるはずなのだ。

「にっひっひ!!」

たった一度、足を踏み外せば真っ逆さま。真正面から天井の鉄骨を渡って駆け出すヘイヴィアに対し、スクルドと呼ばれた華奢《きゃしゃ》な少女は邪悪に笑うばかりだった。横薙《よこな》ぎに無防備な細い首を狙う白刃《はくじん》に対し、あろう事か粘土状のプラスチック爆弾『ハンドアックス』をブロックのまま差し出す。

分厚い壁で受け止めるというよりは、油のようなもので刃を滑らされるのにも等しい。手応えが逃げていく感覚に総毛立つヘイヴィアの前で、当のスクルドは柔らかそうな唇で咥《くわ》えたボールペン状の電気信管を切り裂かれた断面へ差し込んでいく。

まるで細長いチョコ菓子を互いの唇で咥《くわ》えるパーティゲームのように、年端《としは》もいかない少女らしからぬ艶《なま》めかしい動きだが、状況は深刻だ。

金色のツインテールをたなびかせ、自らを祝福させるような光の乱舞の中にいるスクルド＝サイレントサードは一メートル以内の至近距離で、躊躇《ちゅうちょ》なく爆破の準備を進めている⁉

（こいつ……エリートの特殊スーツ頼みで⁉）

「ああ、刃やじゅうだんはともかくとして、さすがにタイバクせいのうまではサポートされていないのよ？」

まるで人の思考を先読みするような言葉と同時。まだスクルドの幼い掌《てのひら》の中にあったはずの爆弾が、拍子抜けするほどあっさり起爆した。

「ツッッ‼⁉⁇」

おかしな現象が発生した。

一点を中心として球状に破壊を撒《ま》き散《ち》らす、普通の爆発とは違ったのだ。まるで無制限に伸びる光のブレード。スクルドが腕を振るうと、ヘイヴィアの顔のすぐ横に灼《しゃく》熱《ねつ》の刃が突き抜け、立て続けにジャングルジムのような鉄骨をオレンジ色に焼き切っていく。

（マダガスカル、どころじゃねえ⁉　何だこの動き⁉）

爆風の方向を、一方向にのみ集約させた。

手の中で爆発させたにも拘《かか》わらず、緑色の特殊スーツを通して起伏の乏しいボディラインを浮かばせるスクルド当人には一滴の出血もない。幼い少女らしからぬ艶《なま》めかしい舌で己の掌《てのひら》から指先までを舐《な》め上《あ》げながら、彼女は語る。

「めずらしいことじゃあないわ」

「てめっ……!?」

「これくらいならそこらの花火のしょくにんでもできるわよ。バクハはりゅうたいりきがくだもの、水やくうきのながれと同じ。きんぞくばんでバクフウをおさえ込んだ上で、わざと1てんに穴をあければ、バクハツてきにぼうちょうするねんしょうガスはしぜんとよわい方へとゆうどうされていくわ。ま、そもそもなれしたしんだてっぽうだってそういうものだしね」

そんな訳がなかった。

理屈の上なら、爆弾なんぞ鉄パイプ一本で作れる。しかし実際に素人《しろうと》考えでそんな真似《まね》をすれば、間違いなく誤爆が起きて自分自身を吹っ飛ばす羽目になる。理論を実現するには膨大な知識や技術で支える必要があるのだ。それをスクルドという殺人鬼は、工場生産の量産品ではなく掌《てのひら》の中で実行してみせた。

まるで。

行き当たりばったりの現場でアドリブを求められ、ぶっつけ本番で実際に成し遂げてしまうあの少年と同じように。

継いでいる。

少女は強大な敵をその未発達な胸で抱くように。

ミョンリが慌てたようにショットガンを構え直したが、スクルドはやはり掌《てのひら》をかざすだけだった。分かりやすい発砲音へ被《かぶ》せるように、別の爆発が起きる。まるで手品だ。一発のショットシェルに細かい鉄球がしこたま詰まっているはずなのに、美しき殺人鬼には傷一つない。今の分厚い衝撃波の壁が弾道を歪《ゆが》めたのか。

いいや、

「……バクハでは、まず、だい1に人の心をよみ取るの」

にたりと甘い蜜にも似た粘つく笑みを浮かべて、至近でスクルドは自分の細い体を抱き締める。一〇本指で自らの薄い起伏をなぞっていく。長い金のツインテールを巻き込み、ぞくぞくと背筋を震わせ、自家生産の官能に身を震わせながら彼女は言う。

「ナイフでさしたりくびをしめたり……そんなてくびにかえるかんしょくだけが全てだとおもっていた。だけどげんじつはちがう。バクダンにも『かんしょく』はあったのよ!!　人のおもいもよらないしかくにしかけ、じっさいにドカンとバクハし、きょうふするその心をぎゅっとしょうあくする。ああっ素晴らしい!!　げんにそっちの……ナニちゃんだっけ？　あなたはうつまえからきょうふしていた。こんなもので、ほんもののモンスターをヤれるはずがないって。だからとおくからじゅうを向けるというあっとうてきゆういにありながら、ほんの小さなバクハツおんだけで身をちぢめ、自らしょうじゅんをズラしてしまったの。こんなによ。こんなにもタマシイのてざわりが伝わるころし方が他にあるとおもう⁉」

「うるっせえよ……」

もう軍隊教育も何もあったものではなかった。

封印されたマダガスカルレポートの時と同じだ。この少女が顔を出すと、それだけで戦争のルールは容易《たやす》く崩壊してしまう。

「ぐちゃぐちゃぐちゃ、いい加減にしやがれ。死に場を失って地上をさまよう亡霊が、あの野郎の名前を穢《けが》すんじゃあねえっっっ‼」

「にひ。そいつはかめいとめいよをおもんじる『正統王国』てきな考え方かにゃ？」

ナイフを振るい、封じていた拳銃を使っても、一歩後ろへ離れて別の鉄骨へ飛び移ったスクルドに致命傷は与えられない。付かず離れず、ひらりひらりとツインテールや羽衣のようなリボンを大きく揺らして、悪夢や幻覚のように目の前を踊るばかりだ。

死と戦争の女神が織り成す優雅な舞。目の当たりにして、なおヘイヴィアは叫ぶ。

「ミョンリ、発砲準備‼」

「あっ当たりませんけど⁉」

「殺人鬼のレアリティに惑わされんな、覚醒しようが限界を突き抜けようが相手は同じ人間だ。狙いはハロゲンランプの電源ケーブル‼　最初から足場は限られてんだぜ、そこらの鉄骨へ片っ端から高圧電流を流せばヤツの足でも逃げられねえだろ!!」

「ああ、そうきちゃう？　かんどうてきなどうしうちってつまんないわよね。チェーンのハンバーガーみたいに死がうすっぺらくて」

ガラス細工のような腰に片手を当て、呆《あき》れたような言い方だった。

「ま、こっちはおもう存分やれたらあとはどうだって良いんだけど。当初のもくてきは半分くらいたっせいできたとはんだんしてもかまわないんだし」

「？」

「下を、見てごらん」

おへその下に緩く握った拳を当ててその細い人差し指を真下に向け、ツインテールの少女は嗤《わら》う。

「ちょくせつひがいはまだだけど、1つのたいいくかんの中でバクハツ自体はなんぱつかおみまいできたのよ。とつぜんのコトにみんなおどろいていっせいに出口へ向かったら、この5万人はどうなるとおもうかにゃ？」

「こいつこのド変態ネクロ女……ッ!!」

「あっはは!!」

ヘイヴィアやミョンリの視線が分かっていても、一瞬だけ真下へ逸《そ》れた。そこを狙ったように、スクルド＝サイレントサードはいくつかある四角いメンテナンスハッチから屋根の上へと身を乗り出してしまう。

獲物を取り逃がした構図になるが、むしろミョンリは細い顎《あご》を伝う汗を手の甲で拭《ぬぐ》って安堵《あんど》していた。

「これで最低限の目標は達成……ですかね？　上には『情報同盟』組、レイスさんにメリーさん、後は巨大なおほほさんまで控えているはずですし」

「……どうだかな」

言いながら、ヘイヴィアは拳銃を使って同じ鉄骨にぶら下がっている大型のハロゲンランプを立て続けにいくつも撃ち抜いていった。多少のガラスの他、それ以上に大きな火花が派手に飛び散っていく。

「なっ何をしているんですか⁉」

「さっきの爆発に『平和的な理由』を作ってんだ。おいミョンリ、コンピュータとか得意だろ。誰でも編集できるネット百科事典の方を今すぐ書き換えろ‼　中米海域の辺りじゃ嵐が発生すると気圧に変化が生じ、白熱灯やハロゲンランプの電球が圧力差で破裂する事がある。ひとまず理論はテキトーで良い、ヤツらにゃ勝手に調べて勝手に安心してもらうぞ‼」

「どっちみち正しいネットには繋《つな》がらないんじゃありませんでしたっけ⁉」

「仮想領域だろうがパチモンのサーバーだろうが、一般人サマの目に留まれば何でも良い！」

人間は複数のソースに弱い。辺りで飛び交うウワサと、手元の画面のネット知識。……実は情報源が全く同じだった、というケースもありうるのに。

スクルドの言った通り、直接の被害はまだない。副次効果の将棋倒しの回避以外に、この場でヘイヴィア達にしてやれる事は何もない。

「ミョンリ、俺らも上へ上がるぞ」

「えっ、嫌ですよ平場の屋根はパワードスーツとサーバーいらずで勝手に戦う無人機のお祭り騒ぎでしょ。黙っていても勝手に終わる戦闘でも、流れ弾をもらえば一発でおしまいですよ⁉」

「そんな簡単に終わる訳がねえ」

吐き捨てるようにヘイヴィアは即答した。

「マティーニの大馬鹿野郎どもが何人死のうが知った事じゃねえが、スクルドを取り逃がせばもっと大きな被害が撒《ま》き散《ち》らされる。もう、事はマンハッタン一つで閉じた話でもねえ。テメエも封印されたマダガスカルレポートの悪夢はその目で見てきたろ。見てきて、だからこそ、ケツ毛で埋まったジジィの肛門《こうもん》鼻先に突き付けられたような気分で全部封印しようって決めたクチじゃあねえのか？」

「……、」

「根拠が欲しけりゃトラウマと向き合え。それだけでスクルドの脅威の説明は終わってる」

ごくりとミョンリは喉を鳴らしていた。

それだけだった。支離滅裂に聞こえるヘイヴィアの言葉に、反論もしなかった。

二人して、スクルドが出ていったメンテナンスハッチに向かう。

平場の、安全なはずの屋上へ身を乗り出す。

想像通りの、なおかつ誰も歓迎していない事態が広がっていた。


「おっ、ちょうど良いタイミングね。そろそろおかわりちょーだい☆」


にこやかな笑みが一つ。

そしてその周りに地獄が広がっていた。

あれだけ自信満々だったメリー＝マティーニ＝エクストラドライは多くのブルマイトの残骸に庇《かば》われる格好で、スクラップに体を挟まれて身動きを封じられていた。

『情報同盟』のアイドルエリートが搭乗しているはずのパワードスーツには巨大な獣の爪痕のようなものがいくつも走り回り、胸の辺りから水平に、オレンジ色に斬り飛ばされていた。サイズは大きくても造形はリアルなアイドルだ、コックピットの空洞部分までさらし、火花を散らして転がっている末路は普通の戦車や装甲車とはまた違った凄惨さが見て取れた。

レイス＝マティーニ＝ベルモットスプレーもまた、自分を庇《かば》うようにして覆《おお》い被《かぶ》さる青年の右の脇腹へ小さな手を押し付け、必死になって出血を抑えている状態だった。爆風というよりは銃撃の方が近い。爆発力そのものではなく、ネジや釘《くぎ》などを飛ばしたのかもしれない。

細い手で自分の華奢《きゃしゃ》な体を抱き締め、ぞくぞくと背筋を震わせ余韻に浸りながら少女は告げる。そう、余韻。全て終わった後の話であった。

やはり、マダガスカル以上。爆弾を得た事で殺人鬼が進化している。

「ま、それなりにはおどろいたかしら。そこのパワードスーツ、てっきり中に人がつまっているとおもったんだけど、えんかくそうさだったのね」

そういえば、大学構内でブルマイト達の連携を削《そ》ぐため即席のチャフ攻撃を放った時、あのエリートの操っていた四メートルの縦ロールも尻もちをついていたか。それから父親のロイスから電話があった時、迂闊《うかつ》に出られなかったのは、あれを起点にしておほほが『本当の位置』を割り出されるリスクを考えたからかもしれない。きちんと父親を助けるまでは、足を引っ張られてはならないと。

手が込んでる、とスクルドは吐き捨てた。

それだけだった。彼女は早くも束《つか》の間《ま》の興奮から醒《さ》め始《はじ》めている。

「けど、おどろきのピークはその辺りだったかしら。これでとらの子も打ち止め？　だとしたらしょうかふりょうよ。わたしはがっつりおなかをみたすディナーがほしいの。さっさとおかわり分を平らげて、2けんめ3けんめにハシゴさせてもらいましょうか」

「体育館の将棋倒しなら不発に終わったぞ、スクルド……」

「『信心組織』が『情報同盟』をこうげきするのにりゆうがひつようかしら？　あるいは、さつじんきが人をころすのに。そういうせいたいだから。ことばにすればそんなものよ」

「律儀《りちぎ》に『信心組織』流に従う理由すらねえだろ⁉　テメェは『信心組織』の法で裁かれ、切り捨てられ、監獄にぶち込まれたんだから‼　真面目な殺人鬼とか全体的にふざけてんのか⁉」

「あっはは‼　マジメ？　きちんとおしごとしてるように見えているう？」

　確かに、父のロイスを害する事で娘のおほほを焚《た》きつけてマンハッタンにさらなる混乱をもたらそうと考えていたのなら、スクルドは下手におほほを攻撃できなかったはずだ。パワードスーツの中身が空っぽだったのも、真っ二つにしてから初めて分かった事なのだから。計画的に見えて、根っこが破綻《はたん》している。根本的にコントロールなどできないのだろうか。

「そ・れ・に、かんけいないない、別にどうだって良いの。マダガスカルでわたしをげきはしたた『正統王国』にも、わたしを利用するだけ利用しておいてせいぎのヒーローっぽくさばいてくれた『信心組織』にもてきいはないわ。不足は何もない。わたしは、ころせればそれでまんぞくなの。せんそうであるひつようすらとくにない。マダガスカルのころは、すぐれたそうじゅうしエリートであることによってかちを作り、上の手でじけんをもみけしてもらっていた。その辺のじじょうがかわっただけよ。わたしは、それ以外のほうほうでかちを作り、自由にころせるかんきょうをえらい人にようい してもらう。ふかいりゆうなんて何もなかった。えげつないてんてきもよしあしよね！　じつじかんのつらなりはどうあれ、わたしのいしきはころしところしのきおく以外とけてるもの。けっきょく自由と何がちがうのかしら？」

　どうしても、どうやっても、殺しの味を忘れられなかった殺人鬼。

　大仰な陰謀に大国の利害。そんなどうしようもない建前などで言い訳をする必要もない、殺しそのものと見つめ合う、もっと純粋でもっとえげつない虐殺者。

「ただまあ、わたしにもよくぼうはある」

　幼げな両手で自分の小顔を左右から包み込み、いやに細い腰を軽くひねるような格好で己の中から込み上げる快の信号を抑えているスクルド＝サイレントサードは、片思いの恋よりもずっとドロドロした何かを全身から噴出させていた。

「見てほしかったのよ。クウェンサーに。バクダンというあたらしいみちをおしえてくれた人生のセンパイに‼　ほら、こうすればもっところせます。あなたはすばらしいけどわたしの方がころせます。こんどはわたしからセンパイにおすそわけっ、バクダンのたのしさすばらしさを改めてとりあしとりラブラブでおしえますう‼　くっくっ、あっはっはっはっは‼」

「……完全に狂ってやがる。脳みそのしわの間で糸でも引いてんのか……」

「クウェンサー＝バーボタージュは、まともだった」

　不意打ちで、全くの無感情がきた。

　躁《そう》と鬱《うつ》が交互に入れ替わり、なおかつそれをコントロールできない者の典型だ。

「まともなまま、しれっところせるにんげんだったの。ずっととなりにいてそんなきほんも分からなかったの？　かれは、わたしみたいなさつじんきよりずっとヤバいわよ。だって、そうでなければあそこまで生きのこれない。『わたしのセンパイ』が、今日ここにいたるまで、一体どれだけのオブジェクトとそこにかかわってきたぐんじんを吹っとばしてきたとおもっているの？　まともなままころせるって、きょうふよね。どういうしんけいしているのかしら」

それ以上の言葉はいらなかった。

完全に呑《の》まれて立ちすくむミョンリとは別に、ヘイヴィアはほとんど自動的に動いていた。右にナイフ、左に拳銃。二メートル以内での制圧戦を想定し、一気にツインテールの少女の懐《ふところ》へと飛び込んでいく。

「ああ、そうそう。アレはどうする？」

対するツインテールのスクルドは、銃も刃もない。

茶飲み話に誘うような、呑気《のんき》な声色が応じた。

「ラグナロクスクリプトと言っても分からないか。せっきょくてきじこひてい。マティーニシリーズへがいぶちゅうりょくする『何か』。本当の出処《でどころ》はどこだったとおもう？」

「なっ……!?」

元々、ヘイヴィア自身も疑惑を拭《ぬぐ》えずにいたのだ。

いかにスクルド＝サイレントサードと言っても無人機やパワードスーツが満載の屋根の上でそこまで有利に立ち回れるか。あの時、あの場ではマティーニシリーズが暴走していたとしたら？　何かの切り替え一つでレイスやメリーがおほほを襲ったとしたら。パワードスーツ相手でもああだったのに、生身の自分は安全なのか。今倒れているのだって『信用』なんてできるのか。クウェンサーを撃った怪物の系譜がこちらが背中を見せる隙を窺《うかが》っているとしたら……。

「じゃまよね、それ。そんなのがあるとたのしめない」

「ッ⁉」

気がついた時には、むしろスクルドの方から距離を詰めてきた。

華奢《きゃしゃ》な少女の右手がヘイヴィアの持つ拳銃に執着した。摑《つか》んで奪い取ろうとしているのではない。逆だ。スクルドは自らの柔らかそうなお腹《なか》に銃口を押し付け、そして立て続けに引き金を引いてしまう。

パンパンスパン‼　という乾いた銃声が連続し、柔らかい下腹部への衝撃に少女は体をくの字に折り曲げる。

「くふっ」

だがそれであっという間に残弾が消えてしまう。

手の中の拳銃が、単なる鉄の塊と化す。

「うふふはは‼　そうよねそうそう。いたみもまたかいらくよ、はいぼくこそがせいちょうをあとおしする‼　でしょうクウェンサー？　このいちよ、ここがさいこう。人生はあっとうてきはいぼくから立ち上がってぎゃくてんするのが1ばん『おもしろい』のよ‼」

ある程度の防弾性能はあるとはいえ、それでも自殺行為だ。弾が貫通しないというだけで衝撃は伝わるのだから、場合によっては筋肉を引き千切り内臓を痛めるリスクさえ存在する。

なのに。

だというのに、殺しの妖精スクルドには恍惚《こうこつ》な笑みしかない。

「ラグナロクスクリプト?」

自分の口で言った事に疑問を投げかけ、

「そんなものが『じっさいに』あったとおもう? あっはは!! あんなもの、いくらしらべても見つからないわよ。なぜなら、そんなものは存在しないんだから」

「な、にを、言ってやがる。それじゃあ前提が……ッ!?」

「存在しないものを、存在するように見せかけて、いっていのせいかをえる。いかにも『情報同盟』らしいやり口じゃない。ま、形のないAIネットワーク・キャピュレットを牛耳るけんりょくしゃよりもマティーニシリーズそのものにみんしゅうの人気があつまったさいに、そんな『ぜいじゃくせい』があるってリークすることでブームをシャットダウンするための、せいしんてきなセーフティが元ネタなんでしょうけど。……それを『情報同盟』にもぐり込んでいたウチのエージェントたちがほりかえして、自分で扱いやすいようにさいかいしゃくしたのが、ラグナロクスクリプト」

「……、」

ラグナロク。

北欧神話における最後の戦争。その戦いで死ぬと、そんな巫女《みこ》の予言に脅《おび》えた主神オーディンがあれこれ策を巡らせ、結局は多くの恨みを買って予言通り獣に喰《く》われて死んでいく、復活の機会もない無慈悲な神話の一節だ。

そもそも予言など真に受けなければ、最初から何も起きなかったかもしれないのに。

「じしんがゆらいで自分を見失えば、そのマティーニはＡＩにくっぷくしやすくなる。なら、せっきょくてきじこひていなんてひつようないわ。心のもんだいなんて、わたしたち『信心組織』のせんぱいとっきょじゃない」

至近のスクルドはとっておきの内緒話をするような調子で、

「この辺りは、『信心組織』的に言えばマリアすうはいとかトールしんこうをきんじるながれに似ているかしら。そして、ウソから出たマコトでもこうかがあればもんだいない。げんじつとして、マティーニのれんちゅうはありもしないものに心をしばられているわけだしね？」

ヘイヴィアもまた、少女の口車のせいで貴重な火力を失った。

拳銃の中に弾がなければどうにもならない。全身をぴっちり覆う特殊スーツの耐刃性を考えると、ナイフで狙える場所も限られる。

「ラグナロクスクリプトとささやけば、マティーニはしばれる。存在しないとあたまでは分かっていても、タマシイのぶぶんがふっしょくできない。まるで呪いよね。『情報同盟』のきょうふしんを『信心組織』なりの方法でコントロールするからこうなったのかしら」

「チッ……!?」

「おらどうする？　マガジンなんぞさしかえてるひまはあるかしら」

一つ一つの凶行に驚いている暇もなかった。スクルドは用済みの拳銃から手を離すと小さく千切ったプラスチック爆弾を足元に落として破裂させ、その衝撃で自らの体を叩《たた》いて大きく回転させる。生身の体ではありえない体重移動と共に、建物解体用ハンマーのような重たい回し蹴りがヘイヴィアの側頭部を狙い撃つ。

楽しければ、面白ければ、自分の体などどうなっても構わない。

狂人の愉悦に対し、むしろヘイヴィアの腕は下へ下がった。腕の骨が折れるのを覚悟で頭を守るのではない。残弾ゼロ、用済みになったその拳銃を落とし、踵《かかと》を浮かせたスクルドの軸足と屋根の隙間へと滑らせたのだ。

「おっ？」

バランスを崩し、回し蹴りの軸がブレた。

狙いを外したスクルドが体勢を立て直すより早く、間近のヘイヴィアが真正面から幼げな腰へ体当たりを仕掛ける。少女の放つ回し蹴りの膝の裏を己の肩に乗せ、そのままひっくり返す格好になった。いいや、その手にはまだ大振りなサバイバルナイフが握り込まれていたはずだ。

揉《も》みくちゃになって倒れ込み、仰向けに転がったスクルドの真上にヘイヴィアがのしかかる。両手で摑《つか》んだサバイバルナイフの切っ先はその薄い胸の中心へ。スクルドもスクルドで両手を使って押さえ込みにかかるが、マウントは取っている。華奢《きゃしゃ》な殺人鬼が男の下でいくら身をよじっても、もう逃げられない。全体重をかけてギリギリと刃を押し込んでいくと、長い時間をかけて数ミリずつ、しかし確実に鋭い切っ先がスクルドの急所へと近づいていった。

「もう良い……」

仕事として人を殺す兵士とはまた違った、血走った眼《め》でヘイヴィアは叫ぶ。

「もう殺すッ!! 結末なんか誰にも譲らねえ。マダガスカルの件は失敗だった、最初からこうしてりゃあ良かったんだ!!」

「あれあれえ、ひょっとしてむりしてる？ クウェンサーはともかく、あなたはブレーキ役だとおもっていたんだけど」

力で言えばスクルドの方が負けている。このままでは状況を覆《くつがえ》す事ができず、ゆっくりと確実に刃が心臓へ通るのを眺めるしかないだろう。操縦士エリートの特殊スーツには防弾耐刃性能があるとは言っても、重さは通る。刃が繊維を切る事はできなくても、ハイヒールで踏みつけるように一点へ集約した『重さ』が、幼い肋骨《ろっこつ》や胸骨を砕いていくはずだ。

だが仰向けでのしかかられるスクルドは、この期《ご》に及んでまだニタニタと笑っていた。

ただのやせ我慢ではない。彼女にしか見えない天国へ逃げている訳でもない。

気がつけば。

少女らしからぬ艶《なま》めかしさでボディラインを浮かばせるスクルドを起点として、正三角形の各頂点にプラスチック爆弾の『ハンドアックス』の塊がばら撒《ま》かれていた。そのあられもない格好も込みで、まるで床一面に魔法陣を描き、自分の体を使って得体のしれない冒瀆的《ぼうとくてき》な生贄《いけにえ》の儀式でも執り行うように。

可憐《かれん》な唇に全く似合わない、禍々《まがまが》しいほどの舌なめずりと共に少女は囁《ささや》く。

「アイスピックなんかでさ、おとを立てずにまどガラスを小さくわってうちかぎをあけるときには3角形でものを考えるのよ。きれつを入れ、さいしょうちょうてんのへいめんで区切ってガラスをとり外す。まあほら、このやねでもおんなじことが言えるんだけどね？」

「てめっ……!!」

今のままなら、確実にスクルドを殺せる。

だが『確実』に実行するためには、ゆっくりじりじりと刃を押し込んでいくしかない。今すぐこの瞬間に終わらせる事はできない。

だから、だ。白く細い喉を艶《なま》めかしく蠕動《ぜんどう》させながら、スクルド＝サイレントサードは笑っていた。

「わたしはおちることにしたわ、自分自身でくりぬいたやねの1ぶごと。下には5万人がひしめいている。全身『ハンドアックス』のストックだらけになったわたしがせいだいにダイバクハツしたら、下にはどんな色の花がさくのかしら」

「……ッッッ!!⁉⁇」

「まあまあそんなかおしなさんな、存外大したひがいにはならないかもよ？　あれだけ多くの人が折りかさなれば、肉のかべとしても十分にこうかをはっきするだろうしね。あっはは！　せいぜいきせきをねがいたまえ、ブレーキ君？」

両手は……離せない。全体重を掛けているからこそスクルドを抑え込めている。ここで手を離せば自由を与え、ますます手に負えない被害を撒《ま》き散《ち》らす羽目になる。

ミョンリは完全に呑《の》まれてへたり込んでいるからあてにならない。他のメンツも思い思いの場所で撃破されて加勢は期待できない。

打つ手がない。

これから起きる惨劇が理解できるのに、逆転の策が何もない……⁉

「きっとクウェンサーでもこうするわ」

場違いにも、まるで夢見る乙女のようにスクルドは言葉を紡《つむ》いでいた。

「安全に身をひくか、きけんをしょうちでまえへすすむか。センパイなら、必ずつきすすむ。ぶざまに身を守ってジリひんで沈んでいくよりも、まずてきのげきはをゆうせんする。わたしはりかいしているわ。クウェンサー＝バーボタージュというにんげんをりかいしているのよ……」

その時だった。

変化があった。

ドパンッッッ!!!!!!　と。

それは、銃声だった。

起伏の乏しい胸のド真ん中に、一発。

血まみれの小さな手が握り込んだ護身用の拳銃から、鉛弾が解き放たれた音だった。

「レイ、す……?」

ヘイヴィアからの言葉にも、黒い軍服の少女は応じなかった。

いつの間にか至近まで歩いて踏み込んできた少女は、ツインテールの殺人鬼の顔を見下ろして、そして躊躇《ちゅうちょ》なく引き金を引いていた。

「……そんな訳あるか」

血反吐《ちへど》を吐くような、震える言葉があった。

「クウェンサー＝バーボタージュがそんな真似するかッ!!　あいつは、あの大馬鹿野郎は、世界最大級のオブジェクトに狙われた敵国の兵士を、とっさの判断で庇《かば》ってしまうほどの、どうしようもない『人間』だったんだ!!　貴様や、そしてこの私などとは根本の作りからして全く違う生き物なんだよ!!」

ある程度の防弾性能はあるはずだった。

だが逆に言えば、ある程度のものでしかない。

「なる、ほど、ねえ」

不安定に目線をさまよわせ、ここではないどこかを眺めながら、スクルドの口から何かが溢《あふ》れる。

「センパイ。かおを見ないとおもったら……そうか、『そういうこと』か」

それ以上は許さない。そんな意思の表れのようだった。

レイスから立て続けに引き金を引かれ、さしもの殺人鬼も常識的な痛みの感覚に引き戻されたようだった。呼吸困難に陥った事で、ギリギリとしたナイフの均衡も途切れる。リミッターの外れた殺人鬼の力がわずかに緩んだところを狙って、ヘイヴィア側が全体重を乗せて四〇センチものサバイバルナイフの切っ先を、容赦なく幼い胸の真ん中へと突き込んでいく。

耐刃性能を持つ特殊スーツそのものは、切り裂けない。

だがハイヒールで踏みつけるようなその『重さ』は、少女の華奢《きやしや》な体を確実に破壊していくはずだった。

これで終わりだ。

マティーニシリーズやラグナロクスクリプトを中心とした問題は片付いたはずだ。暴走の心配はいらない。マンハッタンだって、これ以上は脅威を維持できないはずだ。

「わたしは、死なないわ」

しかし、少女の笑みはもはや呪い。

安っぽいホラー映画の怪物のように、殺人鬼はその不死性を喧伝《けんでん》する。

「ころしになれている、だから分かる、これはないぞうのいたみじゃない。もっと、もっともっともっと、つき込まなくちゃ。折れたろっこつやきょうこつがないぞうをつきやぶるくらいにさ……」

「黙れ、もう死ね。余計な蛇足なんか一個もいらねえ、テメェはただここで死んで、もう終われ。俺はクウェンサーじゃねえんだ、甘い顔なんかしねえからな」

「ははっ。ブレーキ君、あなたにはむりよ。わたしをころせるのはセンパイだけ。きっとこれは、わたしたちが生まれるまえから決まっていたの」

殺人鬼にとって、自分の死にはどんな意味があるのだろうか。

それもまた大量消費物の一つに過ぎないのか。あるいは自分だけは例外で、大切な人に捧《ささ》げるとっておきの宝物なのか。

「そうおもっていたのに、ざんねんだわ。まあ、だからこそ、あるいみではもくてきたっせいできたと言えるのかしら。こっちとしては、ロイスであるひつようはとくにないし」

「なにを……？」

全身を細かい虫がびっしりと埋め尽くしていくような嫌悪《けんお》があった。

こいつは、何かを知っている。

マティーニシリーズだのラグナロクスクリプトだの、小粒な話はここまで。

世界は、いくらでも救いのない方向へ転がり落ちる。

殺人鬼としての憧れで、自分を倒した、自分以上の殺害手段を持つクウェンサーへ近づくためだったのだろう。あたかもストーカーの執念がプロの探偵業や諜報員《ちょうほういん》を超える情報収集能力を発揮するように、徹底的に彼とその周辺の情報を調べ上げている。そんな確信があった。

もしも、パワードスーツの遠隔操作なんてなかったら。もっと早い段階でおほほがスクルドに殺されていれば、こんな事にはならなかったのに。

そんな間違った後悔すら押し寄せるような、極悪な何かが。

「いきおい余ってまっぷたつにしちゃったけど、きっこえってるぅー？　そこのパワードスーツ。げんみつに言えばえんかくそうさしていただれかさん」

「何をするつもりだっ、これ以上‼」

「だって」

むしろ、キョトンとした顔だった。

そのまま、スクルド＝サイレントサードは最悪の一手を打ってきた。

「センパイを、クウェンサー＝バーボタージュをころしたのはそこの女なんでしょ？　なかまはずれなんてカワイソウだよ、きっちりせつめいしてあげなくちゃあ」

23

「あ」

現場から離れた別の場所だった。

そこには危険が入り込む余地はないはずだった。当然だ、操縦士エリートを溺愛《できあい》するレンディ＝ファロリートが、万に一つを排除できない現場へホイホイ連れ出すはずがない。あの指揮官は自分自身を囮《おとり》に使ってでもアイドルエリートが現場入りしていると周囲に信じ込ませ、その『情報』でもって大切な虎の子を守り抜く。

「ああ、」

しかし、考慮すべきだったのだ。

危険とはフィジカルな銃弾や爆弾だけとは限らない。彼女達は『情報同盟』、よって最も警戒すべきはネット回線を通じて襲いかかってくる『情報』にあると。

父親は無事だった。ロイスは生きていた。

だが同時に、少女の幼い心はこの上ない形で突然突き付けられる形になる。

クウェンサー＝バーボタージュはもういない。

背中を預けた誰かの手により、射殺されているという事実を。

「ああッッッ!!!???」

24

「せかいの、おわりへようこそ」

血を吐くような言葉と共に、殺人鬼はそう言った。

あるいは、夢でも見るような顔で。

「わたしもエリートだからその『とくべつあつかい』は良く分かる。わざわざこじんてきじじょうを汲《く》んでちちおやのみがらをほごしに来たんでしょ。でも、それと同じくらい大切な人のいのちがうばわれているとしったら?」

スクルドにとって、クウェンサーは歪《ゆが》んだ執着の対象だった。殺しの技術において、憧れの先輩という位置づけだった。

だから彼にまつわる全てを殺人鬼は調べ上げてきたのだろう。

「わたしをかいほうした『信心組織』のよそくが正しければ、かの存在はただのエリートじゃあない、マンハッタンなんて1ぶも1ぶ、形のないAIネットワーク・キャピュレットそのものにかかわるVIPサマよ。あるいはすうせんにんのマティーニと1人でたたかえるかもしれないほどの。こじんてきにふかいつながりをもっただれかの死が、どんなぼうそうへつながっていくか。とっっっても、たのしみじゃない。ねえ、センパイ?」

確かに、マティーニシリーズの問題は消滅した。
それ以上の脅威が顕現したのだから、当然である。

行間二

状況三二五は敗北と判断。

スクルド＝サイレントサードの撃破を確認。

ロイスとは別口になったが、かの殺人鬼は最後の最後で、最低条件は満たしてくれた。今は素直に機転の良さを褒めよう。ここから、無事にイグニッションまで結びつける。

マンハッタン、マティーニシリーズ、さらには『情報同盟』全体の崩壊に端を発する、四大勢力の全てを巻き込む世界大戦まで結実させなくては意味がない。

世界は、カオスを求めている。

多くの神話宗教は平和なままでは進まない。神の敵や圧倒的な大災害など、人智《じんち》を超えた『何か』があってこそ、神の正しさを分かりやすく説明できるのだろう。

最も恐るべきは、形のない堕落。

『クリーンな時代』、そのもの。

音もなく忍び寄る退廃の流れへ対処すべく、私達は分かりやすい敵を作ろう。その過程で、決して少なくない犠牲が出るだろう。しかし目に見えない、本当の脅威と戦う前段階として、まず世界は一つにならなくてはならないのだ。

今の時代は間違っている。

オブジェクトに軸足を置いたこの世界は失敗していて、どこまで進んだところで人類に明るい未来などありえない。言葉で言うのは簡単ではあるが、では具体的に『何が』間違っていて、どの時点から『どう』直していけば良いのかまで数値レベルで解説できる人は稀《まれ》だろう。

であれば、私達がそれを成し遂げよう。足りないものを補い、手を差し伸べるのだ。地位や名誉のためではなく、人が人らしく生きていく世界を取り戻すために。これに必要な行いは全て、粛々と実行してゆこう。私達は批評家や歴史家を恐れない。何故《なぜ》ならば、もっと大いなる存在による不可避の裁きを待つ身なのだから。

モジュール・クウェンサーの準備を。

私も出る。

聖者尊翁《せいじゃそんおう》ティルフィング＝ボイラーメイカーより愛すべき皆様へ

第三章　セレクターy／n　〉〉バミューダ三角形総力戦

1

結局。

その少女にとって、クウェンサー＝バーボタージュとは何だったのだろうか。

『情報同盟』と『正統王国』。どうしようもない敵国同士。しかもすでに操縦士エリートと国際的アイドルの二足のわらじを両立させている少女に対し、クウェンサーは木っ端《こ ば》の歩兵としても未完成。『安全国』から呑気《のんき》に足を運んできた、戦地派遣留学生でしかない。

嚙《か》み合《あ》うものなど何もなく、釣り合いなんぞもってのほか。いざ真正面から戦争が始まってしまえば、おそらく少女はどこに誰がいるかも把握しないまま、画面上にある光点をまとめてすり潰《つぶ》す格好で殺害してハイおしまい。

そのはずだった。

だけど、それだけでは片付けられない『何か』があった。

その『何か』が、具体的に『何なのか』は少女自身にも分からない。言葉にするのは簡単かもしれないが、分かりやすい単語で有象無象と同じ箱に放り込んでしまう事が憚《はばか》られる。これは、簡単なようでいて複雑な意味を持つ心の動きだった。何事もデジタルに処理してラベルを貼り付け、検索処理できるよう調整を施す『情報同盟』の根幹を否定する動きなのだ。

だから。

だから。

だから。

2

その時、ヘイヴィア＝ウィンチェルはコロンビア統合大学二番体育館、平場の屋根の上に立っていたはずだった。

当たり前の前提は、唐突に崩れる。

どんっっっ!!　という重たい衝撃が全身を突き抜けた瞬間だった。すでにヘイヴィアの体は真横に吹っ飛び、広大な屋根の領域外へ身を投げ出していた。

「おっ……？」

意味が分からない。

だが現実は不良軍人の理解など待ってはくれない。状況は進む。たとえどれだけ理不尽であったとしても、四階建てに匹敵する高さの建物から放り捨てられた事実は変わらないのだ。

マンハッタンが、動いた。

ほんのわずかな身じろぎ。それだけで莫大《ばくだい》な慣性の力が発生し、地球の重力を完全に振り切って、ヘイヴィア達を『真横へ落とした』のだ。

ヘイヴィア、ミョンリ、レイス、側近の青年、メリー、そして殺人鬼のスクルド。

誰も彼もが、為《な》す術《すべ》もなかった。

「おァァあああああっっっ!!!???」

本能の部分が必死になって掴《つか》むものを求めているのか、あるいは理性の部分が空中でバランスを取ろうとしているのか。それさえ把握できないまま、とにかく両手足を無意味にバタつかせるヘイヴィア。四階建ての屋根ともなれば、学校の屋上に匹敵する。何も考えずに落下すれば即死もありえる高さだ。

バキバキバキバキッ!!　という何かが折れる音が連続した。

「がっ……」

呻《うめ》きの中に血の味が混じる。どうやら体育館を囲んでいた、街路樹というよりも鬱蒼《うっそう》と茂る人工林に近い木々の一つに突っ込んだようだ。完全にただの偶然だった。衝撃は殺せたかもしれないが、強靭《きょうじん》な構造の軍服があちこち引き裂かれ、内側から赤黒い色彩が滲《にじ》み出《で》ている。

だが己の不幸を嘆いている暇もない。

どういう訳か知らんがおほほはクウェンサーの死で沸騰した。もうロイスの話では抑えきれない。『ラッシュ』だのジュリエットだの小難しい話は知らないが、とにかくおほほならＡＩネットワーク・キャピュレット経由でマンハッタンの制御すら奪いかねないようだ。

「ひひっ」

笑みがあった。

長い金髪をツインテールにした、見た目だけなら妖精のような少女。

操縦士エリートの特殊スーツの恩恵か、死神に愛された悪運で何かクッションを得たのか、あるいは単純に脳内物質の過剰分泌で痛みの感覚がトンでいるのか。

とにかくスクルド＝サイレントサードがひらりひらりと木々の隙間で踊っていたのだ。両手を広げ、小さなお尻を振って、ステップでも踏むように。

最大最悪の殺人鬼が、再び野に放たれた。

「にひひっ、あはは！　ははハハハはははははハハあははあははは!!」

「くそっ、たれが!!」

二の腕の辺りに刺さった木の枝を引き抜いて捨て、ヘイヴィアもまた猛然と起き上がる。

「どこだ浮き輪女っ、マンハッタンはどうなってる？　おほほは一体何しやがった!?」

叫んでも返事はない。

権限を完全に奪われたのか、そもそも本人が気絶したままなのか。

そちらに拘泥《こうでい》している余裕もなかった。こうしている今も、くるくる回るように木々の間をすり抜けるスクルドは距離を離しつつある。ヘイヴィアは落下の衝撃で手放していた拳銃を手に取って片膝立ちで二発ほど撃つが、木の幹が邪魔で当たらない。遊んでいるようで計算されている。

「ミョンリ、まだ生きてる場合はカバー!!　死んでるならそのまま置いてくぞ!!」

「うっぷ、『正統王国』って騎士道の国ですよね……ほらレディファーストの権化《ごんげ》的《てき》な……」

呻《うめ》きながらも小柄な少女の声が返ってきた。どうやら再利用資材――――つまり腐葉土を作るための落ち葉を詰めた袋の山――――に突っ込んだおかげで、向こうも無事だったらしい。

追い駆けようとしたらブーツの底が何かを踏んづけそうになった。

足元にはメリーが抱え込んでいた薄型のゲーム機だけが転がっていたが、門外漢のヘイヴィア達が拾ったところで画面の切り替え方法さえ分からない。ただ、同じく画面に目をやったミョンリが高速でスクロールしている英数字に目をやって眉をひそめている。

「これ、キャピュレットがマンハッタンを操っている訳じゃ、ない？」

「ああ⁉」

「むしろＡＩネットワークのリソースはよそのタスクへ回されています。えと、イタズラ好きの子猫を叱ってもやめないから、もっと興味の引くものをよそへ置いて気を逸《そ》らすように。おほほはフリーになったマンハッタンを完全手動で操っているの、かも、です」

「『ラッシュ』とマンハッタンとじゃ全く違う機体だろうが!?」

「知りませんよそんな事!!」

どっちみち、専門家でもないヘイヴィア達が画面と睨《にら》めっこしても答えは出ない。

とにかく目の前の問題だ。スクルドの可憐《かれん》な背中を走って追い駆けるしかなかった。

「他の人達どうするんですか、ほらレイスさんとかメリーさんとか!?」

「『情報同盟』の兵隊なんぞ気にしてられるかっ、今はとにかくスクルドだ!!　ヤツが向かってんのは本来なら西の方だ、そっちにゃ何がある!?」

「リバーサイドパーク。その先は海です!!」

今さら二万メートルの巨体相手にモーターボートや小型潜水艇を奪った程度で、安全圏まで逃げ切れるとは思えない。だがそんな常識的な次元を超えて、とにかくあのスクルド＝サイレントトサードを見失うのはまず過ぎる。マンハッタンは『情報同盟』の中心地だが、同時に戦争とは無縁な『安全国』でもある。クリーンな戦争すら利用して己の欲望を満たす殺人鬼を野放しにできるほど、ヘイヴィアの倫理は壊れていない。

ガサッ、と茂みをかき分けるようにして、別の場所からも黒い軍服の少女が飛び出してきた。

「キャピュレットは人工知能。基本的には速度に違いがあるだけだから、ネットを通して実行する作業そのものは人と変わらない、か。『ガトリング033』と『マンハッタン000』は全く違う構成だが、一方でジュリエットとキャピュレットは直系だ。キャピュレットにできる事なら、ジュリエットと慣れ親しんだアイドルエリートにもできる、と」

レイス＝マティーニ＝ベルモットスプレーもまた、護身用拳銃をスクルドの背に向けている。

「いいや、あのアイドルエリートめ。単純にキャピュレットの動きを読んで、同じ起点から『マンハッタン000』を操っている……訳ではないな。キャピュレットのクセを読み、ＡＩネットワークすら見逃すであろう別のラインからオブジェクトをコントロールしている。貴様の誘導でだ、鮮やかにしておぞましき殺人鬼ッ!!」

「ははっ」

全員の目線が、妖精のように舞う美しい少女の背中に吸い寄せられた。

複数方向から銃口で狙われてなお、両手を挙げたり頭を庇《かば》おうとする素振りはない。最短最適などクソ喰《く》らえ、無駄も遊びも織り交ぜて、小刻みに円を描くようなステップすら踏みながら、スクルドはその『自由』を謳歌《おうか》している。

両手を大きく広げ、背を反らして薄い胸を張り、天を見上げて。ミュージカルの俳優のように突き抜ける声で高らかに告げる。

「ははアハハ!! ざんねんザンネン、クウェンサーは死んじゃったかあ。せっかくセンパイにせいちょうしたわたしを見せてあげたかったのに。……でもフシギよね？ クウェンサーをころした『情報同盟』とクウェンサーをころされた『正統王国』がかたを並べてお互いのりえきのためにわたしをおいかけるだなんて。ま・る・で、何かをだきょうしているみたい」

「てめっ……⁉」

ヘイヴィア達の頭を沸騰させるための挑発ではない。

スクルドの言葉と同時、ごごんっ‼　とマンハッタン全体が再び揺さぶられたのだ。たまらず近くの街灯に掴《つか》みかかるヘイヴィアの耳に、兵器としてのオブジェクトと連動したそこらじゅうのスピーカーから低く歪《ゆが》んだ怨嗟《えんさ》の声が重なり合って響き渡る。

『ころすころすころす……』

「おほほっ、この馬鹿野郎‼」

『吹っとば、コワす、ぶっころしてさし上げますわあッッッ‼‼‼』

地面が持ち上がった。

いいや、マンハッタンそのものを傾け、ヘイヴィア達の主観からすれば一面を急勾配《きゅうこうばい》の上り坂に作り替えたのだ。たった数百メートル先は海のはずだが、最短の脱出ルートが踏破不能な絶壁へと変貌《へんぼう》していく。まるで落石か何かのように、金属製のゴミ箱や伐採された丸太、果てはちょっとした乗用車まで転がってくる。

ＡＩネットワークの手も借りず。これだけ巨大なシステムを、全て手打ちで。

「くっ……‼」

街灯にしがみついて耐えるヘイヴィアに対し、大量の落下物の中で踊り狂うスクルドもまた、無理にこの急勾配《きゅうこうばい》を上って海を目指すのはやめたらしい。ただし彼女の挙措には、アドリブを楽しむ心が見て取れる。

「オラあなたのラブはそんなものか⁉　センパイの仇《かたき》はすぐそこでのうのうとせいぎのヒーローポジをキープしているぞお‼」

『……ツッツ‼⁉⁇』

ツッツドン‼‼‼　と。

いやまさか、いくら何でもそこまでは。
そんなヘイヴィアの中にあった常識が、空白で塗《ぬ》り潰《つぶ》されていく。
撃った。
世界最大級のオブジェクト、マンハッタンという暴れ馬の手綱を握ったのか、握りきれていないのか。とにかくおほほが、一時滞在込みで一千万人がひしめく人口密集地であってもお構いなしに。自らの巨体を抉《えぐ》り取《と》っても問題ないと言わんばかりに、核にも耐える並のオブジェクトなら一瞬で蒸発させかねないほどの何かを、撃ったのだ。

「うおァァあああああああああああああああああああ⁉」

実際に落ちたのはレールガンやコイルガンなど、巨大な金属砲弾か。

もはや隕石《いんせき》に近かった。作られた景色、上《うわ》っ面《つら》のコロンビア統合大学のキャンパスガーデンが、めくれ上がる。ヘイヴィアの体が宙に浮かび、燃え上がる芝生の上へと叩《たた》きつけられる。

呼吸困難に咳《せ》き込《こ》む暇もなかった。一ヶ所でのた打ち回っていたら炎がこちらにまで燃え移る。

「くそっ……首の調子がおかしいぜ。マティーニ軍団でもキャピュレットでも良い。とにかく誰かおほほを止められねえのかっ」

「キャピュレットなら世界の難題一〇問を解いてるよ。人工知能は人間の作業をサポートするのが本分だ。つまり、人間側の作業量に応じて機械のリソース割り振りにむらが生じる。あの呆《あき》れるほど破格なアイドルエリートが本当に一人で『マンハッタン000』を全て操れるのなら、キャピュレットは自らのリソースを割く必要もないと判断してしまうのかもな」

「誰もそんな話はっ……痛ってえ、首がビキッっつった⁉」

「もちろん普通の対応じゃない。キャピュレットは犬より猫に近い。アイドルエリートめ、早くもクセを掴《つか》み始《はじ》めているぞ。がむしゃらに締め出すんじゃない、箱のティッシュから遊び用のボロ布へ上手に興味を逸《そ》らす形で『マンハッタン000』からリソースを引き上げさせたな」

問題なのは、そのおほほ自身も冷静沈着に攻撃設定をしている訳でもない辺りだ。本当の意味で、場の全てを支配しているのは……、

「あはっ、ははは。あはははははは‼」

サンタクロースから新しいオモチャをもらった子供のような、無邪気な笑みがあった。金のツインテールや大きな飾り布を輪のように広げて舞い踊るスクルドの背中が、炎と煙の向こうへと遠ざかる。急勾配《きゅうこうばい》の坂となった景色全体に逆らわず、すぐそこの海をあっさり諦《あきら》め、改めて人口密集地マンハッタン市街へ身を乗り出していく。

「おほほの馬鹿野郎、あいつ友情パワーはどうしちまったんだ⁉」

「さっき『情報同盟』の兵隊はどうでも良いみたいな話をしていたじゃないですか。それより向こうはハーレムです。突っ切ればやっぱり海に行き着くはずですよ。まあ海まで出なくても、そこらじゅうにヘリポートなんかがあるかもしれませんけど」

「この大学にゃあいつの親父《おやじ》も避難してんだろ。その辺どう思ってんだ、Gカップの頭ん中で整合性取れてんだろうなッ⁉」

本来なら北にあたる方にも細く長く陸地が伸びているはずだが、スクルドはそちらには行かなかった。やはり水辺を求めているのか。

その時だった。

頭上で何か巨大なものが影を作る。慌ててヘイヴィアが急勾配《きゅうこうばい》の芝生の坂を滑るように距離を取ると、金属製の柱を押《お》し潰《つぶ》すようにして、冷蔵庫よりも大きな塊が地面に墜落してきた。

それは一辺三メートルの透明なサイコロだった。

中にはミスコンの女王らしき誰かが詰め込まれたまま、見た目の時間が停止している。

「おいっ……」

「樹脂か何か、ですかね？」

絶句するヘイヴィアやミョンリの目の前で、ボコボコボコ!!　と燃え広がる芝生が真下から不自然に盛り上がった。やはり、これもマンハッタンの機能なのか。鎌首《かまくび》をもたげる大蛇のようにに飛び出してきたのは、同じく透明なツタか何か。それがすぐさまあちこちの建物へ絡《から》み付《つ》き、正体不明の立方体までも取り込んで、その場でピタリと固定してしまう。

膨圧だの何だの、植物の構造を真似《まね》て可動部を作っている、とメリーは言っていたか。だとすれば透明なツタは木で、人間を詰めたサイコロは果実なのかもしれない。

通常のオブジェクトであっても、民間人に付き合えるものではない。

まして二万メートル以上もの巨体とあっては、プロの戦闘機のパイロットであっても慣性の力を抑え込むのは不可能だろう。ではマンハッタンは無用の長物か。いいや違う。これが『戦闘挙動の問題』に対する答えだったのだ。

閉じ込め、封印し、仮死状態に持ち込む事で、健康被害に対処する。超高層ビルの群れにしても、本気の戦闘挙動で振り回せば横揺れに耐えられないだろう。だからこそ倒壊しないよう、外から得体のしれないツタを絡《から》み付《つ》かせて、必要なだけ強度を補強していく。

おほほは一千万人が行き交う街の景色全体へこれを施すつもりだ。

知らないとは言わせない。ミョンリやレイスの意見を繋《つな》ぎ合《あ》わせれば、おほほはこれだけ巨大なマンハッタンの全てを一〇本指の手打ちでコントロールしている可能性が見えてくる。

「冗談じゃねえっ、どこまで独善を極めてやがるんだ!!」

『情報同盟』の市民なら硬化保護でも良いかもしれないが、敵国である『正統王国』の兵隊が捕まったら次に目を覚ますのは営倉か強制労働所という線もありえる。実質的に、あの立方体で常温コールドスリープの標本にされたら、そこで人生おしまいだ。危機感が違うへイヴィアやミョンリは、レイスの面倒を見る余裕もなく再び走り出す。

いくら暴れても人を死なせる恐れはない。

タガの外れたおほほに追われながらも、こちらもこちらで逃げるスクルドを追い駆けるしかないのだ。ヤツは知能指数の高いシリアルキラー、自分自身にとっても最大の脅威であるはずのマンハッタンやおほほを、逆に掌《てのひら》の上で転がす術を構築しつつある。

ガラガラガラガラ!! と線路の上を重たい貨物列車が通るような音があった。

「やべっ、線路に注意! 重砲をしこたま積んだ戦闘列車を確認、ブルマイトだの何だのとは違うみてえだな。ビルの裏に回れ!!」

「そっちもダメですよ、鉄塔の上、無数のパラボラに紛れて首振り式のロケット砲を確認です! 二〇連のボックスが最低でも二つ!! 自律した無人機には見えませんし、あれ多分マンハッタンと直結じゃないですか。とにかく首振りの可動域に重なります!!」

この街に安全地帯はないのか。

もはや辟易《へきえき》としながら、ヘイヴィア達は必死に足の置き場を考えていく。

「ハーレムってあれだよな⁉」

「夜間や裏通りはオススメできない場所だったはずです。元々の地域性の他に、今はヒスパニック、アジアン、イタリアン、ロシアンなどの組織が流入したおかげでローカルルールが混在しているとかで、一見《いちげん》さんの観光客にはどこにタブーの地雷が埋まっているか読み切れないんですって」

とはいえ、あくまでも『安全国』の中での危険地帯だ。世界各地の『戦争国』を回ってスラムの空気を胸いっぱいに吸い込んできたスクルドからすれば、自分の庭の感覚かもしれない。

実際にビルの裏へ踏み込んでみれば、予想していたような麻薬の売人や護身用の域を越えた銃器を平然とぶら下げる連中は待っていなかった。

すでにそこらじゅうから透明なツタがあちこちのビルへ巻きついて外から強度を補強し、様々な人種や職業の人間を立方体の中へ閉じ込めている。

舌打ちするヘイヴィアはマンホールの小さな穴から胃カメラのように伸びてくる特殊なカメラに注意して大通りを迂回《うかい》しつつ、そこで景色の奥で軽く舞うツインテールの金髪を見つけた。

スクルド＝サイレントサードだ。

「ッ‼」

もはや警告もない。ほとんど機械的に銃口を向けたヘイヴィアに対し、その辺のショーウィンドウやサイドミラーから背後の様子を把握したのか、小さな両手を口元に当ててメガホンの形を作ったスクルドが目一杯叫ぶ。

「うってみろ!! そこのれいけつかんを。クウェンサーがいなくなってもへいぜんといつもどおりにしごとをしている男を見て何ともおもわないのかあ!!」

『あああッ!! ううぅぇァあああああァァあああっっっ!?』

ぐんっ!! と、再びヘイヴィア達の体が真横に引っ張られ、地球の重力を忘れた。ついさっきまでジャズプレイヤーを描いたウォールアート満載の『壁』だったはずなのに、何とかして足から着地した時には『地面』へ変貌《へんぼう》している。

もはやいちいち驚いている暇もない。

このまま壁を走ってスクルドを追う。途中で何発か拳銃を撃つが、そのたびにマンハッタン全体が右に左に揺さぶられ、照準を維持できない。立ち位置に気をつけなければ、何もない大通りを何十メートル何百メートルと『墜落』しかねない状況だ。

「うえぇッ、もう一分以上壁の上に立ってますけど! 一時的なものじゃないんですかこれ!?」

「やり方次第だが、同じ場所を延々ぐるぐる回り続けりゃ何年でもこのまんまだろ。宇宙に飛び出しても地球とおんなじ1G環境で生活できるぞ、このオブジェクト」

とはいえ、極限の混乱下にいるおほほは支離滅裂だ。一つの事にこだわる余裕すらない彼女に振り回されるのは、四方八方から暴風が吹き荒れる嵐の中へ放り込まれるのに近い。自らを支えきれない電気自動車が真横に吹っ飛び、大空からコンテナ状のゴミ回収容器が降ってくる。こんな環境では車やバイクを使うのはかえって危険だ。断続的な砲撃のたびに射線上にある高層ビルが容赦なくへし折られ、雪崩《なだ》れ込《こ》むように道路を埋め尽くす瓦礫《がれき》の山が行く手を阻《はば》む。景色全体がうねるように変化を続け、こう走り抜けようと思った追撃コースはものの数秒おきに崩れて次を考えるしかなくなる。スクルドを追い駆けているのか、自分が生き残るためなのか、途中からはもう区別もつかなくなっていた。

気がつけば、という言葉がぴったりだった。

がむしゃらに走り続けている内にハーレムを突き抜けて、ヘイヴィア達は海辺へ出ていた。元々はハーレムリバーに面していたのだろう。波止場に係留されたままゴツゴツにぶつかるヨットやクルーザーの群れの上を妖精のような殺人鬼がひょいひょい飛んで渡り、一隻でマイホームが買えそうな高速モーターボートへと乗り移っていくのが見て取れた。

「スクルド＝サイレントサード‼」

「おっと」

気軽なものだった。

鍵穴の辺りをカカトで破壊したツインテールの悪魔はこちらを振り返り、そこで配線を繋《つな》げるのを諦《あきら》め、パチンと指を鳴らす。

「どうせ『情報同盟』のどまん中までやってきたんだし、ローゼンカバリアのパワフルなエンジンをたのしみたかったのに……仕方ないわね。ま、わたし自身、この死をちょっとあじみしてみたかったっていうのもあるんだけど」

「もう終われ。ここで断ち切る。世界にゃ様々な問題があっても、テメェが入り込む余地なんかどこにもねえんだ。亡霊は亡霊らしく墓の下にでも帰りやがれ!!」

「何でも良いけどおちてくるわよ、はめつが」

スクルドがガラス細工のように儚《はかな》げな腰に片手を当て、もう片方の手で真上を指差した直後だった。


マンハッタンから砲撃が来た。


景色の全てが吹き飛ばされた。

波止場の光景も、敷き詰めるように係留されていたヨットやクルーザーも。着弾までに、その射線上で一体いくつの高層ビルを薙《な》ぎ倒《たお》していったのかも追い切れない。

ヘイヴィア自身、重力を忘れていた。

何十メートル、いいや一〇〇メートル以上宙を舞っていたかもしれない。

気がつけば、目の前いっぱいに海面が広がっていた。

体感的にはコンクリートに直撃するようなものだった。事前に何を考え、どう動こうとしていたかなどお構いなし。接触の衝撃だけで、ヘイヴィア＝ウィンチェルの意識は迅速に刈り取られていった。

3

次にヘイヴィア＝ウィンチェルが目を覚ました時、彼は最初、前後の記憶を順序立てて結び付ける事ができなくなっていた。

スクルドは、おほほは、ミョンリはレンディはとにかく全部どうなった。

しかし実際、真っ先に視界へ飛び込んできたのは別の顔だった。

目を覚ますと自分はどこか鋼鉄の箱のような部屋で寝かされていて、自分を見捨てた『正統王国』の高級軍人がこちらの顔を見下ろしている事だけが把握できたのだ。

フローレイティア＝カピストラーノ。

「ッ!!」

（ぶちっ殺す人を見捨てやがった裏切り者がァ!!）

命令系統も階級社会もなかった。とにかく跳ね上がるように飛び起きたヘイヴィアがほとんど反射的に両腕を交差し、その襟を摑《つか》んで頸動脈《けいどうみゃく》を絞めようとしたところで、逆に手首を握り込まれて容赦なく医療用ベッドから一段低い床の上へと投げ飛ばされた。

「うっぷ、うえぇ……。ちくしょう、この爆乳は相変わらずのドSのカタマリだぜ。どうやら都合の良い夢の話じゃなさそうだ……」

「目を覚ましたのなら結構。戦線に復帰しろ、とにかくこちらは人員が足りないの」

「……これまで何があったか、事情聴取とかは良いんですか？」

「お前が寝ていた間にも現実の時間は進んでいる。すでにミョンリからあらましは聞いているし、『情報同盟』の連中から裏付けも取った。メリー＝マティーニ＝エクストラドライにレンディ＝ファロリート、レイス＝マティーニ＝ベルモットスプレー。その辺りからね」

クウェンサーを撃った女の名前を外から耳にして、ヘイヴィアは自分の心臓へゆっくりと釘《くぎ》を刺されるような感覚に身を包む。だがそれで我を失うのでは、マンハッタンで暴れ回るおほほと同じだ。

フローレイティアは『正統王国』と『情報同盟』には言及した。だがそれでは足りない。

「……だとすると、『信心組織』のスクルド＝サイレントサードは手つかずですか？」

「その辺も問題だが、できるところから片付けよう。まずはマンハッタンよ」

言いながら、銀髪爆乳はちょいちょいと人差し指を手前に引いた。ついてこいというサインらしい。どうやら本当に再度このまま戦争送り、怪我人《けがにん》に対する配慮は特になさそうだ。亡霊に片足突っ込んだようなヘイヴィアを案内するよう、医務室の出口の方へ振り返りながら、フローレイティアは背中でこう語った。

「言いたい事は色々あるが……とりあえず、良く生きて帰ってきたな。そこだけは褒めてやる」

「……できなかったヤツらの方が多い」

「ああ。クウェンサーの件は残念だった」

通路に出てみると、ここが何かしらの軍艦の中だというのが分かる。まさかと思うが、あのマンハッタンへ肉薄して海に浮かぶヘイヴィア達を拾い上げたというのだろうか。どうにも現実的に思えなかった。率直に言えば自殺行為でしかない。

「第四次の威力偵察に重なったのは幸いだったな。お姫様がマンハッタンと小競《こぜ》り合《あ》いをしている最中《さいちゅう》、戦線が多少移動した。で、フリーになった海域で我々がお前達を拾った訳だ。まあ、見返りとして『ベイビーマグナム』がこんがり片面焼きになったがね」

「……、」

「率直に言って、外からの力押しでアレを撃破するのは不可能だと判断するしかない。多少無茶をしても、内部の情報を握る者を回収しておきたかった」

……そういう建前をゴリ押しして上を納得させたのだろう。

ヘイヴィア達は、ただ単純に書類仕事で見捨てられていた訳ではなかった。現実として、彼らは生きて拾われている。回収作業のためにはマンハッタンを遠ざけなければならない。あの化け物をほんの一メートル下がらせるのに、『ベイビーマグナム』がどれだけ綱渡りを行う羽目になったか。それをどれほど繰り返してきたか。何の勝算もない最前線に躍り出たお姫様も『安全国』の高官相手に戦ったフローレイティアも、それぞれ魂を擦《す》り減《へ》らしてくれたのだ。全力を尽くしてくれた。

ただ、それがあともう少しだけ早かったのなら……。

「問題の核がマティーニシリーズから『情報同盟』のアイドルエリートへ移った。この認識で構わないか？」

「ええ……」

艦内の会議室に到着すると、多くの視線がヘイヴィアに集中した。『正統王国』兵の他に、レンディ、メリー、そしてレイスと側近の青年など、『情報同盟』の人間が隅の方で固まっていた。立場が変わればこんなものか。今度は向こうが針のむしろの状態だが、これまでの仕打ちを考えれば、ヘイヴィアも流石《さすが》にそこまでケアするつもりもなかった。拾ってもらえただけでも感謝するべきだ。

いいや、浮いているのはヘイヴィアも同じか。

確かに『正統王国』兵の頭数は揃《そろ》えているが、ほとんどが寄せ集めの新顔だ。今回は、被害が大き過ぎた。元々いたはずのヘイヴィアやミョンリの方が浮いて見える。

「よおリリム＝ガゼット一七歳。テメェも何とか生き残ったクチかよ」

「……私気づいた。毎日をハッピーに楽しむコツは、きっと悪目立ちしないで群衆の中に溶け込んでしまう事なのよ。あんなトコでぐいぐい前へ出てたアンタ達が信じらんない……」

　どうやら暗い瞳の少女はまた一つトラウマを抱えてしまったようだ。パイプ椅子の上なのに体育座りして小さくまとまってしまっている。

　ヘイヴィアと分かれて壇上に立つフローレイティアが、プロジェクターを操作しながらこう口を開いた。

「すでに周知の通りだったマンハッタンの問題だが、状況が変化した。こちらにいるのはメリー＝マティーニ＝エクストラドライ。ニューヨーク警備担当のマティーニシリーズであり、信じがたいが、同時に本来のオブジェクトの操縦士エリートでもある。彼女がこうして持ち場を離れていてもマンハッタンが動き続けているところからも分かる通り、現在、マンハッタンは彼女の手を離れて暴走していると判断できる」

　全員の視線を受けると、何故《なぜ》だか真紅の紙でできたツーピースの施術衣を纏《まと》う少女は小刻みに振動を始めていた。これまでのジャガイモと違って、新参者ばかりなので緊張の値が初期化されてしまったのかもしれない。

「うぐっ⁉」

　と、何やら調子に乗っていたメリーの背筋が突如、電流でも浴びたように仰《の》け反《ぞ》った。

「あ、がが……やっぱり『マンハッタン000』とれんけつしてないと、せぼねが、きついの」

　しばらく勝手に何かから耐えていた。

その声色もまた、浮き輪のスピーカーに支えられたものではない。どうやらあの浮き輪はキャピュレットと直結しているのではなく、『マンハッタン000』の無線アクセサリーという位置づけらしい。自力でセーフモードまで漕《こ》ぎつけても、せいぜい浮き輪そのものをのろのろと移動させるくらいが関の山なのか。

何かを抑え込むように深呼吸をすると、メリーは改めて真面目なモードに切り替わる。彼女は巨大な浮き輪の上で胎児のように四肢を折り畳み、薄型のゲーム機を胸の辺りで抱えながら、

「わざわざ言うまでもないけど、わたしの手でマンハッタンをとりもどせればくろうはしないもん。完全にアイドルエリートにもっていかれたの。831。なーのっ、いやはや申しわけないの」

改めて壁一面に映し出されたマンハッタンは、現地を走り回っていたヘイヴィアやミョンリの良く知る街並みから大きく逸脱していた。元々顔を出していたセントラルパークの電磁《でんじ》投擲《とうてき》動力《どうりよく》炉《ろ》砲《ほう》だけではない。左右両側に大きく伸びた砲列は巨大な翼のようで、それ以外にも街のあちこちに並のオブジェクトの主砲に匹敵するサイズの砲が無造作に並べられている。他にもレーダーやカメラレンズなどがあちこちから生えている。

都市というより、兵器としての顔が表に出てきた。

そんな印象だった。

「私達マティーニシリーズは、キャピュレットと意見を潰《つぶ》し合《あ》うようにしてエラーを取り除き、

最適な行動を取らせる」

レイスはそんな風に呟《つぶや》いていた。

「だから互いの消耗を最小に抑えるのが最適とされてきた。全から欠けていくから、一〇〇％のスペックは引き出せない。……だがあの無垢《むく》にして脅威たるアイドルエリートは違う。ヤツはもうキャピュレットとの対話を必要としていない。全て、手打ち。それで想定された一〇〇％以上のパフォーマンスを軽々と叩《たた》き出《だ》す。子供達が料理教室で調理器具相手に格闘している中、優しい母親が我が子の手からそっと包丁を取り上げてしまうようにな」

「マニュアルインターフェイス。……じんこうちのうはきほんてきに人のタスクをサポートするのが本分。だからけっきょく、そくどにちがいはあってもじんこうちのうにできるタスクは人にだってこなせるはずなのっ。２９９。『ガトリング０３３』と『マンハッタン０００』はべつものでも、キャピュレットにできるなら、ちょっけいジュリエットのめんどうを見てきたアイドルエリートにもできる。いえ、さらに上のラインを見つけることさえ。ただ、それにしたって、まさか本当にあれだけ巨大なシステムをキーボードであやつるだなんて……」

「淡々とした暴君たるキャピュレットと意見を潰《つぶ》し合《あ》っても、互いの足を引っ張るだけで完全にはイニシアチブを取れない。猫が何度叱られてもイタズラを繰り返すようにな。その点、アイドルエリートも考えたものだ。人工知能は人間の作業をサポートするのが本分。人間一人の手で『マンハッタン０００』を操る事でキャピュレットの居場所をなくしつつ、もっと興味のあるものを的確に示す事で食い下がらせず自発的によそへリソースを逸《そ》らす」

「先生のようにやさしくとり上げ、こあくまのようにさそい出す、なの。992」

「当然、『キャピュレットがいない方が早くやれる』という規格外の条件が前提だが。やれやれ。人間をダメにするAIならともかく、AIをダメにする人間なんてのがいるんだな……」

「ともあれ、だ」

フローレイティアが主導権を取り返すように区切りを設けて、

「現在、マンハッタンを操縦しているのは『情報同盟』の第二世代、『ラッシュ』を担当していたエリートだ。本来、オブジェクトと操縦士エリートの関係は一対一で他の機体を動かせる訳ではないのだが、どうもソフトウェアの開発上で直列の系譜にあったようだな。つまり、親と子の関係だ。設計段階でかなりの類似性があったため、ジュリエット—キャピュレット間で通じる操縦体系を利用してそのままマンハッタンのコントロールにまで結びついたらしい」

「結局、おほほの野郎が操ってんのはどっちなんだ？　キャピュレットか、マンハッタンか」

「両方と見るべきだな、意地汚く生き残る事にかけては真摯《しんし》な雑兵《ぞうひょう》よ。まずキャピュレットの矛先を逸《そ》らし、自力で兵器としての『マンハッタン000』のコントロールに着手している。自室でじゃれてくる子猫をいなしつつパソコンで書類仕事をするようなものだ」

レイスの言葉にヘイヴィアは己の顔を全部くしゃっと潰《つぶ》した。規模が凄《すさ》まじすぎて想像すら追い着かない。

「……可愛《かわい》いキャピュレットにできる事は、もっと上手にGカップ若奥様のおほほがこなす。言うのは構わねえがよ。これ、もうマンハッタン一つで収まる問題なのか。そこらじゅうの大都市が人型ロボットに変形して攻め込んできたりしねえだろうな」

ヘイヴィアからの質問に、フローレイティアは横目で『情報同盟』の連中を見やった。小さく息を吐いたのはレイスだ。

「あくまで肌感覚の問題だが、おそらく『マンハッタン000』の問題、という形で片付けてしまって構わない」

「おい、根拠はないの？」

フローレイティアの声が思わず低くなっても、レイスは特に動じなかった。

「例のアイドルエリートはキャピュレットに新たな興味の材料を投げ込んで自在に矛先を逸《そ》らせるが、基本的には邪魔物として扱っているようだ。『マンハッタン000』のコントロールへ集中するために、キャピュレットの手綱を握っておく。この構造なら、AIネットワークをけしかけて地球の裏側で大暴走を引き起こす手は使わないだろう。歯車が噛《か》み合《あ》わん」

「そもそも、AIメインでうごくオブジェクトもさほど多くないし。さいせんたんの『情報同盟』だって、何だかんだでオブジェクトのしゅりゅうはまだまだ人の手なのっ。多分平気、大丈夫」

メリーの言葉は的確かもしれないが、どこか重みを感じられない。自分自身でも推測に命を

預けなくてはならない惨状に呆《あき》れているのだろう、黒い軍服の少女もまた肩をすくめて、

「元々ヤツは『ガトリング０３３』の操縦士エリートとして、キャピュレットと直系に位置するジュリエットの面倒を見ていた。……実体のあやふやなＡＩネットワーク全体よりも、一兵器という強固にしてこれ以上ないほど分かりやすいハードウェアを意識した方が、システム構成をイメージしやすいのかもしれん」

レイスの言葉に、銀髪爆乳の指揮官は片目を瞑《つぶ》った。

「つまり」

「外野は気にするな。『マンハッタン０００』の問題にだけ集中しろ」

兵器としてのマンハッタンの映像の上に、Ｇカップのアイドルエリートの顔写真やその他《た》諸々《もろもろ》が追加で表示される。個人情報含めほとんどの欄が空白なのは、『正統王国』の諜報部門《ちょうほうぶもん》でも追い切れないからだろう。それだけ『情報同盟』の中で虎の子となっているのだ。当然ながら、極めて高い実力があってこその厚待遇である。

「こいつの目的は不明」

フローレイティアは指揮棒を使ってグラマラスなアイドルの顔写真を差しながら告げた。

「全く不可解な事に、暴走の起点には我が整備大隊に属していた戦地派遣留学生クウェンサー＝バーボタージュの死があるらしいがな。敵国の中でどう処理されてきたのかは流石《さすが》に憶測の域を出ない。とにかく問題なのは、現実にこのアイドルエリートが軍の命令系統を逸脱し、個

人で『世界を破滅させる力』に指を掛けている状態である事だ」

中米海域にあるマンハッタンを中心に、電磁投擲動力炉砲《でんじとうてきどうりょくろほう》を基準にした攻撃半径が示される。北米大陸東側の『情報同盟』の『本国』はもちろん、西側の『資本企業』の『本国』、さらに南に下った南米にある『正統王国』の主要な港なども含まれる。どこを攻撃しても『クリーンな戦争』を飛び越えた泥沼の戦争へ陥るのは間違いなしだ。

「……しかし現実として、それで『何を』したいのかが見えない。単純にクウェンサー殺害の実行犯へ復讐《ふくしゅう》する事か、もっと範囲を広げて四大勢力のお偉方まで攻撃する事か、あるいはクローン、ロボット、ＡＩプログラム化などですでに失われたクウェンサー＝バーボタージュを復活させろ等の無茶な要求を突き付けるためか。分かっているのは、それらが実現するかどうかはさておいて、そういう名目で好きなだけ破壊行為に走る事はできる、という点だけだな」

「どこまで……やると予測してんすか？」

「ソースが足りない中で最悪なんてぐじぐじ考えてどうする。太陽系の外まで逃げても爆発に巻き込まれるような予測の話をして何か利益が出るの？」

まるで狂人を相手取るような言い分に、流石《さすが》に我慢できなかったのか。フローレイティアとはまた趣の異なる銀髪褐色の指揮官、レンディ＝ファロリートが音もなく手を挙げていた。

発言の許可をもらってから、『情報同盟』の将校は口を開く。

「事実として、今の状況が極めて高い脅威であるのは認めます。あの子のマニュアルインターフェイスがあれば、キャピュレットをいなしつつ『マンハッタン000』を手打ちで操る事もできるかもしれません」

不利な点を無理して避けても、不審にしか繋《つな》がらない。

敵を引き込んで有利な流れを作るためには、まず取り出す情報に気を配らなければならない、とレンディは判断する。

「しかし一方で、あの子は『ガトリング033』担当のエリートであり、『マンハッタン000』のシステムに触れるのは初めてのはずです。つまり、慣れていない。似ているとは言っても完全に同じ操縦体系ではありませんから、二つの機体の間にある齟齬《そご》を埋めなくてはコントロールできません。ジュリエットと直系に位置するキャピュレットによる機体コントロールを意識しつつ、実際には手打ちで操る訳ですから、ほとんどまっさらなオブジェクトへ乗り込むのと変わりません。今は、その試運転、慣らし運転の段階にあると言っても良いはずです」

その言葉に呻《うめ》いたのは、ヘイヴィアではなくオブジェクトの整備兵達だった。お姫様の操縦する『ベイビーマグナム』の惨状を知っているからだろう。こちらにとっては一瞬一瞬が命懸けの、奇跡の連続のようだった実戦であっても、向こうにとっては片手であしらうようなお勉強の時間に過ぎなかった。

ヘイヴィアは舌打ちして、

「……つまり『慣らし』が終わった瞬間、本当の本当にこの世界はマンハッタンの猛威にさらされるって訳か？」

「それが何日なのか、何十分なのかは不明ですが。ただ、彼女は世界の転覆を狙う危険分子でもなければ、終末論を支持するカルト信者でもありません。ここだけは絶対に」

　ことここにきても、レンディはまだアイドルエリートを庇《かば》うつもりのようだった。

「おそらく犯行は衝動的なものだと推測されますが、彼女自身、具体的行動目標は定めていないでしょう。あれはむしろ『信心組織』が放った殺人鬼、スクルド＝サイレントサードの手によって外から背中を押されたとみなすべきです」

「それで？」

　フローレイティアはあくまでも冷淡だ。利用できるものなら利用するし、できなければ切り捨てる。よって、感情的に同意する事も頭ごなしに否定する事もない。

「先も言った通り、極めて高い危険性があるのは認めます。その上で、彼女の復讐心《ふくしゅうしん》は一定レベルの水準で保つべきです。時にはこちらから意図して注力してでも」

「おっおい、ヤツはいつでも世界を破滅させる引き金に触れているんだぜ！　あいつの暴走を皮切りに四大勢力の大戦争が起こるかもしれねえって話はどこ行った⁉」

「だからこそ、です」

　レンディは一言一言を区切るように強調した。

「今は衝動的な復讐心《ふくしゅうしん》で頭が煮えている状態ですが、冷静になれば自分がとんでもない事をしでかした事実を思い出すはずです。破壊の力を手に入れたところで、冷たい現実をどうこうできる訳でもないという行き詰まった状況についても。人間は、躁《そう》と鬱《うつ》が入れ替わる瞬間が一番危うい。ふとしたタイミングで暴発が起きるのを防ぐためには、彼女の心のレベルを一定に保たないとまずいのではないか。そういう話をしているのです」

4

ほげーっとしていた。

『情報同盟』のアイドルエリート、おほほが佇《たたず》んでいるのは得体のしれない機械に包まれたコックピットではない。ニューヨークマンハッタン、ミッドタウン地区。観光サイトにはまずここを載せる、タイムズスクエアのど真ん中であった。

時間が停止していた。

これもマンハッタンの機能なのだろう。辺りを行き交う多くの人々は驚きの顔を浮かべたまま、一辺三メートル程度の透明な立方体の中に閉じ込められている。こんな時でもスマホを手放せず、レンズを向けたまんま固まっているのは『情報同盟』のサガなのか。

一面の景色も大きく変わっていた。天を貫くような高層ビルの外側には巨大で透き通ったツタがぎっちりと絡《から》み付《つ》き、世界最大級のオブジェクトでぶん回しても倒壊しないよう徹底的に外部補強されている。それは鉄骨よりも硬く、筋肉よりもしなやかに、外から加わる力を的確に逃がすよう設計されているはずだ。

天国なのか、地獄なのか。

いずれにしても誰も見た事のない異世界で、縦ロールの少女は力の抜けた声で呟《つぶや》いていた。


「やっちまった……ですわ」


ずーん、と滅法苦く重たいこの感覚は、ネット上で囁《ささや》かれる賢者タイムに近いだろうか。

当然ながら返事はない。ベビーカーを庇《かば》う母親が詰め込まれた巨大なサイコロの冷たい表面をぺたぺたと触りながら、おほほは今の状況に思いを馳《は》せる。

憎い。

どうしようもなく、世界が憎い。

……だが具体的にここから何をどうしよう？　いくら暴れたところでクウェンサーが帰ってくる訳ではないのは自明の理だ。これだけえげつない『情報同盟』で3Ｄモデリングを駆使してＧカップのトップアイドルをやっているおほほからすれば、ＡＩ、ロボット、クローン、バーチャル、その他諸々《たもろもろ》で個人を完全再現する術《すべ》もありそうだが、それもまたクウェンサー『そのもの』ではない。ついさっき自分で操作していた、リアルな四メートルのＧカップアイドルを思い出す。やはり歪《いびつ》だ。クウェンサーともう一度会いたい。さぞかし感動的で御大層なお題目だが、ようは最先端のテクノロジーをふんだんに使った超高級な抱き枕を作ってほしいと大人達におねだりするようなもので、何かが違う。

というか、

(な、何で私がぼうそうしたのかについても、今ごろおとなたちの手でメッチャクチャにあばかれているさいちゅうなんでしょうね……。うっうおおはずかしい!! つまびらかにされてるっ、かいぎしつのスクリーンにおおうつしにされていますかひょっとしてぇ!?)

単純に思春期の乙女としての個人的感情はもちろん、副業アイドルとして別の意味でもキケンだったりする事態だ。

顔一面にカッカと熱を持つおほほだが、何にしても時間が巻き戻らない。この辺りは『情報同盟』らしい管理体制で、是非とも国家機密として封印していただきたいものだ。

「……はあ」

ここにいても仕方がない。どこへ行っても状況は変わらない。

誰一人会話のなくなった無音の街で、小さくおほほのお腹《なか》が鳴った。こんな時でも平常運転で食欲があるのはまだしもまともな方なのか。意外とストレスに強いおほほはあちこち見回したが、誰も彼も樹脂の中へ閉じ込められたこの状態ではハンバーガー一つ調達するのも困難だろう。どこかにパンの販売機でもないか、探し歩くしかなさそうだ。それもスマホやカードの

電子マネーが使える機種を。第一線の操縦士エリートにしてトップアイドルのおほほは、残念な事にいちいち小銭を持ち歩くような人種でもない。今はもうチップも電子の時代だ。

と、そんな折だった。

にゅるりとした動きで透明なツタがしなった。少女の鼻先に突き付けられた己の腕より太いツタの先で、水晶のように奇麗な花が開く。そこから粘つく蜜のようなものが滴《したた》ってきた。

『マンハッタン０００』は全ておほほが無数のキーボードと向き合って操っているはずだが、ちょっと気を抜くと隙間から潜り込むようにキャピュレットがしゃしゃり出てくる。

人工知能は、人間の作業をサポートするのが本分。おほほが立ち止まると、よそへ行っていたキャピュレットは再びリソースを割いてくる。

でろりとした半透明の液体を見て、おほほは大変難しい顔になった。

「……まさか、これをたべろとでも？」

声に出しても特に返事はなかった。

一体何がどれだけ連結しているかも知らないが、こちらの疑問が膨らむほどＡＩネットワークとやらの存在感も増していくばかりだ。自販機の前でちょっと立ち止まって休憩しただけなのにユーザーが迷子になったと勘違いし、予測ルートや操作ヒントを次々ポップアップさせるＧＰＳナビアプリのように。

おっかなびっくり特殊スーツの指先ですくって、おほほは口をもにょもにょ動かして逡巡《しゅんじゅん》し、それから両目を瞑《つぶ》って指先を口に含んでみる。意外にも甘く、そして重い。ダイエット食品の、胃を膨らませるドリンクにも似た食感だった。考えが間違っていなかったと悟ってからは早い。太いツタの先を片手で直接摑《つか》むと、公園の水飲み場を利用するようにもう片方の手で頰に掛かる髪を払い、透明な花へ舌を伸ばして謎の健康食品を口に含んでいく。

「んーっ……ぐ。ぐっぐっ」

悪いモノではなさそうだ。

操縦士エリートとして彼女の舌は種々様々な薬品の刺激に慣れているので、ある程度は肌感覚で分かる。本当に危ないものなら、舌先で触れただけでそれと知れるのだ。

「ぷはっ。うーん、ずっとのんでるとさすがにあきてきますわね……」

おほほの声に呼応するように、あっちこっちから似たり寄ったりなツタが伸びてきた。ひょっとするとダイエットドリンクのコーヒー味やヨーグルト味のような変化があるのかもしれないが、これらについては掌《てのひら》で小さく叩《たた》いてどかす。路上のティッシュ配りやスマホ用の全画面広告と一緒で、こちらが望んでいないのに視界を塞《ふさ》ぐ格好で次々と鼻先に突き付けられるとちょっと不快になるものだ。

そろそろ追っ払おう。

こちらはあくまでコンソールとの連結が前提だが、非常手段の用意もある。おほほはテンキーにも似た片手で使える無線キーボードを使ってキャピュレットに世界の難題一〇問を突き付け、リソースをよそへ差し向ける。

（ふう……）

どんな形であれ食事という生理的な欲求が満たされると、やはり思考は現実的な問題に直面する。囁《ささや》き一つない静寂の街で、おほほはタイムズスクエアの路肩に停《と》めてあった作業用バンに戻った。本来、この窓のない後部スペースは一つの座席を取り囲むように大量のキーボードがびっしり配置された構成で、パワードスーツを遠隔操作するための移動式コンソールルームだったのだが、今はもう違う。

世界最大級のオブジェクト、『マンハッタン０００』の全てを掌握する間接コックピットと化している。ニューヨーク担当のメリー＝マティーニ＝エクストラドライや世界中にいる数千人のマティーニシリーズなど関係ない。一〇本指を動かして無数のキーを打ち込むだけで、どこにあるかも分からないキャピュレットの興味をよそへ向け、今ここにある『マンハッタン０００』をこちらで操れる。その狭い空間の価値は、月面の別荘など軽々と超えてしまうはずだ。

しかしおほほは道交法をガン無視して、オブジェクトとは一切関係のない運転席の方へ回っていた。最低の最低限だけコマンドを送るための片手用の無線キーボードを使い、地面へ縫い付けるためのアンカーとして機能していた透明なツタに命令を送って車体の自由を取り戻すと、座席の高さを目一杯落としてアクセルやブレーキのペダルに足が届くようにしてから、改めてハンドルを握り直す。オートマ仕様の電気自動車だと、本物の車に乗っている印象は皆無だった。寂れた遊園地にでもある、ちょっとしたオモチャのカートのようにしか思えない。

その気になれば信号機の色など好き放題変えられるが、誰もいないのだから信号を守る意味もない。これもまた『マンハッタン０００』の機能の一つ、あちこちで乗り捨てられている車や人を詰め込んだ立方体を器用に避けつつ、おほほは何となく車をコロンビア統合大学の方へ差し向けていく。

接してみて分かったが、全体でどれだけのハードウェアを連結して演算能力を確保しているかも見えないキャピュレットは、犬というより猫に近い。壁を引《ひ》っ掻《か》くなと叱っても互いに対立して消耗するだけなので、こちらから壁にガムテープを貼ったり爪研ぎ板を用意するなどで、行動を肯定しつつ不備を補って望む方向へ導いていく方が効率は良い。この辺りは普段慣れ親しんでいるジュリエットとも似通っている。しかし今は、じゃれつくように不規則な干渉を試みるＡＩネットワークと触れ合っても、息が詰まるような孤独感を拭《ぬぐ》えなかった。

（……じょうしきてきに考えれば、マンハッタンにいる１０００万人を私のワガママに付き合わせるわけにはいかない）

二万メートルの怪物と比べればどうという事はない。危なげなくハンドルを回し、会話の一切ないマンハッタンで作業用バンを転がしながらおほほは思案にふける。ブロードウェイを突き進んで目的地へ近づくと、複数の大型車両や無人機のブルマイトなどの残骸がちらほら見えた。先ほど起きた戦闘行為の余波だ。

まだ動くものがあるのか、二、三機のブルマイトがこちらの作業バンへ併走してきた。

護衛として無人機を伴いながらコロンビア統合大学までやってきたおほほは、駐車禁止の看板をやはり無視して大学の真ん前に車を停《と》める。そのまま降りると、サーバー不要で互いに連携を取る複数のブルマイトと共に周辺人工林が薙《な》ぎ倒された二番体育館へ向かった。

目的の人物を捜すのに苦労させられた。

彼女が自分でこうやった。だから具体的な場所は分かっているはずなのに、実際に目にすると印象が違う。

とにかく透明な立方体だらけ。ほとんど魚卵を抱えた巨大魚の腹を開けるようなものだった。これを全部、おほほが個人的感情の暴走で引き起こした。巻き込んで、閉じ込めて、封じ込めた。有象無象、ちょっと吐き気がするほど大量の立方体がひしめく体育館の中で、ようやっとおほほは目的の誰かを見つけ出す。

「……おとうさま……」

ひげ面《づら》の、顔色の悪い中年男性だった。

こんな時でも、いいやこんな時だからか。スマホのボイスレコーダー機能を引き出して今起きている非常事態を吹き込もうとしたところで、彼の時間は止まっていた。不用心にも、数分感覚で勝手に画面が閉じるよう設定していないらしい。半透明のウィンドウの奥で、家族揃《そろ》って笑い合う背景画像がそのまま表示されていた。

第一線の操縦士エリートでも、国際的なトップアイドルでもない、全く別の顔を守ろうとしてくれた誰か。

クウェンサー＝バーボタージュはもういない。

だけど、それだけで、他の全てを炎の中へ投げ込んで良い訳ではない。

冷たい立方体の壁へ掌《てのひら》で触れ、ぐっと両目を瞑《つぶ》って、おほほは考えを巡らせる。すでに取り返しのつかないミスは犯した。その上で、今自分が本当にすべき事は何か。

復讐《ふくしゅう》を成し遂げようと思えば、それはできる。

直接の実行犯はもちろん、裏で糸を引いて少しでも利益を得ようとした人間のリストを要求し、その全員を片っ端から消し炭に変える事だって、今の自分なら手が届く。いいや、何だったら安穏と平和を楽しむ世界中の『安全国』にまで戦争や軍事行動の責任を波及させても。

でも、だけど。

それが本当に、『自分のなすべき事』なのか。

「……とうこうしましょう……」

やがて。

絞り出すようにして、おほほはその小さな口から言葉を紡《つむ》いでいた。

「少しでも早く、マンハッタンをとりまくもんだいに片をつけるために。おもわずやっちまいましたが、けっかとしてコワれたぎわくのあったマティーニかんけいからマンハッタンを切りはなすのに成功したのはじじつ。これを『情報同盟』にへんかんすれば、元々あったもんだいもクリアできるはずですわ」

その決断は、正しかったのかもしれない。

すでに決定的に間違った選択肢の先にある世界の中では、最適だったのかもしれない。

だが、周りの全てが正解を引き当てるとは限らない。

赤ん坊の泣き声辺りから周波数を割り出したのか、最も鼓膜に残り人の意識を吸い寄せる警告音が鳴り響いた。立方体の中に閉じ込められた人々のケータイやスマホの画面が一斉に光を放ち、おほほの視界へ緊急情報を投げ込んでくる。

何かが見つかった、のではない。

逆だ。次々と、画面が真っ黒に埋まっていく。『マンハッタン000』の周辺海域を勝手に監視していた無人偵察機が、何者かの手で落とされていくのだ。何か、とてつもない脅威が近づいてくる。明確に相手の顔が見えないからこそ、余計に考えさせられる。

「これは……」

5

その少し前だった。

「うっ、ぶ……」

粘ついた血の味と共に呻《うめ》きを洩《も》らしたのは、リーガス＝ブラックパッション。『資本企業』の大佐にして潜水艦の艦長でもあった中年の男だが、今では中心のミイラ男が本体か周りの医療機器の山が本体か分からないほどの傷を負っている。どうして生きているのかが不思議なくらい、というよりはフローレイティアの手で何度も殺されては強引な蘇生《そせい》を繰り返されたといった方が正しい状況なのだが、とりあえず今、彼はまだ生きている。

そんな彼の下へ、使者がやってきた。

それは六枚の羽根を回して前後左右上下自由自在に移動する、カトンボのようなドローンだった。カメラやマイクを搭載した精密機器の塊が、扇風機よりは小さな音を立てつつ窓辺に張り付いてきたのだ。

機材を通して、誰かが言った。

『お久しぶりです、大佐。マンハッタンを利用した特需誘発の件は失敗しましたね』

「……ルベールか。救出の目途《めど》は？」

『外交ルートから模索していましたが、芳《かんば》しくありません。マンハッタンの問題が大き過ぎるため、全ての窓口が後回しにされている状況でして』

「ではこれは何だ。追加の物資を提供されても、私はこの通り動けない」

『想像以上の有り様ではありますが、であれば仕方がありません』

機械的な声色に、残念そうな感情は一ミリも乗っていなかった。青年の声は続けてこう言い放ったのだ。

『大佐、職務復帰が不可能であるならば、あなたの権限を移譲していただきたい』

「……、」

『あなたが自力でそこを脱出するか、あるいは苛烈な拷問の末死亡していれば、このような提案をする必要もなかったのですが。残念です。あなたが生存し、なおかつ敵国の手によって拘束され続ける事態がボトルネックとなっています。これより行う大規模な作戦行動には、西海岸全ての軍港の作戦司令のサインが必要なのです。大佐、あなた一人の承認作業の遅滞によって作戦行動全体に支障が生じています。カメラ越しではありますが、不肖この私が見届けます。致命的な遅れとなる前に、ご決断を』

一切の躊躇《ちゅうちょ》はなかった。

巨大な歯車が、個人の生命をすり潰《つぶ》す。

ミイラ男は鼻で笑った。

「確認しておきたい。……私の家族はどうなる？」

『我が軍と、ＰＭＣを統括するスポンサー企業が全力で支援する事をお約束いたします。自刃《じじん》というくくりではありますが、同時にこれは高度な軍事的行動となります。よって大佐が加入している、戦没者遺族年金代わりの特別高額生命保険も適用されます』

「なら結構」

『道具は用意いたしました。手が震えて仕損じる事がないよう、念のため、前と同じく二発入りです。それから大佐が好んで愛飲していたハイランドの一二年モノを。シングルモルトです』

ドローンが積んでいたのは、掌《てのひら》に収まる暗殺用の拳銃と目薬のビンよりは少し大きい程度のガラス容器だった。リーガスは飴色《あめいろ》の液体を揺らし、キャップを外し、そして喉に通す。

「これから言う事は記録に残す必要はない。酔っ払いの世迷言《よまいごと》だと思ってくれ」

『はい』

「お前は優等生だ。私のようにはなるなよ、ルベール」

『残念ながらお約束はいたしかねます。すでに大佐は私の憧れでありますので』

ふっ、と。ミイラ男の口元で小さな笑みがあった。

そして乾いた音が響き渡る。

驚いた軍医達がベッドを区切るカーテンを開け放つ前に、窓辺に寄っていたドローンは迅速にその場を離れる。もはや聞く者がいないのでスピーカーから音声を放つ必要はないのだが、それでもどこかにいる誰かはこう洩《も》らしていた。

『……躊躇《ためら》わずのご英断、まさに素晴らしき最期《さいご》でした』

暗い炎がもう一つ。

世界は、どうしようもないものだけを固めて作っているかのようだった。

『権限の移譲を確認。全西海岸の軍港指揮官の承認作業完了。バミューダ海域であらかじめ洋上待機しているオブジェクト全機体へ通達。これよりマンハッタンへ全面攻撃を開始します』

6

その『変化』は、元々この海域にいた『正統王国』の面々にも速やかに伝わった。

軍医から報告を受けたフローレイティアが会議室で手を叩《たた》いて全員の注目を集めた。

「リーガス＝ブラックパッションの自殺を確認。同タイミングで『資本企業』のオブジェクトどもが一斉行動を始めたようね。何かのトリガーだな、くそっ!!」

そこで口を挟んだのは小柄なレイスだ。

「本当の本当に勝てると思っているかどうかは疑問だな。『資本企業』からすれば、中米海域にはあのケイマン諸島がある。抱えた小金のおかげで自分の醜悪ぶりが見えなくなっている向こうのセレブどもが秘密銀行の口座から電子マネーを引き上げさせるまで、何があっても潰《つぶ》されては困るのだろう」

これまで壁一面に映し出されていた海図が大きく書き換えられていく。『ベイビーマグナム』を中心とした『正統王国』整備艦隊と『情報同盟』のマンハッタンの睨《にら》み合《あ》いの構図に、横から『資本企業』の大部隊が介入してくる格好だ。

オペレーターが悲鳴のような声を上げている。

「欺瞞行動《ぎまんこうどう》もあるため正確な数は把握できませんが、概算で二〇から三〇機、見えているのは全部が全部最新鋭の第二世代です!!　にっ、西海岸、『資本企業』の『本国』を直轄警備する海上戦のスペシャリスト達を全て回してきたという事でしょうか!?」

「……なーのっ、どちらにしても同じことなの。７６０」

小さく洩《も》らしたのは、真紅の紙でできたツーピースの施術衣だけ纏《まと》ってお尻を浮き輪にはめた褐色少女、メリー＝マティーニ＝エクストラドライだった。元々の持ち主であるため、マンハッタンのスペックについては誰よりも熟知しているはずだ。

彼女はフローレイティアの冷たい視線を受け止めつつも、セーフモードで騙《だま》し騙《だま》し動かしている浮き輪からはまともな補助がないため背骨が爆発しないようそろそろと気を配りながら、

「あのアイドルエリートは、マティーニシリーズじゃない。キャピュレットにたよりもせずに手打ちだけで１００％以上のスペックがかんたんに引き出されたら、きぞんのオブジェクトが１００きあつまったって止められないの。ふつうのオブジェクトは必死になってコアとなるどうりょくろを守りつづけるけど、アレはそのどうりょくろをきがるにつかいすてられるきかくがいなのっ。３５０。同じどうりょくろをつかっていても、へいきとしてのコンセプトが全くちがうもん。しかもその『マンハッタン０００』が、わたしたちもしらないきょどうでうごき出したら、どこまで行くかよそくもつかないの」

直後の出来事だった。

ガカッッッ!!!!!! と。

四方を分厚い鋼鉄で囲まれたはずの会議室全体が、真っ白な閃光《せんこう》で塗《ぬ》り潰《つぶ》された。プロジェクター越しに表示していた海上で何かが起きたのだと、そう気づくまでヘイヴィアは何秒もかかった。リアルタイムで映像へ補整をかけているはずのカメラ越しでもこれなのだ。現場にいればそれだけで失明すら起きていたかもしれない。

遠く離れた別の部門から、女性のオペレーターの悲鳴のような報告が入る。

『マンハッタンが動きました。例の電磁《でんじ》投擲《とうてき》動力《どうりょく》炉《ろ》砲《ほう》です!!』

「くそっ、人工的な天候変化に留意。今にまたあの大嵐が来るぞ!」

そして改めて網膜に飛び込んできた壁一面の映像は、地獄そのものだった。

二万メートルオーバーのマンハッタンが、ついにオブジェクトとして動き出す。

まず中央の電磁《でんじ》投擲《とうてき》動力《どうりょく》炉《ろ》砲《ほう》で半径数十キロにわたって大雑把な打撃を加え、『資本企業』のオブジェクトの表面がベコベコにへこむ。わずかでも動きを止めたターキーどもを、今度の今度こそ左右両側で翼のように展開する砲列が次々に撃ち抜いていく。

レールガン、レーザービーム、コイルガン、連速ビーム砲、そして下位安定式プラズマ砲。

【マンハッタン000】
MANHATTAN000

全長…20000メートル以上(概算。実態把握不能)

最高速度…時速750キロ

装甲…規格外タマネギ装甲+人工植物質外装補強材(概算。実態把握不能)

用途…『情報同盟』本国最終防衛兵器

分類…海戦専用第二世代

運用者…『情報同盟』

仕様…高圧水流推進+極微小気泡式水中抵抗減衰システム

主砲…電磁投擲動力炉砲含む44種

副砲…下位安定式プラズマ砲、レーザービーム、連速ビーム、レールガン、コイルガンなど(概算。実態把握不能)

コードネーム…マンハッタン(混乱下の『正統王国』では暫定でしかない)『情報同盟』公式にはマンハッタン000

メインカラーリング…グレー

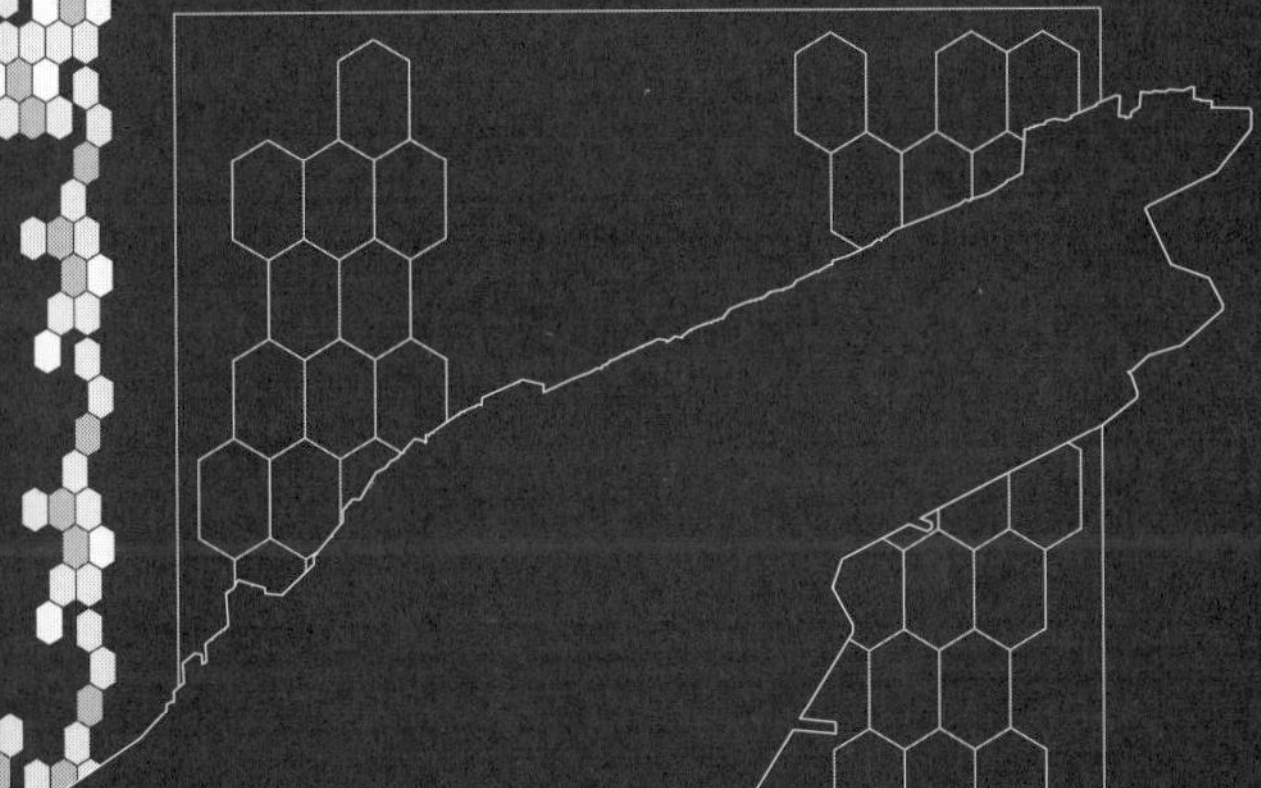

MANHATTAN000

大仰な理屈や仕組みなど何もない。

ただ当たり前の兵器を、規格外の出力で叩《たた》き出《だ》す。基本の基本、その延長線上にある大火力が迅速かつ確実に敵対勢力を削り取っていく。あたかも、寄せ集めの少年野球チーム相手にプロの第一軍が大人気なくホームランを乱発していくように。

ルールなら誰でも知ってるさ、なら誰がやっても同じ成果は出せるだろう？　そんな余裕の態度が浮き彫りになったかのようだ。

『資本企業』が送ってきたのも、それはそれで規格外のスペシャリストのはずだ。

『オフェンシブマイン』、『オクトブレード』、『ザ・スナイプ』。四大勢力の堂々たる一角、その『本国』を直接警備する、ピラミッドの頂点達。海上戦闘においてこれ以上ない猛者達《もさたち》。この一機一機だけで、果たしてヘイヴィア達に切り崩せたかどうか。

それを、赤子の手をひねるように。

破れかぶれで解き放たれるレーザービームや下位安定式プラズマ砲についても、マンハッタンを駆るおほほは時に下位安定式のプラズマ球を利用して軌道をねじ曲げ、時にその巨体を左右に振って危なげなく回避していく。それは波に乗るサーファーのようにも、昂《たか》ぶる猛牛をいなす闘牛士のようでもあった。もちろんあれだけの巨体を振り回すだけではレーザービームは避けられないが、プラズマを使った『逸らし』と組み合わせているのだ。その重さを感じさせない、あまりにも身軽な動き。あれだけの大質量へ多方面から同時攻撃を仕掛けているのに、分厚い装甲で弾《はじ》くのではなく、そもそも被弾を許さない。だからこそ常識を逸脱し、見る者を恐怖のどん底に突き落とす光景であった。

波にでも乗るように右へ左へ小刻みに動きながら高速連射で畳みかけていく戦法は、メリーがキャピュレットと互いの意見を潰《つぶ》し合《あ》いながら『信心組織』系の第二世代五機を始末した時よりも、さらに洗練されていた。それでいて、ヘイヴィアにはどこか見覚えがある。

そう、『ラッシュ』の挙動と似ているのだ。

それも少しずつ、動きの自由度が上がっていくようにも、見える。

「……おいおいおい」

ヘイヴィアの呻《うめ》くような声が、悲鳴に近い叫び声へ変わるのに時間はかからなかった。

「何十だ、いや何百基か⁉　どれだけ動力炉積んだら力業であんな挙動取れるってんだよ‼」

「AIネットワークのやり方を参考にしつつも新たなラインを見つけ出し、純粋な手打ちだけで『マンハッタン000』を動かしているだけでも脅威にして驚愕《きょうがく》だが……アイドルエリートは設計段階のスペックの一〇〇％以上を軽々と叩《たた》き出《だ》しつつ、一方ではキャピュレットの興味をよそへ逸《そ》らし続けている訳だ。もはや想像を超えているな」

レイスが忌々《いまいま》しげに、しかしどこか憧れをもってそんな風に呟《つぶや》いていた。

「元々、敵国からの侵攻となれば彼女は容赦しません」

銀髪褐色のレンディ＝ファロリートもまた、そう言ってのけた。

「まして、『マンハッタン000』には彼女の父親含む一千万人が同乗しているのです。彼ら民間人を守るため、というお題目があれば彼女は全力で火の粉を振り払うはずです」

「自分から巻き込んでおいて、偉そうに!!」

「だからこそ、かもしれませんよ」

啞然《あぜん》としていたのはミョンリも同じようだった。

「ぎ、逆にお姫様はどういう動きで戦っていたんですか……？　海上戦闘のエキスパート二、三〇機相手でも悠々と勝ちを獲《と》りに行くマンハッタンに対して、私達を助け出すために単身で乗り込んでいったんですよね……」

これについては、整備兵の婆《ばあ》さんに肩を借りて会議室の傍《そば》を通りかかったお姫様が応じた。

疲労のせいか人形のような顔には汗の珠《たま》が浮かび、金の髪が頬に張り付いたままだった。

風邪を引いた少女が起き上がってきたようにも見えた。珠《たま》のような汗のおかげで少女らしい甘い匂いを振《ふ》り撒《ま》きながら、お姫様は具体的な情報共有に入る。

「むずかしいはなしじゃない。1つ目は、『ベイビーマグナム』のばあいはかちにこだわるひつようはなかった。じかんを引きのばすだけだから、かいひにてっていしてももんだいないから。でも、2つ目のりゆうの方が大きいかな。マンハッタンがどれだけきかくがいでも、けっきょくあやつっているのはあのにくたらしいおほほだもの。かつて、オセアニアほうめんでしようとつしていたのはこううんだった。おかげでこまかいクセのようなものが見えているしね」

おほほがジュリエットを通してキャピュレットの細かいクセを読んでいたのと同じように、お姫様はおほほの細かいクセを忘れていなかった。

口で言うほど簡単じゃないのは、誰の目から見ても明らかだ。

もしもこの場にいるジャガイモ一人一人にそれぞれ最適に調整された専用の最新鋭第二世代を支給されたって、総勢一〇〇〇機がかりで袋叩《ふくろだた》きにする作戦が提示されたって、誰一人としてあんな怪物の前に立とうなどとは考えないだろう。

それでも、そこまでやっても、助けられなかった命もある。

クウェンサー＝バーボタージュの死。

生き残ったヘイヴィアやミョンリ達の視線を受けて、前髪を払う余裕もないまま、しかしお姫様はこう断言した。

「……クウェンサーの死は、かなしい」

揺らいでいない訳がない。

迷っていないはずがない。

「だけどそれをりゆうにせんそうをおこさせるなんて、ぜったいにゆるせない。クウェンサーの死を、生きのこったにんげんのつごうで左右させるわけにはいかない」

一〇〇点満点の答えに、ヘイヴィアはわずかに目を逸《そ》らしていた。お姫様はその意味を正しく理解できたか。この不良貴族は、そんな風に悪友の死を受け止める事はできなかった。

ともあれ状況は動いてしまった。

フローレイティアは細長い煙管《キセル》を咥《くわ》えたまま思案したのち、

「……整備チーフのばあさんが持ち場を離れているって事は、『ベイビーマグナム』の機嫌は戻ったって考えて問題なしね？　お姫様には改めてこちらから命令する。戦って、お願い。私達もすぐ動くぞ」

「ばっ、馬鹿言ってんじゃねぇよ。わざわざ流れ弾へ当たりに行けってんですか……？　『資本企業』の馬鹿どもが勝手に蜂の巣つついて大騒ぎになってるってのに!!」

「逆に言えば、今なら混乱に紛れ込める。全部終わってから再び石を投げ、ピンポイントでロックオンされるよりはマシなはずよ」

フローレイティアは閃光《せんこう》と轟音《ごうおん》まみれの映像をいったん切って、目まぐるしく変化する海図に集中しながら、

「すでに周知の通り、マンハッタンは大量の動力炉を積んだ規格外機体よ。しかもアイドルエリート自身が破格。『規格外過ぎて装備を活用しきれない』の線もなさそうだ」

「……、」

「まるで雑草のように動力炉の存在が乱立している以上は、従来の対オブジェクト戦闘と違って単純に動力炉を狙って破壊しても相手は動きを止めない可能性が高い。……それだけ多くの火薬庫を抱えているのだから、もしかすれば一ヶ所の爆発から連続的に被害が拡大していくチ

ャンスもあるかもしれんが、現実的ではないでしょう。何より箱詰めされているとはいえ、あそこには一時滞在込みで一千万人の民間人がひしめいている。その事実を忘れてただ轟沈《ごうちん》を狙うほど私の倫理は飛んでいないぞ」

「あれもダメ、これもダメ。なら俺らに何をしろと？」

「メリー＝マティーニ＝エクストラドライ。彼女が最大の鍵よ」

フローレイティアは甘ったるい紫煙を吐き出し、意図して気分を落ち着けているようだった。

「元来、マンハッタンは彼女の手の内になければおかしい。しかし現実には『情報同盟』のアイドルエリートは純粋な手打ちでマンハッタンの全権限を掌握して、兵器として操っている。キーボードの手打ち。本来の操縦システムではない。おほほが理解しているのは画面を一つ挟んだオンラインシステムのみであり、フィジカルな設計図面まで把握できていないかもしれん。これがどんなチャンスに繋《つな》がっていくか、頭は追い着いているか？」

「ひょっとして……」

呟《つぶや》いたのは、小柄なミョンリだった。

「キャピュレットを子猫のようにあしらいつつ自力でマンハッタンを操る例のアイドルエリートは、正しいコックピットに収まっていない……？　場所が分からないから、サイバー攻撃用の窓口に居座って横槍《よこやり》を入れ続けているっていうんですか。つまり、マンションの一室なり車の中なり、マンハッタンの街並みのどこかで、剝《む》き出《だ》しになって」

「マンハッタンがたった一発のラッキーパンチも許さないのは、単純な博愛主義の他に戦術的な理由があるかもしれん。流れ弾だろうが何だろうが、街中に落ちて自分自身が消し炭にされたら敵《かな》わないからね」

つまり、だ。

逆に言えば、

「……アイドルエリートが具体的にどこに居座っているかが分かれば、反撃の起点は作れる。マンハッタン全体は破壊できなくても、ピンポイントで一点だけ潰《つぶ》せば事足りるのだからね」

「ばっ⁉」

何かを叫ぼうとしたレンディだったが、結局は苦虫を噛《か》み潰《つぶ》したような顔に留《とど》まった。ここでは何を叫んでも伝わらないと理解したのだろう。

フローレイティアは横目でレンディの挙措を観察しながら、

「『ベイビーマグナム』を前に出してマンハッタンの気を引くぞ。その隙にアイドルエリートの位置情報に探りを入れるのが本命。幸い、『安全国』で平和ボケにやられているお偉方も今回の件で目が覚めたようだからな。前時代の遺物を借り受けている」

「いぶつ……ってのは？」

「変則式モーブス。平たく言えば、衛星軌道上にレーザー狙撃装備一式を飛ばして、地球を何周か回して軌道を安定させてから地上の一点をぶち抜く。なんと驚き原子力電池搭載だ。せっかくオブジェクトの勝利によって全世界から核兵器を排除したのに、『直接』使わなければ条約的には問題ないらしい」

銀髪爆乳は両腕を組んで大きな胸を下から押し上げつつ、

「こいつを使って天の上からレーザーを落としてアイドルエリートを始末する。光の速度よ。このオブジェクトの時代では総合的な威力は心許《こころもと》ないが、言うまでもなく速度はピカイチ。シェルターやトンネルならともかく、人間を直接狙う分にはこれ以上の暗殺法はない。先に駒の配置を予測されていればそれまでだが、分かっていなければいくらヤツでも避けられない。気づいた時には操縦機材ごと蒸発している」

もしもおほほがマンハッタンの設計図面を完全掌握し、核にも耐える分厚い装甲に覆われた正しいコックピットに収まっていれば打つ手はなかったはずだ。

それを幸とみなすか不幸とみなすかは、それぞれの立ち位置で変わるだろうが。

「でも情報収集はどうやって？　その言い分だと衛星で上から眺めただけじゃ決め手に欠けるって感じじゃないっすか」

「アイドルエリートが地下道や屋内施設に居座っている場合は、上空監視などあてにならない。樹脂で箱詰めされた連中だって体温は維持しているしね」

「まさかと思いますが、またあの化け物に乗り上げろって話じゃないでしょうね？　言っておきますが、俺の残機をクローン技術で一〇〇万人用意したって無理だ」

「そこまでする必要はない」

フローレイティアは気軽に言ってのけた。

「すでに乗り込んでいるメンツがいるからな。いいや、厳密には脱出しなかったメンツ、とでも言ってやるべきか」

「……おい、冗談だろ……？」

思わず上官に対する最低限の敬語も忘れていた。

そういえば、明確に回収されたと説明があったのは『正統王国』のヘイヴィア達や『情報同盟』のレイス達だけだ。『信心組織』については言及されていなかったが……。

「スクルド＝サイレントサード」

フローレイティア＝カピストラーノもまた、あの封印された悪夢そのもののマダガスカルレポートを知っている人間だ。そして戦争の枠をはみ出すほどのその危険性を熟知しておきながら、こう提案してきた。

「未《いま》だにマンハッタンで潜むヤツとコンタクトが取れている。……状況は最悪の一言だが、あの殺人鬼からの報告を信用する以外に手はなさそうね」

7

思ったよりも焚《た》きつけられなかった。

それが、誰もいないマンハッタンに一人残ったスクルド＝サイレントサードの率直な意見だった。やられたふりをしながら中心地に留《とど》まり、必死にこちらの死亡確認を取りたがる『正統王国』にマンハッタンをぶつけてみる。残骸と死体とゴミの山で海を埋め尽くしてから、改めてまだ動く乗り物をこそっと盗んで海を漂う。ついでに『信心組織』の監視の目も誤魔化せてしまえばパーフェクトだったのだが……、

（うーん、おもったより立ちなおりが早いわね。ここから『さいてんか』はむずかしいかしら）

戦闘挙動、重力を忘れるほどの揺さぶりが束の間、止まっていた。

マンハッタンを掌握するアイドルエリートの頭が沸騰している間なら手足のように操れたが、冷静になってもらわれると困る。

当然ながら、いくらスクルドでも直接マンハッタンは操れない。アイドルエリートには自発的に頑張ってもらわないと困る。無理に脅しても意味がない。揉《も》み合《あ》いの末に彼女が死んだら、AIネットワーク・キャピュレットが通常運転に戻ってしまう。そうなれば、スクルドもまた『情報同盟』の敵として瞬殺されるだけだ。

（ちちおやのロイスをぶっころしてもう1回ゆりもどしてみる？　ううん、なんどもなんども同じことやってもマンネリよね……）

あちこちにいるのは、呑気《のんき》な顔して透明な立方体に閉じ込められたマンハッタンの住人だ。

スクルドは小さな手で鉄パイプを拾い上げて殴りつけてみたが、ダメだった。単純に硬いだけでなく、ゴムやゼリーのような弾力まで感じる。そもそも世界最大のオブジェクトの戦闘挙動に耐える保護シールドだ。人の手でどうこうできる厚みでもないだろう。

そうなると、そもそもロイスを殺すだけでも四苦八苦させられそうだ。この立方体を『オブジェクトの装甲』とみなした場合、爆弾を使ってもかなり怪しい。

場に混乱を与えられなければ、マンハッタンの中に留《とど》まるスクルドはかごの中の小鳥だ。まず規格外オブジェクトの警戒網が脱出を阻害するし、よしんば海に逃げたとしても、『正統王国』や『信心組織』の海上戦力が待っている。

(どうしようかしら……)

スクルドは細い顎《あご》を指先でなぞり、

(どうすれば、1ばんおもしろくなるかな)

自分の命よりも、まずそこだった。

そしていろいろ考えた末に、ツインテールの少女はこう結論づけたのだ。

彼女はどこにでも転がっている『正統王国』兵の死体の装備を漁《あさ》って無線機を手に入れつつ、

「ひとまず『正統王国』辺りとつながって、せかいでもすくってみますか！　はなしはそれからそれから!!」

8

「くそっ!!」

　会議室からゲスト用の客室へ案内されるなり、銀髪褐色のレンディ＝ファロリートは口汚く吐き捨てていた。

『マンハッタン000』は正面火力では打ち破れない。だから暴走した操縦士エリートをピンポイントで狙い撃つ。道理ではあるが、決して許せるものではない。何としても食い止めたいが、しかし具体的な力が足りない。こうしている今も、扉のすぐ外では屈強な警備兵が二名ついているはずだ。武装を没収されている今のレンディではこの二名すら排除できないのだ。極めて切迫しているのは分かるのに、できる事が見当たらない。

　いいや、

「……、」

　頃合いを見計らってレンディは短いスカートの軍服の中へ手を差し入れた。金属探知機を誤作動させるため健康なのにわざわざ電子カルテを書き換え、体の中に不要な金属ボルトを埋めているのにも意味がある。軍服や下着の内側で上手にボディチェックをすり抜けていた一〇個以上のパーツを組み立てて、煙草《タバコ》の箱より小さな無線機を調達する。本体よりもアンテナの方が大きいのは、これが衛星携帯電話の技術を流用したものだからだ。元々は救援要請用だった。地球上のどこからでも連絡を送れる反面、小型化を追求するため、連続使用は三分間が限界。遠く離れたマンハッタンで待つ操縦士エリートへ多少の警告を飛ばすくらいしかできない。それ以前に、『正統王国』も馬鹿ではない。ここから通信電波が発せられたと分かれば即座にレンディは拘束されるだろう。結局、タイミングは一度しかない。情報という名の銀の弾丸を盤面に放つのは、たった一度。

自分が捕まって軍法裁判に掛けられるのはもう構わない。一生を敵国の収容所で過ごす事も、何だったらこの場で射殺されようとも。

考えろ。

いつ、どこで、何を伝えるのが最適だ。たった一発の銀の弾丸の使いどころ次第で、あの子を生かす事にも殺す事にも繋《つな》がりかねない。

と、そんな矢先だった。

「……?」

ふと、レンディはその美しい顔を上げていた。おかしい。彼女も軍人である以上それなりには人の気配に敏感なはずだが、扉の向こうから押し付けられていた圧が消えている。組み立てた救難無線をポケットに差し込み、レンディは注意深く鉄扉《てっぴ》へ向かう。

音を立てず静かに開けてみると、警備兵が二名とも床に倒れていた。

即座に叫び声を上げるほどレンディも真っ当な人生を歩んでいない。そっと屈《かが》み込《こ》み、死体の様子を確認する。防弾ジャケットを正面から突き破っているのは、無数のネジや釘《くぎ》などの鉄片のようだった。銃撃というより、爆破の威力を高めるためのものだ。そのままの姿勢で視線を上げると、一番近くの通路の水密扉のノブまわりもまた、何か強力な火力で焼き切られているのが見て取れる。しかしそもそも爆発音のようなものは聞こえなかった。曲がりなりにもプロの警備兵二人の悲鳴や絶叫もまた。

不可思議な『爆破』は、それを可能とするスペシャリスト、戦闘工兵の手によるものか。

一瞬、レンディの脳裏にはある人物の顔が浮かぶが、

（……いいや、スクルド＝サイレントサードは今もマンハッタンにいるはず）

だとすると、それ以外には。

そもそもあの殺人鬼は誰を参考にして、殺害手段をプラスチック爆弾に持ち替えていた。

『正統王国』製の軍用爆薬『ハンドアックス』は、元々誰の得物《えもの》だった。

軍事についてはずぶの素人《しろうと》でありながら。

時にオブジェクトすら生身で破壊し、その特異性でもってあの子の心を奪っていったのは。

「やあ」

いきなり投げかけられた声に、レンディは死体が握り込んでいたカービン銃を摑《つか》んでいた。慌てて振り返ると、そこには一人の男が立っていた。

全くの予想外。

的確に銃口を向けながら、本能の部分がこれでは足りないと訴えていた。そもそも万全の状態で立《た》ち塞《ふさ》がる警備兵二名を、一言発する暇もなく殺してのけた人物なのだから。

完全なようでいて不完全な状態で、銀髪褐色の指揮官はこう呟《つぶや》いていた。

「……誰、ですか？」

つまり、そういう事だった。

たとえ敵対者であったとしても、顔見知りに対してこのような疑問の声は発しない。

レンディ＝ファロリートの眼前に立っているのは。

彼女が全く知らない誰かだったのだ。

「モジュール・クウェンサー」

誰かはそう囁《ささや》いた。

服装で過度に己を大きく見せる人種ではないのだろう。どこにでも売っているような安物で灰色の背広を纏《まと》う、少なくとも齢《よわい》は七〇を超える白髪の老人。しかしその背に負っているのは……何だ？　モチーフは十字、とも違う。あれは剣だ。鞘《さや》に納めた西洋の両刃の剣に似たユニットを備えているのだ。さらにそこから伸びた自転車やチェーンソーのような鎖が四肢へ伸び、肩、肘《ひじ》、手首、足の付け根、膝、足首などにある歯車と連結。張り巡らされた鎖は全て宝石のような緑色の輝きを放っている。

　しかしそれ以上に異質なのは、やはり老人そのものだ。その顔に浮かぶのは、無垢《むく》。俗世の利害から完全に切り離された、子供のような表情が待っている。

「使い勝手はよいのだが、やはり一点突破は隙が多くていただけないな」

　これ以上は無駄なようだ。

　思わず引き金に指を掛けたレンディの目の前で、しかし老人が唐突に動く。

　素早いというより、タイミングを外された印象。

　ギャリギャリギャリ！　と緑色の鎖が高速回転する不気味な音が響く。レンディがそう思った時には風と共にカービン銃の銃身を摑《つか》んで真上へ上げられ、そしてもう片方の掌《てのひら》が銀髪褐色の指揮官の喉元へ押し付けられていた。絞めるためか、あるいは折るためか。

「モジュール・スクルド。……うん、こちらの方が扱いやすい」

　試作品全開といった感じだった。チェーンの高速回転に髪、肌、スーツの布地などを嚙《か》ませずに済んでいるのが奇妙に思えるほど危なっかしい。そして不思議な事に、しわくちゃの老人にしてはその挙措は妙に女の子っぽい。『島国』のカブキにおける女形《おやま》にも通じるようであった。

　いいや、それもまた、呟《つぶや》いた『名前』に関係しているのか。

「つまり」

褐色の喉を震わせるだけで、じっとりした掌《てのひら》を首回りいっぱいに感じ取る。

「その剣のような何か……そこから伸びる鎖を使って、特定人物の挙動を再現できる、という寸法ですか。モーションデータを参考にして、チェーンで外から手取り足取りサポートしてもらう形で。しかしその大雑把な鎖と歯車では全身の関節をケアできるとは思えませんが」

「そこで全て賄《まかな》おうとは思わない。人の骨格や関節など誰でも同じ、にも拘《かか》わらず成功者の動きは各分野はっきりと分かれる。何故《なぜ》か」

「……、」

「肝要なのは個人識別に使う歩行や重心。それは単純な運動のみならず、個々のリズムが体内時計を形作って内面まで左右する。そして人は星の自転や公転を基準とした公の時間と向き合っていく。ここまで昇れば会得するよ、人によって見える世界が違うとは良く言ったものだ」

人間が機械を操っているのか、機械が人間を操っているのか。

目に見えて分かるカラクリ細工でもって四肢の動きを外から操る方法論は、『情報同盟』所属のレンディから見ても異質なビジュアルだった。

「我々『信心組織』は、あなた方『情報同盟』とは真逆の位置にある。オブジェクトという巨大な軍事システムの部品として操縦士エリートを取り扱うのではない。むしろ、突出した人間個人に策士や猛将としてのカリスマ性を見出《みいだ》し、徹底的にその個性や体質を引き延ばす事に重きを置いているのだ。共感覚や絶対音感なども取り扱っているため、よそ様からはエスパー研

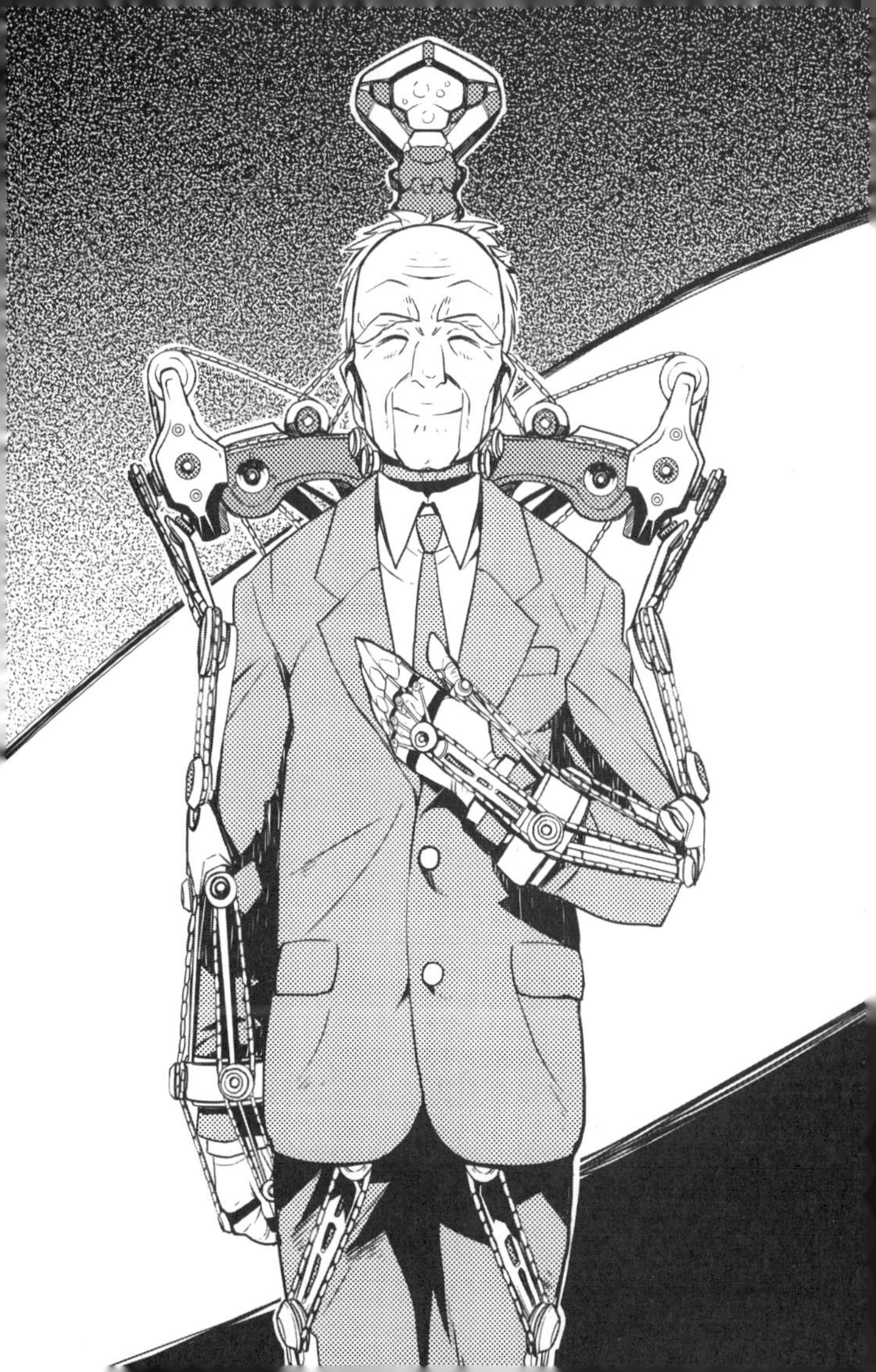

究をしているなどと誤解される事もあるのだが」

「しん、じん……？」

「ああ、これは申し遅れた。私はティルフィング＝ボイラーメイカー。一応、ホームでは聖者《せいじゃ》尊翁《そんおう》などと呼ばれている役職の者。名乗る必要はないのだが、この身は善性の側に立つ者。隠し立てするほどの事でもないので」

教祖クラスの、さらに上だ。『正統王国』なら大国の王、『資本企業』なら大財閥や国際企業全体の会長クラスに相当する大物である。

「スラッダー＝ハニーサックルでも、プタナ＝ハイボールでも、マリーディ＝ホワイトウィッチでも、噂《うわさ》に聞くニャルラトホテプでも構わない。失礼、『情報同盟』の人に魅力を感じていないという話ではないよ。とにかく我々は、人間単体の肉体や精神を重視する。であれば敵味方を問わず策士・猛将の個人データを蒐集《しゅうしゅう》し、場合によっては忠実に再現するか、あるいはさらなるエスカレートによって利益は出ないか。そんな研究に手を染めていたとしても、何ら不思議ではないだろう」

つまり、この老人は単身でありながら単身ではなかった。

いつでも自由に切り替え可能な策士や猛将。数百、数千、あるいはもっと。無数の怪物達が背後に控えているとみなしても問題ない。

「私を……大多数の『正統王国』ではなく少数の『情報同盟』たる私を率先して襲ったのは、

『マンハッタン000』に関係しているからですか？」

「まさか、とんでもない」

年齢に全く似合わない、朗らかな笑顔だった。

そのままパッと両手を広げ、いつでも人を殺せる掌《てのひら》をひらひら気軽に振りながら、

「不肖この私にも慈悲の心はあるので、殺す気なら、そちらが気づく前に済ませている。メタルジェットを使えば壁越しでも痛みなくあなたの心臓を焼き切れたし。正直に言えば、私はもっとあなたに頑張っていただきたい。だからこうして、あなたに自由を与えに来た。もののついでではあるのだが」

「がんば、る？」

「だって、成功してしまいそうじゃないか、『正統王国』」

呆《あき》れたような口振りだった。

「こんな所で尻すぼみになっては困るのだ。『信心組織』は元からやる気、『資本企業』はケイマン諸島から電子マネーを引き上げさせる時間を稼ぐため、勝てない戦いに身を投じて撃破されるたび、マンハッタンへ手前勝手な憎悪《ぞうお》を募らせる形になってくれた。『情報同盟』全体がどう考えていようが、加害者にはもはやこの流れは変えられない。後は『正統王国』だ、ここだけが本気になれば四大勢力を全て巻き込む大戦争が始まってくれる。そのためには、衛星軌道上から操縦士エリートを狙い撃つなんていう小粒な結末でまとまってもらっては敵《かな》わない。

『信心組織』と『資本企業』、『正統王国』と『情報同盟』。二対二の冷戦状態に陥って、ちょうどぴったり睨《にら》み合《あ》いという小粒な展開が一番ダメだ。それでは何も動かない」

戦乱をより大きくするために、人間を助けろ。

人類を全て猛火へ投じるために、個人を救え。

「何を、考えているのです……？」

「皆様の救済を。『信心組織』を束ねる者としては、至極真っ当なのでは？」

口調そのものは滑らかで、注意しないと状況を忘れてしまいそうだ。

この老人は周囲にある魂を引きずり込む、見えない引力のようなものを持っている。

「今の時代は間違っている、『クリーンな戦争』はどこかがおかしい。誰も彼もが口を揃《そろ》えて

そう言ったところで、具体的にどこを叩《たた》いてどう直せば元通りになるかは言及されていない。

この、上辺だけの分かったつもりが一番の停滞要因だ。だから、私達の方で答えを明示しよう。

『クリーンな戦争』は、どこが間違っていたのか。仮初《かりそ》めの構造はこんなにも容易《たやす》く崩れ、四

大勢力や『戦争国』と『安全国』などという曖昧《あいまい》な線引きはいかに無力であるかを。それによ

って、この混乱の時代を迷い歩く皆様にも見えてくるものがあるだろう。皆様があるべき次の

時代を見据える。どんな形になるにせよ、壊れてしまった『クリーンな戦争』をわざわざ繰り

返そうと思う輩《やから》は現れまい。それは、もう間違いが証明されてしまった後なのだから」

北欧神話の最終戦争ラグナロクは、神々が戦って滅んでそこでおしまい、ではない。

神族も巨人も全てが滅んだ後に不滅の神や人間の生き残りが顔を出し、新たな世界を作り出すといった旨《むね》で物語は締めくくられている。

おそらくそうしなければ、主神オーディンを始めとした傲慢《ごうまん》な神々がいつまでも人間、妖精、巨人など他の種族の頭を押さえていただろう。

ラグナロクスクリプトなる架空の単語を盤上へ持ち出し、四大勢力の全てを巻き込む大戦火を作り上げようとしているこの老人もまた、そこに帰結しているのか。

ティルフィング。

本名かどうかも不明だが、その名の由来は鞘《さや》から抜くたびに命を奪い、持ち主の願いを叶《かな》えるが、最後にはその持ち主にまで破滅をもたらす北欧の魔剣だ。

実際にはありもしないラグナロクスクリプトの話を『資本企業』へ流して『情報同盟』を混乱させ、ピラニリエなどマティーニシリーズを積極的自己否定〈実際にはただの虚像だったが〉で揺さぶり、『マンハッタン000』を動員させ、スクルド＝サイレントサードまで解き放って世にさらなる混沌《こんとん》をばら撒《ま》いた。

全ての元凶。

何もかもが、この老人が描いた青写真。

緑色の鎖で彩られた魔剣を背負う老人に、レンディは顔を歪《ゆが》めてこう尋ねる。

「あなたは……自分自身の死すらも気に留めないと、そう語るのですか？」

「それが必要とあらば、何だって。皆様の一歩だけ前へ進み、人としてどう振る舞うべきかを身をもって示すのもまた、一宗教人としての務めであるので」

迷いがない。恐怖がない。

スクルド＝サイレントサードは歪《ゆが》んでいると思っていた。だがその歪《ゆが》みの根幹は、本当に個人の資質によるものだけか。あらゆる文明が死の恐怖を克服するため力を求めていったのだとすれば、『信心組織』は物質的な城壁や刀剣ではなく、心の問題に重きを置いたのかもしれない。……そう。突き詰めれば、人間はここまで進んでしまうものなのかもしれない。

「さあ」

まるで、道を譲るように聖者尊翁《せいじゃそんおう》は通路の壁へ寄った。

「幸せのために、今一度必死の足掻《あが》きを。ラグナロクは一律完全な死を意味する言葉ではない。ほんのわずかだが、次の時代を作るための生き残りの枠がある。周りの部下は私を立てようとするが、実際、私個人にはさほど興味はない。しかしあなたにとっては違うのでは？　自分の命よりも大切な何かがあるのなら、今は脇目も振らずに行動すべき時だと思うのだが」

「……、」

「変則式モーブスによる光学空爆は、『ある』と分かっていればさほど脅威にはならない。簡単に言えば、想定スペック以上に分厚い屋根の下へ隠れてしまえば良い。一般の地下鉄程度のものであっても効果はある。所詮《しょせん》は、オブジェクトの時代を覆《くつがえ》せなかった遺物と言われる理由だな。マンハッタンへの連絡方法はお任せするが、たった一言警告を送れば解決する。気をつけろ、と。私のような部外者はともかく、あなたの言葉であれば渦中《かちゅう》のエリートは間違いなく留意するだろう。そしてあなたが『正統王国』に義理立てする必要はない。彼らの立てた計画は彼らが守るべきで、『情報同盟』にとっては知った話ではない。崩すのだ、予定調和を。何も生み出さない、誰も救わない、それでいてただ人の上に居座り続ける古き世の理《ことわり》などに価値はないだろう。一度世界を全部壊すくらいのつもりで、基礎の基礎から組み立て直さなければ」

千載一遇、だったのかもしれない。

あの子を助ける『自由』が手に入る瞬間だったのかもしれない。

しかし、だ。

「ッ!!」

「おっと」

レンディは奪われたカービン銃に拘泥《こうでい》せず、サイドアームの拳銃を差し向けていた。死体から装備を奪う際、手品のように盗んでいた別口だ。連続して引き金を引くが、もはや磁石の同じ極を近づけるようだった。緑色の鎖が高速回転する不気味な音と共に、聖者尊翁《せいじゃそんおう》ティルフィング＝ボイラーメイカーは気軽な調子で弾丸を避けていく。

「マダガスカルの時、スクルドは保護欲をくすぐるため弱いフリをしていたようだからな。スペック通りだとここまでできる」

そこらの自称エスパーよりもはるかに奇怪な老人は笑みを絶やさなかった。おそらくすでに意図には気づいているだろう。レンディ＝ファロリートとしてもこの怪物にまともな弾丸が通じるなどとは思っていない。こんなオカルトに片足突っ込んだジジィを殺すには主神オーディンの槍《やり》でも持ってこないとダメだ。それでも剝《む》き出《だ》しの銃声を炸裂《さくれつ》させた。喉を震わせ悲鳴を発するよりも、はるかに派手で禍々《まがまが》しい大音響は艦内いっぱいに響き渡ったはずだ。異常事態は伝えた。ここでレンディが倒れたとしても、侵入の事実は隠しきれない。

「……誰が何をしようが、元々あの子を助けるのはすでに確定事項です」

「なるほど」

「あなたの横槍《よこやり》は、正直に言って邪魔物以外の言葉が見つかりません。失《う》せろ、私の純度が下がる。この舞台の上に、ポッと出のあなたの居場所などありません!!」

「想像以上に高潔で困る。だが残念、今の私はモジュール・スクルドを選択しているのだ。攻撃は最大の防御、というのが彼女の流儀らしいので、私もそのように動いてしまうだろう」

緩やかに揺れていた十指が、ビタリとその動きを止めた。

そのまま、拳銃を手にしたレンディに向けて、躊躇《ちゆうちよ》なく一歩踏み出す。

本当に残念そうなその顔色とは裏腹に、鎖と魔剣で徹底サポートされた老人の挙動は、まさに殺しの愉悦を体の芯で味わい尽くす、禍々《まがまが》しくも美しい殺人鬼のモーションだった。

「人の業《ごう》がもたらす不浄の星に、どうか争いなき神の世の到来がありますように」

9

パンパパン!!　という乾いた銃声は、銀髪爆乳やヘイヴィアの耳にもしっかりと届いていた。

「まさかまだ作戦行動が閉じてねえのに火酒なんか支給してませんよね？　どこの馬鹿だお祭り気分で安全装置を外しやがったのは!?」

「……いいや、総員警戒。事故の可能性に終始するな、ネズミを想定して総当たりしろ」

何しろ洋上待機している整備艦隊へこっそり近づいて中から打撃を加えるやり口は、先頃ピラニリエ＝マティーニ＝スモーキー相手にこちらからしでかした戦術だ。自分達にできる事が、他の誰にもできないなどという道理はない。

突貫工事で装甲板を張り替えた『ベイビーマグナム』はすでに出た。

『情報同盟』のおほほとは旧知であるが故に細かいクセを読めるとは言っても、絶対の切り札と呼べるほどの強みでもない。後方支援を滞れば即座にやられてジ・エンドだ。

「スクルド！　こちらの艦内でイレギュラー発生。自由に動ける時間を与えてやるが、突発的に支援が途切れるかもしれん。手早く標的を見つけ出せ」

『あいよ、あっちもこっちもカチンコチンでつまんないわ。いのちをかんじられない。この広いマンハッタンでやわらかい肉がその1人しかいないっていうならすなおにおいかけまーす』

「……初手から色々不安過ぎるぞオイ……。で、俺らは何をすれば？」

「データ処理。お姫様にはおほほの個人的な細かいクセを見抜けると言っても、周辺環境のデータが揃《そろ》わない事には威力を発揮しないのよ。私達がお姫様の耳目となって、レーダーやセンサーの情報を逐一分析整理、見やすい形に置き換えて送信する。基本中の基本だな」

（クウェンサーの野郎がいねえと指示も真っ当じゃねえか）

少々以上に不謹慎なコメントが頭の中を流れるが、もちろん真っ当なままでは終わらなかった。本職レーダー分析官、ヘイヴィア＝ウィンチェルの睨《にら》む液晶画面にありえない反応がデカデカと浮かび上がる。

「うああ、わああ、うぎゃあ!?　警戒警戒、総員警戒!!　何か壁みたいなのが迫ってきてる。こいつは多分マンハッタンの野郎が生み出した高波だッ!!」

「何かに摑《つか》まれ!!」

爆乳ちゃんが指示を飛ばした時にはもう遅かった。

いきなり巨大な軍艦の横っ腹をどつかれて、ヘイヴィアの体が壁まで吹っ飛ばされた。揺さぶりはその一発に留《とど》まらない。何度も視界が上下し、船全体が斜めに傾《かし》ぐ。波の高低差は一〇メートルはくだらない。山から谷へと落ちていくような衝撃が連続する。

ボルトで固定されているはずの机や液晶モニタが、金属の破断する音と共に宙を舞う。注意しないと岩石を細かく砕くボールミルのように、閉じた部屋の中で自前の機材にすり潰《つぶ》されかねない惨状だ。

しかも事態はそこで終わらなかった。

「報告します、高波の影響で艦列に狂いあり！　今のままでは併走する駆逐艦チェーザレと接触します‼」

「チッ‼　リカバリーは……できたらそんな報告しないか。ヘイヴィア、現場判断で特に身軽な兵を何人か見繕え‼」

叫びながら、フローレイティアはその辺にあった大きなリュックのようなものをいくつか放り投げた。通信兵用の、コンピュータをしこたま詰めたバックパックだ。

「どうせこれ一隻では終わらん。玉突き状態に陥るだろうが絶対に通信を絶やすな。こうなると艦船固定の中継装置だけでは心許《こころもと》ない、何としてもお姫様をサポートして生き残らせろ‼」

「マジかよくそっ……。おいミョンリ、テメェも道連れだ‼　だって俺だけひどい目に遭うのやだ‼」

「史上最低な誘い文句ありがとうございますう‼」

激しい衝撃と共に、またしても艦内にいたヘイヴィアやミョンリが重力を忘れ、今度は天井に背中を叩《たた》きつけられる。それでいて、今までの高波とも違う。もっと重厚で、鋼板そのものをすり潰《つぶ》すような不気味な響きまでついてきた。

「……うえっ、げほっ。ほんとに味方同士でぶつかりやがった。この船沈むぞ。爆乳達も早くボートの準備を!!」

「こっちの事はこっちでやる。早く通信兵装備持って外へ出ろ!!」

巨大なバックパックを背負ったヘイヴィアとミョンリは一緒に通路へ出て、甲板を目指す。

衝撃でどこかの配管が破れて引火でもしたのか、煙臭い場所まであった。

「具体的にどうするんですか!?」

「まだ無事な方の船へ飛び乗る。気合を入れろよ、こんなもん抱えて海に沈んだらそれっきりだぞ。ほらよ!!」

鉄扉《てっぴ》に肩を押し当てて大きく開け放つと、凄《すさ》まじい暴風でかえって押し返された。

先ほどまで突き抜けるような青空だったのに、今はもう分厚い暗雲が頭上を埋め尽くしている。とてつもない岩盤で生き埋めにされたような圧迫感を受けながらヘイヴィアは叫んでいた。

「くそっ、例の電磁投擲動力炉砲《でんじとうてきどうりよくろほう》の影響か!!」

横殴りの暴風雨の中、灰色に塗られた巨大な船が潰《つぶ》れた菓子箱みたいに歪《ゆが》んでいた。こちらの小型空母に向けて、本来なら外敵から護衛するはずの駆逐艦が突っ込んできている。

ヘイヴィア達は暴風の機嫌を窺《うかが》いながらそのひしゃげた接触面を飛び越え、隣の艦へ移っていた。当然ながら安全面の保証などない。両者の接触面に足を挟まれれば、鋼鉄の前歯でそのまんま噛《か》み千切《ちぎ》られる事間違いなしだ。

「ほんとにこっちで正しいんですか⁉　そこらじゅうのミサイルが爆発を待ってそうにしか見えませんけど‼」

「正面に注目。そういうのはぼーぼー燃えながら迫り来る補給艦を見てから言えっ‼」

「ぎゃあー‼」

「良いから次に飛ぶぞ馬鹿‼」

すでに消火の目途《めど》が立たない船から乗組員達は海に向かって飛び込んでいるのだろう。タイミング良くこちらへ近づいてきたレーダー艦にヘイヴィア達が飛び移ると同時、火だるまと化した補給艦が艦砲というよりミサイルで満載な駆逐艦に衝突した。

そこから先はもう花火大会の事故のようであった。誘爆に次ぐ誘爆で、金属円筒の中に詰まっていた無数のミサイルだの魚雷だのが四方八方へ容赦なく吹っ飛んでいく。対空、対地、対艦、対潜、色々あるけど何がどうぶつかったって生身の人間など粉々だ。

「最低だもおー‼」

叫ぶヘイヴィアだが、最低の底はまだまだ見えなかった。

ミョンリが気づいたのだ。正面の壁一面にタイルや虫の複眼のようにずらりと貼り付けられたレーダー群のすぐ脇に置いてある、信号機のようなランプが緑から赤へと色彩が切り替わっていった事に。

「あっ、レーダー動きますよ‼」

「冗談じゃ……うォォあああああああああ!?」

もう叫ぶしかなかった。

電子レンジ以上に凶悪なマイクロ波がばら撒《ま》かれる一瞬手前で、ヘイヴィア達は鉄扉《てっぴ》を押し開けて防護対策の整った艦内へと飛び込んでいく。ずぶ濡《ぬ》れの軍服が重たい。もう背中の通信機だけではない、自分から体じゅうに錘《おもり》でもぶら下げているかのようだ。

「やべえっ、大丈夫か!? 俺サマのビッグマグナムは! 今ので人類の至宝が煮えてねえだろうなっ!?」

「脳が先に茹《ゆ》で上《あ》がってんですか丸めたティッシュの中身を顕微鏡で数えるのは後にしてくださいよ早くここも安全じゃありません早く逃げないと!!」

衝撃というか爆発があった。

派手な火花と共に艦内の照明が落ちたが、気にしている場合ではない。駆逐艦からばら撒《ま》かれた砲弾なりミサイルなりが直撃したのか、すぐそこの壁が派手にめくれ上がり、ごっそり開いている。

「あっ」

ぐらりと足場が揺れたと思ったら、ヘイヴィアもミョンリもその大穴へと転がり込んでいた。

落ちる、と思った矢先だった。

まるでクジラが飛び出すような格好で、海面を割って黒く巨大な潜水艦が顔を出した。

すんでのところで余計な錘《おもり》を抱えたまま水に落ちるのは避けられたヘイヴィア達だったが、手放しで喜べない。軍事演習などでは華々しい緊急浮上だが、一般的にはトラブルが発生してとにかく空気が欲しい時にやる『負けのモーション』なのだ。

「上《うわ》っ面《つら》だけじゃねえ。中の方までビリヤードみてえにぶつかり合ってんのか⁉」

いつまでもは保《も》たない。

鉛色の海は味方の船の装甲板だの大型タンクだのグラビア雑誌の三つ折りポスターだのでゴミだらけになっていた。重たい通信兵装備のあるなしなど拘《かか》わらず、考えなしに落ちたら波間で揺れるギザギザの金属に挟まれてすり潰《つぶ》されそうだ。

「ひいっ、ひいいー……」

「ミョンリ、姿勢を維持‼　転がり落ちたら人工呼吸の刑だからな‼」

「絶対にお断りです！　自分で刑って言ってて世界が嫌にならないんですか⁉」

このままではマンハッタンの前に立つお姫様よりも先に、ヘイヴィア達の方が味方に殺されかねない状況だ。

そんな折、背中に負った巨大な通信兵装備から、見知った声がやってきた。

『ほうこくほうこく。そうていもくひょうをはっけんしたわ』

「スクルドっ？」

『ワン、スリー、サイファー、アルファ、リマ、ブラボー。くりかえす、ワン、スリー、サイファー、アルファ、リマ、ブラボー。グリッドのかくにんオッケーかしら？　それじゃあとっととレーザーでやっちゃって!!』

10

「ぐ……」

片手で右の脇腹を押さえたまま、レンディ＝ファロリートは沈みゆく船の通路の壁に背中を預け、ずるずるとへたり込んでいた。視界が明滅する。力が抜けたまま、自分の尻を浮かせる事もできない。刺さっているのは、爆破の副産物であるギザギザの鉄片か。二〇センチにも満たない異物だが、なまじ工業製品の軍用ナイフとは違った『鈍さ』が凶暴な牙《きば》となっている。

聖者尊翁《せいじゃそんおう》ティルフィング＝ボイラーメイカーはすでにここにはいない。

自分が助かるのか、助からないのか。それもまた不明。

しかし銀髪褐色の将校は、自分の命よりもまず優先すべき事柄があった。

震える手で、ポケットから煙草《タバコ》の箱よりも小さな緊急無線を取り出す。本体そのものよりも大きなアンテナを引っ張り出す。

（まだ……壊れていない。良かった、本当に良かった）

自分のやっている事は、世界に破滅をもたらす最低の悪手なのかもしれない。

あの老人が望むような、四大勢力を炎の海へ投げ込む戦争に繋《つな》がるのかもしれない。

だけど。

それでも。

レンディ＝ファロリートにもまた、世界の全てを敵に回してでも守りたいものがあった。

「……、──────」

そして。

親指でスイッチを押し込んで。

掠《かす》れた声で一つの名前を呼び、さらに続けて彼女は血を吐くような叫びを放った。

「逃げろォォォおお!!」

11

縦ロールの少女が何の前触れもなく作業用バンから転がり出た時点で、離れた場所から観察していたスクルド＝サイレントサードは舌を出した。ひとまずしゃがんで両手を頭の上に置く。

「やばいっ」

ガカァッツッ!!!!!!　と。

天空からの一撃が、頭上の分厚い雲を吹き飛ばす。そのまんま容赦なく作業バンをオレンジ色に吹き飛ばし、冗談抜きにそのまま蒸発させてしまった。レーザーそのものは目に見えないという話だが、着弾点を中心に溶接にも似た凄《すさ》まじい閃光《せんこう》が迸《ほとばし》る。おかげでしばらく視界が潰《つぶ》されてしまったが、殺人鬼の感覚器官は一つ限りではない。

その舌で己の可憐《かれん》な唇をなぞって湿らせるだけで分かる。

（……いるわね。まだじょうはつしてない、このくうきは肉のあじがするわ）

一時的に穴を空けても、すぐに黒い雲は塞《ふさ》がってしまったのだろう。この大嵐の中ですぐさま二発目を撃ち込んでこないという事は、軌道上でも着弾と同時に撒《ま》き散《ち》らされた閃光《せんこう》や高温のせいで正しく状況を把握できていないのか。あるいは、チャージに時間が必要だったり、そもそも一発限りの虎の子だったのかもしれない。

ともあれ、生存した操縦士エリートは変則式モーブス、軌道上を周回しながら獲物を狙う光学空爆の存在に気づいてしまった。

次はもうやられない。

あんなもの、その辺の地下鉄駅にでも飛び込めば普通に防げるのだし。

「さて」

じわじわと時間をかけて元に戻った視界を使って改めて観察してみれば、それらしい人影はなかった。ただし逃げ方隠れ方は稚拙だ。同じエリートでも、向こうは『戦えるフォーマット』ではないのだろう。狩人《かりゅうど》の嗅覚をもって足跡を辿《たど》っていけば、スクルドなら殺せる。仕損じた状況をリカバリーできる。相手はコロンビア統合大学敷地内のどこにいるだろう。

（けどまあ、ほんとにどうしよっかな）

適当にツインテールの頭を掻《か》きつつ、辺りに流れる音楽に合わせて小さなお尻を振りながら追い駆けると、着弾点のすぐ近くにある喫茶店のカウンター裏で華奢《きやしゃ》な影がうずくまっているのが見て取れた。話に聞くよりも小動物系の印象が強い。爆撃自体は直撃しなかったものの、副次的な衝撃波や細かい鉄片を全身に浴びたようだ。特殊スーツがなければ柔肌はズタズタだったところだ。とはいえ今すぐ機敏に動くのも難しいだろう。ちっぽけな地面の水溜《みずた》まりで溺《おぼ》れそうになりながら、ここまで体を引きずってきただけでも、生への執着を褒めてやるべきだ。

「わ、たしを……」

「うん？」

「……ころし、ます、の……？」

黙っていても勝手にくたばりそうな少女の言葉に、スクルドは舌打ちした。殺しは鮮度が命だ。激しい抵抗があってこそ、両手を使って無理矢理抑え込む事で死の感覚を生々しく味わう事ができる。スクルドはどうしようもない殺人鬼だが、ケアの皮を被《かぶ》って抵抗もできない老人をいたぶるような外道《げどう》ではない。

そもそも最後まで『正統王国』の命令に従ったところで、何が待つ。両手に手錠を掛けられ、外国の軍法裁判で裁かれ、残りの余生は塀の中か？

あるいは運良く『信心組織』に返還されたとして、そこから先は？

（くすりでねかされてへんたいジジィどものかんしょうぶつにされる日々もアレだし）

ヘイヴィア達の前では不足はないと語ったが、不満までないとは限らない。

となれば答えは一つだった。

スクルドは細い腰へ片手を当てて、

「やーめた。あなた、わたしのしゅみに合わないし」

「マダガスカルレポートよんでないの？　あなたがそういうかおをした男の子だったら100てんまんてんだったんだけど、本当にそのまま女の子なんだもん。それじゃあストレートすぎておもしろくないわ」

「何ですって？」

そもそも移動式のコンソールルームだった作業用バンは蒸発してしまった。『正統王国』の見立てが正しければ、このアイドルエリートは基本的には膨大な数のキーボードを使っているらしい。失ってしまえばそれまでだ。無線の片手キーボードもコンソールとの連結がなければ何もできない。おそらく、このエリートが正しいコックピットを見つけ出して潜り込んでも何もできない。『独学』とは全く異なるレイアウトになっているはずだから。

つまり、操縦士エリート一人ではもう規格外のオブジェクトを操る事はできない。

一言で言えば、戦争は終わったのだ。

「あーあ、やっぱりセンパイよね。女の子のようにかわいらしく、それでいて男の子のようにわがままで。ああいう体のラインが1ばん良いわ。ほねのずいまでたのしめる」

あまりにもあっさりした言葉と共に、スクルドは身を翻《ひるがえ》してしまった。

本来なら標的にされてきたはずのおほほの方が、面喰《めんく》らって呼び止めてしまう。

「ち、ちょっと、どこへ行きますの⁉」

「コックピットをさがすよ。わたしがそうじゅうできるかどうかなんてかんけいないわ。センパイなら、こうする。よかんがするの、何かおもしろいものが見つかりそうだって」

振り返らず、ひらひらと手を振ってツインテールの殺人鬼は気軽に答えた。

狂人にしか分からない視点で世界を眺める少女はこう言ったのだ。

「……何か、まだピースが足りないような気がするのよね」

12

「光った」

そして人工的な大嵐にさらされるヘイヴィアもまた、緊急浮上した真っ黒な潜水艦の上で、そんな風に呟《つぶや》いていた。

「マンハッタンのある方が光ったぞ。今、空爆あったよな？　やったのか、ホントにマジで⁉」

「あれえ？　そんな話で落ち着いてもらうと困ってしまうのだが」

いきなり茶飲み話に混ざってくるような老人の声に、驚いてヘイヴィアやミョンリが振り返った。大嵐や高波に翻弄される潜水艦のすぐ近く。ミサイルの暴発に巻き込まれて沈みつつあるレーダー艦のサイドデッキに、誰かが立っている。

安っぽい背広に西洋の両刃剣を背負い、手足や胴体へ無数の鎖を伸ばした、奇怪極まる無垢《むく》な老人。

「モジュール・スクルドでも第二世代の『ノルン』まで正確に操れる訳ではないのだし……。けどまあ、動けば問題ないか。指差し確認でも何でも、わずかでも身じろぎしてくれればそれで構わない。ようは、大きな社会不安によって四大勢力が残らず衝突してしまえば目的は達せられる。マンハッタンそのものが、戦える状態にあるかどうかは関係ない。そう判断されればカオスを求める世界に救いをもたらせるのだし」

「どこの観光地のお土産《みやげ》だっ、この大変大人気のねえ魔剣背負ったジジィは⁉」

「ああ、控えめに言っても大人気は毛頭ない。ティルフィング＝ボイラーメイカーという者だ」

歳《とし》を考えないジジィが朗らかに何か言っていた。

「加えて一つ。必要ならばこれからマンハッタンへ接近したいのだが、本当にアレが行動停止したかを把握しておきたいのだ。大変申し訳ないのが、そちらのオブジェクトをぶつけて抵抗の有無を確認していただけないか」

「はっ？」

「できるよな」

ギャリギャリ‼　と大嵐の中でも、緑色の鎖が高速回転する音が不気味に響いた。

そう思った時には、ティルフィングと名乗る老人は消えていた。

「その背中にある通信機材で操縦士エリートの判断能力をサポートしているのだから。つまり、間違ったデータを送りつけてやれば、己の死に気づかず突進突進また突進してくれるはずだ」

「うし、ろ……ッ⁉」

「ああ男の子と女の子、協力者はどちらでも構わないんだが？」

一体いつの間にゴミだらけの海を飛び越えたのか。ヘイヴィアが慌てて振り返った時には、もう老人の腕の中でミョンリがぐったりしていた。

背後から腕を回して頸動脈《けいどうみやく》でも絞めたのか。潜水艦の上にそっとその体を横たえ、ティルフィング＝ボイラーメイカーは何故《なぜ》だか少女のような仕草で語りかけてくる。

銃器の全く通用しないイカれた世界がやってきた。

「これは、モジュール・スクルドという。重心や歩行などで体内時計を変異させ、学びを得る機材だ。つまりあの殺人鬼は弱いフリさえしなければ暴風も利用する。あなたの顔と名前は記憶にないな。おそらくモジュール化する予定もなかった誰かなのだろう。であれば、真っ当な技術を突き詰めたところで策士・猛将の類《たぐい》と同一化した私の動きにはついてこれまい。残念だ」

「ちょっと待て。何なのそれ？　学園異能バトルなの、異世界転生なの⁉」

「そこまでこの世界のキャパシティが寛容だったなら、人間そのものを一番に研究してきた『信心組織』はもっと早く天下を取っていたと思うのだがね」

お皿とお盆が一体化したような食事用プレートやらコンビニ袋やら軽量毛布やら、とにかくゴミだらけの海に浮かぶ潜水艦の上でいったんこの老人が視界から消えたら、取り返しのつかない事になる。

分かっているのに、こちらから先手を打てるイメージが全くない。遮蔽《しゃへい》や射線など気にしない、真正面から飛んでくる弾丸をそのまま避けて迫り来るような怪物相手に、軍事教本の何ページ目が参考になるというのだ。

その時だった。

ずっ……、と。

ヘイヴィアの肩越しに、真後ろから、ゆっくりと何かが伸びた。『島国』由来、美しくも禍々《まがまが》しい流線形の鋼。職人の手で徹底的に鍛えられた、カタナの刃だ。

振り返る事もできない不良軍人の耳に、背後の誰かの言葉が刺さる。

「ブラドリクス＝カピストラーノ。お相手つかまつる」

ゴッ!!　と間にいたヘイヴィアの背後から正面へ回り込むような格好で、高速で回転する黒の燕尾服《えんびふく》があった。呼応するようにティルフィングもまた、動く。足元に少量のプラスチック爆弾を落とし、潜水艦の外殻から剝《は》ぎ取《と》った剣のように薄い装甲片を利《き》き手《て》で摑《つか》み取《と》る。

双方、最初の一撃が間合いを測るため軽く打ち込んだという事まではヘイヴィアにも分かった。

火花が三度ほど飛び散ったのも、何とか追い着けた。

だがそこが限界だ。

立て続けの応酬の何がどうなったのか。

銀と黒の閃《ひらめ》きは、気がつけば鍔迫《つばぜ》り合《あ》いに発展していた。動から静への転換。そんな中でも微笑を絶やさないのは、やはり老人の方だ。

「ブラドリクス＝カピストラーノ。研究資料として保存済み。双方共に同じ挙動を取るのでは、いくらやり合っても時間の引き延ばしになってしまうぞ。まあ、得物《えもの》や立ち位置など外的要因によっても戦闘結果は変わってくるだろうが」

「……それはあなた個人の手前勝手な信仰じゃないのかな。世界がカオスを求めているという考えも、自前の特殊装備さえあれば絶対誰にも負けないという甘い見積もりも。実際には、あなたの言葉以外に何ら根拠のある意見じゃないように思えるけどね」

「そうか」

対等に問答する相手として認めるような表情で、聖者尊翁《せいじゃそんおう》は告げたものだった。

「いつまでも膠着状態《こうちゃくじょうたい》というのも芸がない。なので、もっと手っ取り早く、体の軸を変えて状況を動かしてみよう。モジュール・スクルド。……死んでしまったら申し訳ない」

さらに猛烈な何かが閃《ひらめ》いた。

ブラドリクス＝カピストラーノの方も、応じるようにカタナが翻《ひるがえ》った。

あれだけ超越していたティルフィング＝ボイラーメイカーの安っぽい背広が裂け、二の腕や脇腹の辺りにいくつか赤黒い出血が見られた。

代償として、ブラドリクスは膝をつく羽目になったが。

「ぐっ!!」

「第五試作世代相手に手傷を負わせるとは良くやる。それと、そこの君。彼を呆気《あっけ》ないなどと評価してはならないよ。彼は本件において間違いなく最大の障壁だった」

老人は気軽な調子でうずくまったブラドリクスの顔を蹴って脇にどけながら、そんな風に擁護した。モジュール何ちゃらの性能のせいだろうが、言葉と行動が全く一致していない。

「道を極めれば極めるほど、達人同士の戦いは短期決戦へ収斂《しゅうれん》されていくものだ。将棋の達人は、最初の一手で流れを掴《つか》む。実際に動き出した時には、もう終わりは見えているのだ。カンフー映画や近接二丁拳銃のように、見せ場狙いでガッキンガッキン延々と殴り合うような展開にはならない。実戦に千日手《せんにちて》などないのだよ。スクルドは道具にも興味を持っていたしな」

こんなもん現代戦の理屈でどうしろというのだ。

大魔王へ挑む前にまず魔界の土地を浄化する必要があるのではないか。そんな取り留めのない意見までヘイヴィアの脳裏にちらつき始めた。放っておいたら呆気《あっけ》なくぶっ殺されて異世界転生間違いなしの窮地である。

「協力してはいただけないか」

強過ぎてごめんなさい。

ティルフィング＝ボイラーメイカーは掛け値なしにそう思っているようだった。

「別にあなた方の手がなくても機材を奪って邪魔者を排除して私が一人でやってしまえば済む話だが、その、一応は無駄な殺生《せっしょう》は避けて通りたい身の上なので。……まあ同時に、無駄でなければ全部やってしまうのだが」

「くっ……!!」

その時、カービン銃を跳ね上げたのはほとんど反射的な動きだったのかもしれない。

老人からは、憐《あわ》れむような目しかなかった。

「残念だ」

直後の出来事だった。

『おいおい記憶がどうにかしてんのか、じいさん。ご自慢のスクルド＝サイレントサードっていうのはそんなに死角ナシの最強ちゃんだったっけ。それともあいつを倒した事がある俺達ジャガイモ軍団を間接的に褒めてくれてんのかな？』

ヘイヴィアが背中に負った通信兵装備からだった。

同じ『正統王国』の人間であればコンタクトは取れるかもしれない。

だが、この声は……⁉

『あの殺人鬼はマダガスカルレポートの中で、並のオブジェクトをぶつけてもびくともしなかった。「トリニティスタイル」を捨てて逃げた後も、銃もナイフも通用しなかった』

その時、老人は視界の端でいい加減に捉えていたはずだった。たとえあちこちで軍艦がぶつかり合い、そこらじゅうに破片や残骸が浮かんでいようが、グラビア雑誌や食事用プレートとは違い、やはりそれは整備艦隊の中においては少々異質なもののはずだったから。

色彩は白。

空気を入れて膨らませたコンビニ袋が海面を漂っていたのだ。何かしらのサインなのか、太い油性ペンで『五二』と大きく雑にナンバリングされている。

とりあえず沈まなければ、何でも良かったのだろう。

起爆自体は無線機一つで行えるのだから。

その意味をティルフィング＝ボイラーメイカーはどう受け取ったのか。

老人が重ね合わせたのは、スクルドか、あるいは別の少年か。

とにかく謎の通信と全く同じ声色で呟《つぶや》いていたのだ。


「『だけど、爆弾だけはどうしてもかわしきれなかった』」


まさしく、どうしようもなかった。

老人がスクルド＝サイレントサードであろうとすればするほど、ある種の破滅からは逃れようがなかったのだ。

ヘイヴィアがぐったりと意識を失ったミョンリやブラドリクスの上に覆《おお》い被《かぶ》さり、その分厚い通信兵装備を盾にした直後。音もなく波間を漂って忍び寄ってきたプラスチック爆弾の一撃が、ティルフィング＝ボイラーメイカーの至近で炸裂《さくれつ》した。

水っぽい音が響き、四肢や胴体に沿って張り巡らせていた緑色のチェーンが弾《はじ》け飛《と》ぶ音が炸《さく》裂《れつ》して、さらにややあって、ヘイヴィアはゆっくりと顔を上げる。

殺傷能力を高めるため、無数にばら撒《ま》かれた細かい鉄球はバックパックで食い止められたらしい。ヘイヴィア、ミョンリ、ブラドリクスは無事だが、ティルフィングの姿はどこにもなかった。あれが致命傷だったかどうかは知らないが、少なくとも骨格は無事ではあるまい。骨折したまま海に落ちたのなら、そのまま溺死《できし》コース一直線だ。

「……どうなって、やがる……？」

ヘイヴィアはぽつりと洩《も》らしていた。

しかし今ので通信兵装備は壊れてしまい、コンタクトは断たれていた。

プラスチック爆弾……おそらくは、『ハンドアックス』。

そしてある少年は、車もバイクもダメだがマリンスポーツ関連だけは不思議と操縦できる、という変わった癖を持っていたはずだった。

つまり。

「本当の本当に、テメェなのか……。クウェンサー!?」

13

あれだけ猛威を振るった嵐は収まり、夕暮れの色を吸い取った海は真っ赤に輝いていた。

そこは中米海域ならそれこそ無数にありそうな、小さな南の島だった。

いわゆる無人島なのだろう。あるのは椰子《やし》の木が一本に、一体どこから流れてきたのかその根元に大きな冷蔵庫が突き刺さっているだけ。島の半径はせいぜい一〇メートルもあれば良い方だが、不思議と温暖化の影響で沈んでしまうような、終わりの気配はなかった。

しかし同時に、このちっぽけで無個性な島へ上陸できる人間は『存在しない』はずだった。

バミューダトライアングル、行き交う船が突然消える伝説がそれを証明している。

偶然でも必然でも良い。とある島を見つけて上陸した人間は、その瞬間に世界から『消える』。四大勢力の一角、『情報同盟』全体から最大最高の恩恵を与えてもらう約束を受ける代わりに、個人の存在そのものを巨大なネットワーク上から完全に抹消する事で、秘密を守る。誰とでも繋《つな》がれる人間社会から弾《はじ》き出《だ》し、一歩はみ出した位置にある神の座を与えるが如《ごと》く。

超高度情報化社会にとって一番の特権とは、国王や大統領のように民衆の上へ立ち、何か失言が一つあればすぐにでも集中砲火を浴びるハイリスクハイリターンの立ち位置ではない。

凄腕《すごうで》のハッカーのように、群衆はこちらの存在を知らないが、こちらは群衆の全てを理解している。そんなノーリスクハイリターンの『確実な隙間』へ落ちる状況なのだ。

誰もが『すぐ隣に立つ帝王』という、あまりにも甘美な誘惑からは逃れられない。

だからこそ、これまで秘密は守られてきた。

「なーんだなーんだ、そっちが1ばんのりか」

呑気《のんき》な声があった。

夕焼けに染まる海と島。少年がやってきたのとは反対側の砂浜に高速モーターボートを乗り付けたツインテールの少女が、にこやかな笑顔と共に歩み寄ってきたのだ。危なっかしく未完成なボディラインを浮かばせる少女は、子犬のような態度でもって接してくる。

「いっつも1ばんはそっちよね。まあ、だからしゅうちゃくのしがいってものがあるんだけど」

「こっちは望んじゃいないよ、そんな事」

金髪の少年はゆっくりと息を吐いて、

「……けど、やっぱりそっちも上陸を果たしたな。この島へ。何を選んでどう転がっても、お前はここを見つけてやってくると思ってた」

「アイドルエリートは手打ちでがんばってたけど、きほんてきにはオンラインでしょ。ルートを何千何万ぎそうしたって、AIネットワーク・キャピュレットとマンハッタンはみつにれんらくをとり合っているはずだもの。この2つは、切りはなされた存在。正しいコックピットまで出向くことができたら、おもしろいことができるかも。たとえば、こちらからぎそうなしのコードをはっして、むき出しのままあいてにひろってもらうとかね?」

つまり、だ。

スクルド=サイレントサードは気軽な調子で、椰子《やし》の木の下にあった漂着物、ボロボロになった大型の冷蔵庫を指差していた。

「それなんでしょ、キャピュレットのコア。今代はアナスタシアちゃんにアップグレードしているんだっけ?」